光文社文庫

あの日にドライブ

荻原　浩

光　文　社

あの日にドライブ

解説　吉田《よしだ》 伸子《のぶこ》

1

自動ドアを開け、客を乗せたとたん、腐った柿の匂いが車内に満ちた。

他人の酒の匂いは臭い。タクシーの運転手になるまで、そんなことも忘れていた。少し前までは、自分も夜は酒を飲み、帰りが遅くなればタクシーを使う人間だったからだ。

まもなく午前一時。この時間に乗せる客はたいていが酔っているから、いちいち気にしていたら仕事にならないのだが、しらふで運転している身には胸が苦しくなるほどのアルコール臭に、いまだに慣れることができずにいる。鼻から息をしないようにして、後部座席に声をかけた。

「お客さん、どちらまで行きましょう」

「ふあぎなか」

酔っぱらいの声は必要以上に大きい。大きいのに聞き取りにくい。もう一度、尋ねた。

「ふぁんぎにゃか」

ますますわからなくなった。

「三木坂?」

「ふあみにかゃ、だよ」

「すいません、道順を教えていただけますか。このあたりは不慣れなもので」

このあたりもなにも、タクシードライバーになってまだ三カ月。実は東京の道のどこもかしこも不慣れだった。

酔客は露骨に不機嫌になり、命令口調の言葉と臭い息を吐きつけてきた。ろれつの回っていない言葉の断片を拾い集めて、室内灯をつけ、ドライブマップをめくっていると、後続のタクシーからクラクションを鳴らされてしまった。とりあえず十メートルだけ前進する。今度は後部座席から舌打ちが飛んできた。

客の言葉に従って地図をたどり、ようやく「萩中」という地名を見つける。こっちが舌打ちをしたくなった。駅前のこのタクシー乗り場からは、深夜でもメーターが三、四回転しかしない場所だ。首尾よく信号にひっかかり続けたとしても、千円いくかどうか。一時間も並んでいたのに、ハズレを引いちまった。表示板を「賃走」にし、アクセルを強く踏みこんで、自分にかわってエンジンに不満の声を上げさせる。

最終電車が出た後の駅づけは、一発勝負のギャンブルだ。長距離《ロング》の客をつかまえれば、昼の間にワンメーター、ツーメーターとこつこつ稼いでいたのが馬鹿らしくなるほどの営業収入が出る。しかし競馬やＬＯＴＯと違って、乗り場に並ぶ客を選べるわけじゃない。客が告げる行き先ですべてが決まる、まったく運しだいの賭け。

ワンメーターも行かないうちに、いびきが聞こえはじめた。おいおい、頼むから、たった千円ぽっちで、面倒をかけないでくれよ。

後部座席のハズレ馬券を叩き起こすために、荒々しくハンドルを切り、赤信号で急ブレーキを踏む。客を乗せている時は、要望がないかぎりつけてはいけない規則になっているカーラジオのスイッチを入れた。

チューニングは交通情報を聴いていたAM局のまま。お笑い芸人の騒々しい声が流れてきた。いつもならさっさとFMに変えてしまうのだが、耳が痛くなるぐらいまでボリュームを上げる。

起きたかな。ルームミラー越しに後部座席へ目を走らせた。ミラーは一般車よりずっと大きい。「お客さま」へ常に気を配るように、という会社の方針のためだが、気を配るのは客のご機嫌ではなく、「お客さま」に無賃乗車か強盗を働く可能性がないかどうかだ。男の衿もとのバッジに気づいたとたん、あわてて目をそらして、ラジオを消す。

信号が青になった。今度は起こさないように、そろりとクルマを発進させる。助手席に掲げられた運転者証を隠したくなった。

「牧村伸郎《まきむらのぶろう》」という自分の名前と顔写真を見られたくなかったからだ。

特徴的な逆三角形をしたその社章を見間違えることはない。おととしまで伸郎が勤めていた都市銀行のものだった。

もう一度男をうかがう。個性の主張をかたくなに拒否したスーツとネクタイ。保守的な髪形。誰もを同じ顔に見せてしまう特徴のない眼鏡。よくよく見れば、男は典型的な銀行マンだ。

老けた顔をしているが、たぶんまだ三十代、伸郎よりいくつも年下だろう。他人の金を扱う信用商売だから、実年齢より上に見られることは、銀行員の資質のひとつなのだ。

若手の頃は童顔だったから、上司に「お前は出世できない顔だ」と評され、髪を半白髪に染めようかと本気で考えたことがある。服装規定がゆるいいまの仕事なら、金髪やとんでもない長髪でないかぎり、どんな髪形にしようが自由なのだが、伸郎は銀行員時代からの七三分けを変えられずにいた。

男の顔に見覚えはない。なにしろ金融再編の波に乗り遅れて、下位に沈んでいるとはいえ、行員二万人を超えるメガバンクだ。

そもそも銀行員はみな似たような顔をしている。十年ほど前に勤務していた地方支店では、支店長の発案で、全員の名刺に似顔絵イラストを添えたことがあった。評判はかんばしくなかった。どのイラストも同じ絵に見えてしまうからだ。支店長のイラストは実物より二割増しのハンサムで、頭髪は三割増毛して描かれていたのだが、本人は気に入らなかったらしく、一度きりで似顔絵名刺は使われなくなった。

そっとウインカーを倒す。そっと倒してもウインカーの音は変わらない。いや、伸郎にはいつもより騒々しい音に聞こえた。耳を澄まして、男のいびきが続いているかどうか確かめた。

銀行員はサービス残業で夜が遅く、つきあい酒も多い。かつての会社の社員二万人のうちの一人にいつ出会っても、ひとつも不思議はなかった。だから夜は、昔勤めていた銀行の本部ビルがある丸の内周辺には立ち寄らないようにしていたのだ。なぜ、東京のはずれのこの駅で、よりによって俺のクルマに——

運転席から自分の姿を消してしまいたかった。あるいは後部座席からこいつの姿を。

今夜は本当についてない。タクシー乗り場の手前で信号待ちをしている時、少しでも列の先に並びたくて、歩道側の車線でぐずぐずしていた個人タクシーを出し抜いて前へ出た。あのタイミングがほんの数秒違っていれば、この男ではなく、次の客にあたっていたはずだ。

次の客。どんな客だったっけ。気にも留めていなかった。

もしかしたら、その客はこう言ったかもしれない。「遠くて申しわけないけど、鎌倉まで行ってくれ」

ふだんは客と積極的に会話をするほうではないのだが、長い道のりだ。伸郎の機嫌だって悪くない。天候や景気やプロ野球の話が、地球環境問題や日本経済と政治の動向に及んでも、的確な答えを返し、金融再編の今後に私見を語る伸郎に、客は首をかしげるだろう。

「君は……いや、あなたはただの運転手さんじゃないね。以前はどんなお仕事を？」

重い口を開いて、そっけなく答える。伸郎を見る客の目は変わるだろう。出身大学を尋ねられるかもしれない。これにもたいしたことはないという口調で答える。なんと、客と同じ。いまどき長距離の客は「勝ち組」だ。こんなことを言う可能性だってあったかもしれない。

「そんなキャリアがありながら、もったいない。うちの会社にこないか」

なんてなぁ。おっと。ここを右折だったっけ。

メーターが千円を超えた。おかしいな。そろそろ降車地に着いているはずだった。しかし男の言う「こうへんのとないのまんひょん」が見つからない。どこまで走っても公園もマンションもなかった。

千百四十円。徐行して電柱の住居表示に目を凝らした。「萩中」。町名は間違ってはいない。緊張した時の常で、ハンドルを握った手に汗がにじんでくる。ドライブマップとともに、助手席に常備しているタオルで手のひらをぬぐった。

男を起こして道を聞けば早いのだが、助手席でライトアップされている運転者証が気になって、思いとどまった。こっちはこの男を知らなくても、優秀な営業成績が何度も表彰され、行内報や会社案内に顔写真が掲載されたことのある伸郎のことを、むこうは知っている可能性があるからだ。

クルマを停めて、ドライブマップを眺める。伸郎の勤めるタクシー会社は、いまだにカーナビを採用していないのだ。累計停車分が加算されて、またひとつメーターがあがった。

東京へ出てきたのは予備校に入った年。地方支店への転勤二回、つごう六年ほど離れた期間をのぞいても、東京暮らしは二十年近い。独身時代からクルマの運転をしていたから、都内の道には、それなりにくわしいつもりだった。だが、タクシーの運転を始めてすぐ、「それなり」ではまったく通用しないことを思い知った。

地図を眺めているうちに、いびきが止まり、もそりと動く気配がした。まずい。とっさにタオルを運転者証にかけた。

「おい、ここはどこだ」

振り向かず、ミラー越しに答える。

「萩中です」

「じゃ、ドア、開けろ」

「でも、お客さんの言ってたマンションが見あたらなくて――」

「俺の家がない！　おまえ、俺の家、どこにやった」

酔いに怒りがプラスされた男の目が逆三角形になった。

「環状八号線《カンパチ》を右に入った後、次の交差点を右折でよかったんですよね」

「うせつじゃねぇよ、させつだよ」

男の言葉は「う」も「さ」も「ら」に聞こえる。はっきり喋ってくれよ。そのセリフを喉もとで腹に押し返し、無言で頭を下げた。詫びの言葉を口にしたくはなかった。

男が眼鏡を押し上げて、料金表示メーターを見る。そのとたん、半分閉じていた目が、レジスターの入金箱みたいに全開になった。

「なんだよ、千二百二十円ってのは、おいっ、いつもは九百八十円だぞ」

さすが銀行員、金に細かい。態度のでかいところをみると審査部だろうか。

「もちろん、よぶんに走った金は、ちゃんと返すから」

朝の点呼では、「一に挨拶、二に笑顔、いつもにこにこ、使おう敬語」と唱和させられているが、客が元の職場の後輩だと思うと、口からすんなりと敬語が出てこない。それが相手をよけいに怒らせてしまった。

「あんだよ、その態度は。金返せばすむってもんじゃねぇだろう」

いきなりシートを蹴りつけてきた。人畜無害に見える風貌からは想像もつかない凶暴さだ。

「金の問題じゃねぇだろ。そうだろっ、ああ」

銀行は固い職場だと世間は思っているようだが、たぶん銀行員の酒量と乱れぶりは、一般企業のサラリーマン以上だ。上司に誘われたら断れないし、同僚と飲む時も深酒になる。ノルマとご機嫌とりと稟議書《りんぎしょ》にがんじがらめにされて、ストレスが不良債権並みにたまっているからだ。

「おまえ、ぼったくるつもりだったんだろ。おれが寝てるのを見て、わざと遠まわりしただろ」

「そんなことないです」

腹が立った。「俺はなぎさ銀行、日本橋支店の牧村だぞ！」思わず叫びたくなった。日本橋はエリート支店だ。「お前はどこの支店だ？　俺の人脈を舐めるな。お前の上司に電話して、査定をめちゃめちゃにしてやる。ＪＡバンクと競合してる支店へ飛ばしてやるっ」

もちろんそんなこと言えるわけがない。逆に男から言われてしまった。

「おい、おまえ、名前は」

運転席に張りついていた背筋が伸びた。舌と唇が嫌がったが、しかたなく謝罪の言葉を口にする。

「……申しわけありません。こちらのミスでした」

「遅えよ、謝るのが。あ、おまえ、なんで名前、隠してんだよ」

「いや、別に隠しているわけでは……」

「じゃあ、なんでだよ。やっぱり、ぼったくりかぁ」

見せないわけにはいかなくなってしまった。心の中でため息をつきながら、運転者証のタオルをとる。

男が身を乗りだして、中指で眼鏡のブリッジを押し上げた。「杖村《つえむら》？」

「牧村です」

会社やタクシーセンターにクレーム電話をかけられたら面倒なことになるのだが、自分から訂正してしまった。きっと心のどこかで、男が驚き、恐縮する姿を期待していたのだ。

「まきむら……まきむらだと……」

男が口の中でぶつぶつ呟《つぶや》いてから、いきなり声を張りあげた。

「まぎらわしい名前で走ってんじゃねぇ」

驚きも、恐縮もしなかった。むちゃくちゃな因縁《いんねん》をふっかけてきただけだ。

「もっと客が読みやすい名前にしろよ」

伸郎は今度こそ、ほんとうにため息をつく。なぎさ銀行では退職や出向、転籍のかたちで「切られる」人間は、毎年何千人もいる。よくよく考えてみれば、この男がその中のひとりである伸郎の顔と名前を知っていることのほうが驚きだ。

クルマをUターンさせて、右折した交差点に戻り、まっすぐ左折方向へ進む。

「顧客サービスがなってねえ。田中とか山田とかわかりやすいのに改名しろ」

苦情電話の心配はなさそうだ。たぶん明日になったら、自分が何を喋ったかも覚えていないだろう。男が吐きつけてくる罵倒《ばとう》と臭い息に、耳をふさぎ、鼻の穴をすぼめた。そして、タクシーの運転手らしく、適当なあいづちでたわ言をあしらった。

偉そうにふんぞり返っているが、それはタクシーの中だけ。伸郎が運転手だからだ。銀行員時代の俺の前でだったら、襟足《えりあし》に棒を突っこんだように背筋を伸ばすだろう。飲み会の席では、俺のグラスの減り具合ばかりを気にして、何か芸をやれと言えば、躊躇《ちゅうちょ》せずにすっ裸になるだろう。もしかしたら、この男は、そうした酒宴の帰りなのかもしれない。

「ここだ」

いきなりの命令に、犬のように反応して、急ブレーキを踏んだ。タイヤが物悲しげな軋《きし》みをあげる。伸郎も叫び出したかった。きぃーっ。

料金はいらない、そう言いたかったが、思いとどまって、男の言ういつもの料金の九百八十円をもらうことにする。伸郎の会社は事実上、固定給がない。会社に五十五パーセントを差し引かれる歩合給だけが頼りだ。男が助手席に投げ捨てた千円札を、フリスビー犬のように拾い上げてしまった。

ドアを閉めようとして、男がまだ後部座席にいることに気づいた。

「つり。つりだよ、つり」

本当に細かいやつだ。あれだけ偉そうにしていたくせに。九百八十円なら深夜の客にはつり銭を要求されないことが多いのだが。また後ろから蹴り上げられたらたまらない。男に二十円を渡し、マニュアルどおりの挨拶を投げつけた。

「ありがとうございました。ま、た、どうぞっ」

「二度と乗らねえよっ」

そうしてくれ。

女には縁の薄そうなタイプだが、たぶん結婚しているだろう。いつまでも独身でいると、銀行では出世しづらくなる。男が消えたのは、バブルの頃なら億単位で売買されていただろう豪華なマンションだ。転勤の心配さえしなければ、銀行員は三十代前半で家を持てる。伸郎もそうだった。

二度目の地方支店勤務を終えた後、社宅を出て、都内に土地を買い、家を建てた。地方と言っても、名古屋と大阪の大型店。銀行員は配属された支店で自分の将来を知ることができる。郊外店や小さな地方都市の支店に異動を命じられることは「お前に出世はない」と言われているのと同じだ。

私大卒だったから、いきなり本部中枢に配属される「キャリア組」ではなかったものの、一度でも落ちこぼれると這い上がれない、ふるいがけのような銀行の出世競争に生き残ってきた。渡り歩いてきたのは、すべて有力店舗。家を建てたのは、とんでもない支店に飛ばされる可能性はもうないと判断したからだった。事実、三、四年ごとの転勤は、その後、すべて山手線沿線の店舗だけ。次の異動で副支店長か本部の次長に昇格することを周囲から確実視されていたし、自分でもそうなるだろうと思っていた。

それが、いまでは一時間を費やし、酔っぱらいからボロクソになじられて、たった九百八十円を手に入れる身だ。コンビニのアルバイトの時給並み。いや違う。会社に五十五パーセントを引かれるのだから、四百四十一円か。

二週間ほど前に、ホームレスを客として乗せたことがある。空き缶を集めた金で、馬券を買ったら大穴がきたとかで、ホルモン焼きの店の前から河川敷のブルーシートの自宅まで送っていった。おつりはチップ。一日かけてゴミ箱からアルミ缶を拾い集めれば、二千円になるのだと言っていた。「大変ですねぇ」その時は笑って男の言葉にあいづちを打ったが、いまは笑えない。

ハザードランプを消し、泥沼から棹《さお》を引き上げるように固いギアを入れて、アクセルを踏む。窓を全開にし、酒の臭いを車内から追い出す。クルマにはいちおう空気清浄機がついているのだが、新人の伸郎にあてがわれたクルマはポンコツで、ずっと故障中。

「そんなキャリアがありながら、もったいない」

誰も言ってくれない言葉を自分でつぶやく。夜風がエアコンのぬくもりも運び去ってしまった。薄っぺらな化繊の制服に真冬の寒さが突き刺さる。伸郎は身震いをし、それから大きなくしゃみをした。

2

午前二時。ターミナル駅近くの繁華街を流してみたが、もう人影は消えていた。

帰庫時刻がしだいに迫っている。タクシードライバーには空港や新幹線駅へ急ぐ客が現れる早朝がラストチャンスだ。その時間までは仮眠をとる人間が多いのだが、伸郎はそれどころじゃなかった。営業収入はまだ二万二千とんで四十円。ノルマの半分以下だ。

営業部長の見下したような目を思い出して、憂鬱《ゆううつ》になる。去年の十月からこの仕事を始めたが、ノルマを達成した日は片手で数えるぐらいしかなかった。

営業部長はウサギから愛らしさをのぞいたような風貌の男で、運転日報を受け取るたびに、二重レンズの遠近両用眼鏡を老眼用にセットし、伸郎の顔ではなく営収金額を眺めて、ぽつりとイヤミを言う。「これじゃあ、レンタカーだわな。ガソリン代でぱぁだよ」とか「どこをどう走ったら、こうなるんだろ。不思議だなぁ」とか。

それから老眼用レンズをはね上げ、こちらを見上げて、ひひっと笑うのだ。嫌なやつ。

人もネオンも消えた街を、腹を減らしたサメのように回遊し続ける。どんな小魚でも食いつきたかった。

まだ店を開けている飲み屋の前にはすでに、休憩半分で出てくる客を待つタクシーが張りついている。脇道へ入っても「空車」タクシーがうろついていた。

駅の近くをあきらめ、国道を流すことにした。あてがあったわけじゃない。徐行運転に疲れてきたからだ。

前方と歩道の人影へ交互に注意を払いながら、アクセルを微調整し続けるのは、リゾート帰りの高速道路で渋滞にはまるより、はるかに疲れる。マニュアル車だから長時間のペダル操作で膝ががくがく震え、左にばかり向けた首筋がつりそうだった。

クルマの運転は好きだし、多少の自信があったから、失業中の当座しのぎのつもりでタクシードライバーを始めたのだが、タクシーの運転には高速で追い越しをくり返すのとは別の技量が必要だった。

すっかり使わなくなったトヨタ・アリストを駆る自分の姿を思い浮かべた。行き先は箱根のゴルフ場だ。

西湘バイパスから、箱根ターンパイクで峠を越える。季節は秋だ。ワインディングロードの両側では山々が美しく燃えている――

遠い昔のことに思えた。本当はベンツかBMW《ビーエム》が欲しかったのだが、「みなさまに愛される銀行」をめざしていたなぎさ銀行では、行員が外車に乗るのはご法度《はっと》だった。アリストにしたのは、当時の支店長がクラウンに乗っていたため。上司より価格の安い車種を選ぶのは行員の基本的なたしなみだ。

いまは通勤に電車を使っている。会社は「マイカー通勤可」を売り物にしているが、しっかり駐車場代をとるし、第一、仕事以外ではハンドルを握りたくなかった。最近、妻の律子《りつこ》から、寝ている時にいきなり両手を突き上げてくるくる回すのは気持ち悪いからやめて、と言われる。ダイニングでぼんやりビールを飲んでいる時も、気がつけば左のひじ当てをさすっていたりする。椅子をギア・チェンジしてどうする。

国道に出てすぐだった。道の先に人影が躍り出てくるのが見えた。片手をあげている。人影のすぐ脇を走っていたタクシーは、気づかなかったのか、間に合わなかったのか、停車せずに通りすぎていった。

いただきだ。長距離でありますように。ハザードランプを灯《とも》して歩道へすり寄る。粗末なジャンパーを羽織った初老の男だ。酔って体をふらつかせている。長距離は難しそうな風体だったが、勝負はまだわからない。この近くには競艇場がある。一発あてて豪遊した帰りかもしれなかった。

ドアを開ける。男はなかなか入ってこなかった。窓から首を出して声をかけた。

「お客さん、どうぞ」

男はゆっくりとこちらを向き、片手をあげたままサルのように体を揺すって答える。

「ほうほうほう」

「どちらまで」

「ほっほっほう」

そうとうできあがっている。さっきの「ふあぎなか野郎」以上だ。前方のタクシーがあっさり通りすぎた理由がわかった。男の服は吐瀉物《としゃぶつ》で汚れていた。

男がほうほうと吠えながら乗りこもうとする寸前にドアを閉めた。悪いが、クルマの中を汚されてしまったら、営業は続けられない。かつて自分が利用者だった頃に何度も不快な思いをしていたから、乗車拒否はしないことに決めているが——する余裕がないというのが本音だけれど——こういう客は別だ。

乗車拒否をされても、上機嫌で体を揺すり、ほっほっほうと叫び続けている男を残して、遁走した。

だめだ。タクシードライバーになった日から、ほとんど毎日「だめ」なのだが、今日は特にだめ。

終電直後の一発勝負で、ふあぎなか野郎を乗せた時から、ツキの歯車が狂ってしまった気がする。

国道を南下すると、ほどなく多摩川にかかる陸橋が見えてきた。越えてしまうと神奈川県だ。営業区域外。伸郎の会社は多摩川べりに近い東京の南部にあるのだが、東京のタクシードライバーは、都内からの客を送る場合と、その帰りに都内への客を乗せる時以外、東京の外で営業することはできない決まりになっている。交差点で強引にUターンして、都心へ向かうことにした。

一月下旬。深夜まで遊ぶには寒い夜だったが、今日は金曜日だ。銀座や渋谷あたりまで行き、周辺を流せば、まだ客を拾える可能性はある。

四車線道路には上りも下りもタクシーの行灯《あんどん》が並んでいた。たいていが客を狙って歩道側の車線を走っている。自分の前を走るタクシーが「空車」であることに気づいて、車線変更をし、スピードを上げた。しばらく走ってから車線を戻して、小型トラックの後ろにつける。

「空車」の後につくことほど馬鹿馬鹿しいことはない。先々の道で客が待っていても、すべて持っていかれてしまうのだ。仕事を始めたばかりの頃は、そんな基本的なことにも気づかずに、何度も目の前のアブラゲをさらわれたものだ。

品川の手前で、銀座へ行くべきか、渋谷に行くべきかを考えた。時間的にはほぼ同じ。遠距離客の比率が高いのは銀座だ。だが、乗車禁止規制の時刻はもう過ぎている。あそこは店や常連客と個人的に契約しているドライバーも多く、客を取ったの取らないので始終もめている。勝手に自分の縄張りを決めているコワモテ運転手もうようよいる場所だ。新人の伸郎には入り込みづらく、隅っこでこそこそ客待ちしても、空振りになる危険性が大だった。野球で言えば、一塁にランナーを置いての強攻策。

やっぱり、渋谷だな。客層が若いから長距離は少なめだが、より確実。ここは手堅くバントだ。

左にウインカーを出し、スピードを落として、左折車の後ろにつけた。後続の空車タクシーがスピードを上げて直進していく。

伸郎に先行されて苛《いら》ついていたのだろうと思っていたのだが、違った。交差点を越えた先で、ハザードランプを出して減速しているのが見えた。

しまった。客がいたのだ。直進していれば拾えたのに。

左折する間じゅう、交差点の向こうに目を凝らして、自分が乗せるはずだった客の姿を追った。釣りそこねた魚のサイズをいまさら計る気分で。

年配のスーツ姿。重そうな鞄を提げている。典型的な長距離客のたたずまいだ。この時間に、都心へ向かう車線で待っていたということは、おそらく住まいは東京北部。埼玉や千葉だった可能性もある。そうなれば一万以上、いや、二万。ロングの自己最高記録二万六千円超えだって夢じゃなかったかもしれない。しかも客が言うのだ。「そうだったのか、君はなぎさ銀行にいたのか。ただ者ではないとは思ったが。うちの会社で働いてみないか」

逃がした魚は、頭の中でどんどん大きくなっていく。

「優秀な金融アナリストが欲しかったところなんだ。君は不動産投資には明るいかね」

閉ざされた空間に一日中閉じこめられているせいか、最近の伸郎は夢想ばかりしている。

今日はまったくついてない。「土佐でサンマ漁」だ。覚えたくなくても覚えてしまう運転手たちの隠語を心の中で呟いた。午前三時。道に人影は少なく、タクシーばかりが増えていく。その姿は餌を求めて大移動する飢えた鼠の群れのようだった。

会社へ戻る道をたどる頃には、帰庫時間の午前四時はとっくに過ぎていて、冬の遅い夜明けが始まろうとしていた。

帰庫時間はあくまでもめやすだ。午前八時までに洗車し、納金をすませればいい。逆にろくな営収もないまま早い時間に帰ったりしたら、当直の事務方に、もうひとっ走りしてこい、などとどやされたりする。

もうひと走りするぐらいの時間はあったのだが、もはやそんな気力はなく、表示板は「回送」にしてあった。

あの後、渋谷周辺を円形水槽の熱帯魚のように回遊したが、深夜のおいしい時間帯になるとカラスの群れさながらに姿を現す個人タクシーに漁場はすっかり荒らされていた。結局、拾えたのは、風俗店から割りカンで近くの寮へ帰るフィリピン人ホステスの団体客だけ。八百二十円。今日のトータル営収は、二万二千八百六十円。営業部長のイヤミが冴えわたる金額だ。

ドライバー歴の長い連中のほうが営業収入がいいのは確かだが、会社には同時期に入った新米でも稼ぎのいいヤツがいる。自分はこの仕事に向いていないのだろうと、伸郎は思う。なぜ、一時的であれ、タクシーの運転手になろうなどと考えたのか、いまだに不思議だ。

銀行を辞めた当初は、すぐに次の就職先が見つかると思っていた。実際、昔の得意先から経理や営業として働かないか、という声をいくつもかけられた。しかし、すべて断った。仕事の質や収入を落としたくなかったのだ。つまらない意地とプライドも邪魔をした。

辞めたのは、脱落じゃない。これはキャリア・アップのためのチャンスだ。そう考えようとした。外資系銀行や生命保険会社の幹部社員募集に応募し続けたのだが、結果は惨敗。

もともと銀行員は離職率が高く、とりわけこの十年は激しい。伸郎には腐っても元都市銀行マン、という自負があったが、同じような腐っても元銀行マンはごまんといるようだった。それこそ五万人ぐらい。

たいていは面接にこぎつける前に、年齢制限でひっかかった。「三十歳迄」「三十五歳程度」。ほとんどの採用条件に、伸郎にとっては残酷な数字が並んでいた。

だから方向転換することにした。会社勤めはもうこりごりだ。独立しよう、と。

公認会計士の資格を取って事務所を設立する——そんな青写真を描いた。その頃はまだ退職金や貯蓄を取り崩す前で、資金のあてもあった。行内試験でも簿記や財務の成績がよかった自分なら合格は問題ないだろう。自信満々で臨んだ試験は、あっさり一次で落ちた。

融資先への審査はあんなに厳しかったくせに、自分自身に対する審査が大甘《おおあま》だったのだと思う。

『タクシードライバー募集』

朝刊の求人案内チラシに目をとめて、手にとったのは、ほんの偶然だ。いくら職探しにいきづまっていたとはいえ、折り込みチラシの募集広告なんぞ、それまで見ようとしたこともなかった。

たまたま暇だっただけ。パートで働きはじめた律子がとっくに出かけた時刻に目覚め、誰もいない家でぼんやりしている時だった。「もっと条件を落とさなければ無理」と言われるだけのハローワークに出かける気にはなれず、公認会計士の試験勉強をする気力もなく、だらだらと新聞を読み、家庭欄の「キノコDE健康レシピ」などという記事まで熟読してしまった後だったのだ。

最初は冷やかし半分。当座の生活費稼ぎには悪くないと思ってしまったのは、求人案内で、タクシードライバーが隔日勤務であることを知ったからだ。蓄えを切り崩す生活がそろそろ心もとなくなって、毎日ぶらぶらしている伸郎に向ける律子の目が冷ややかになり、眉と眉のあいだが日に日に狭くなっている事情もあった。

空《あ》いた時間で、本来の自分がすべき仕事を探す。あるいは公認会計士試験のための勉強にあてる。悪くないプランに思えた。

だが、現実はそれほど甘くなかった。伸郎が勤めているタクシー会社の勤務サイクルはこうだ。

乗務日は午前八時に出庫、翌朝に上がり。その後は明け番になり、翌日の午前八時からまた乗務。これが二回くりかえされて、五日ごとに公休。

確かに五日のうち働くのは二日だけだが、ほぼ二十四時間勤務だ。仕事が明けて家へ帰ると何かをする気力など残っていない。試験勉強どころか、パートに出る前に律子が用意した朝食をとるのも面倒で、缶ビールを飲んでふとんに入り、死んだように眠る。夕暮れ時に目覚めてリビングへ降りると、息子の恵太《けいた》に言われる。「おおっ、吸血鬼ドラキュラ」

「月収四十五万円可」という募集広告の謳い文句も、現実とはだいぶ違う。「可」という字が小さくデザインされていた意味が、仕事を始めてからわかった。

いまの楽しみは、家に帰っての一缶のビールだけ。正確に言えば発泡酒。去年の暮れ、冷蔵庫の中を見ると、抗議のメッセージのように、それまでのスーパードライではなく、ラベルデザインが似た別物が突っこんであった。

結婚して十五年。妻に特別不満はなかったが、向こうには不満がいろいろあったのかもしれない。あいつは俺と結婚したんじゃなくて、銀行員の給料と結婚したに違いない。最近の伸郎に対する態度を見ると、そうも思いたくなる。

フロントガラスの向うの薄ら明かり同様、頭がぼんやりしている。支店の金庫の扉みたいにまぶたが重い。暇な時間帯に仮眠をとるのがタクシーの仕事のコツだと教えられたが、そうそう器用に眠れるものじゃない。けっきょく一睡もせずにクルマに乗り続けた。銀行時代も夜は遅かったが、安全管理のために行内には残れないから、仕事を持ち帰ることはあっても、徹夜はなかった。

窓を開けて、大きくあくびをし、目頭をもみほぐす。前方の赤信号とその手前のテールランプに気づいて、急ブレーキを踏んだ。

いつもこの時間になると頭が朦朧《もうろう》とし、エンジン音が心地よい子守唄に聴こえ出す。首尾よくいまの仕事を辞め、マイカー通勤をする身分になっても、早朝に走る時には、タクシーのそばには絶対に近寄るまい。伸郎はそう決めている。

眠気ざましのハッカ飴を口にほうりこみ、運転手帽を脱いで、冬なのに脂じみてかゆい髪を掻く。喉よりもつむじの下あたりがスースーした。

会社から支給されている仰々しい運転手帽を、他のドライバーは出庫する時にだけかぶり、会社から出たとたん脱いでいる。せっかくのアイパーがぺちゃんこになってしまうというのがおもな理由だ。伸郎は律儀にかぶり続けている。有名無実の会社の規則を守るためじゃない。去年の暮れから後頭部に円形脱毛ができているからだ。

皮膚科へ行ったら、ノギスで脱毛箇所をはかられ、カルテに実物大の図を描かれた。その空豆ほどの大きさに戦慄した。

医者はこう言った。「いちおう塗り薬を処方しておきますが、それより生活を改善するほうが大切です。不規則な生活を慎むこと。それとストレスをためこまないことですね」円形脱毛症の原因はストレスや不規則な生活時間による自律神経の乱れなのだそうだ。伸郎の場合、たぶんダブルパンチ。

「運動不足も問題です。なるべく歩いたほうがいい。お仕事はデスクワークですか?」という問いかけには、「まぁ、確かに、毎日座りっぱなしです」と適当に言葉を濁した。一カ月前の空豆は縮小するどころか、ひと口まんじゅう大に拡大しつつある。

夜がしだいに淡くなり、黒いシルエットだった街並みが色を取り戻しはじめていた。午前六時。銀行時代なら、ちょうど枕もとの目覚まし時計が鳴る頃だ。

　銀行員は朝が無駄に早い。なぎさ銀行の始業時間は午前九時で、就業規定でもそうなっているのだが、なぜか四十五分前には職場に到着しているのが暗黙の了解になっていた。若手なら一時間前。それに間に合わないと、遅刻だと見なされる。

　まったく同じ夜明けを、一年半前とはまるで違うシチュエーションで迎えている。いまの自分が他人に思えてならない。

　人々の一日が始まるこの時間に、自分はボロ雑巾と化した体をなだめすかして、五十五パーセントを搾取される小金を後生大事に抱えて帰る途中。犬みたいにみじめな気分だった。朝靄《あさもや》じみた憂鬱が濃くなった。

　銀行に不満はたくさんあったが、辞めるつもりはなかった。

　支店の人事評価は常にAか特A。上司のやっかみを買わない程度に営業成績をあげた。銀行員は五十歳までに八割方が切られ、関連会社への出向という形で外部へ転出させられる。しかし、勤め上げてきた支店の格から言って、自分はそれに勝ち残る自信があった。三十八歳での課長昇進は、私大同期ではトップクラス。四十代前半のうちに副支店長か本部次長、四十代後半で支店長。ずっとそんな人生のタイムスケジュールを描いてきて、自らの設定した目標をクリアするための努力を惜しまなかった。それがすべて崩れ去ってしまった。

　出向を命じられたのは、おととしの夏。出向先はなぎさ銀行の関連会社だが、数年後には廃合が噂されているところだった。銀行が自分に辞めろと言っているのがわかった。

何が悪かったのか、自分ではわかっているつもりだ。

支店長に言ってしまった、あのひと言のせいだ。

一度だけのミス、上司へのただ一回の不服従。消去法で人を選別していく銀行では、それだけでキャリアを閉ざされてしまう。

たった、ひと言。

だが、なぜあんなことを言ったのかは、自分でもわからない。何度考えても、あれは偶然だった。

胸のうちにたまっていた鬱憤《うっぷん》が、口をついてしまったというわけではなく、いつか投げつけようと心の中で身がまえていたわけでもなかった。たまたま頭に浮かんだ言葉が、いきがかり上、ぽろりと口から飛び出しただけだ。財布からコインが落ちるように。伸郎が何をしたわけではなく、自ら望んだわけでもない。深夜のタクシー乗り場で、近距離客にあたったようなものだ。

なぜだろう。

心の中で呟く。ぼんやりかすんだ視界の向こうで、テールランプが赤くともる。あわててブレーキを踏んだ。

信号待ちの間に、持ち主に苦痛を与えるために体にくっついているのではないかと思うほど固くなった背筋を伸ばし、腰を揉みほぐす。ずっと運転席に座り続けていると、自分がクルマの部品の一部で、背中とシートをボルトで留められている気分になる。首を左右に動かすと、枯れ枝を折ったような音がした。

四十三歳。いつのまにか人生の半ばを過ぎてしまった。

運転席をまともに離れたのは、昼飯を食いに蕎麦屋へ入った時ぐらいだ。それもレッカー車が怖くて、ほんの十五分ほど。あとは公衆便所に入った何回かと、夕飯のにぎり飯を買うためにコンビニに立ち寄った二、三分のあいだだけ。尾てい骨が擦れて骨粉になっていやしまいか心配だ。

長距離トラックが出てくる前の早朝の道は、それほど混んでいるわけじゃない。眠気ざましのために、回送の時ぐらいスピードを出したいが、ネズミ捕りにつかまったら大事《おおごと》だ。

タクシーには警察も甘いんだろう。一般ドライバーだった頃、たかだか十五キロほどのスピードオーバーや、わずか三十分の駐車でレッカー移動された経験がある伸郎は、道をわがもの顔で走るタクシーをそんな目で見ていた。とんでもない。甘いどころか、タクシー運転手をノルマ稼ぎの格好のターゲットにしている。この三カ月で、スピード違反と駐車違反で、二回キップを切られた。ただでさえ少ない稼ぎから罰金を取られるのは痛いし、これ以上違反を重ねて、免停になってしまったら、仕事もぱぁ。

まぁ、それでもいいか。この仕事は俺には無理だ。肉体的にも精神的にも。早いところ辞めちまおう。

そう考える頭に、眉間を狭くした律子の顔が浮かんでくる。いや、まだだめだ。辞めるのは新しい就職先を見つけてからだ。

なぜ律子と結婚したのだっけ。外回りをしている時、飛び込みで入った会社にいたのが律子だった。たまたま、そこにいただけ。独り暮らしに飽き飽きしていた時期だったのだ。他の娘がいたら、そのコに恋をしていたかもしれない。違う会社に先に飛び込んでいたら、違う娘と巡り合っていたかもしれない。

なぜだろう。今度は口に出してそう呟いてみる。運転手帽をかぶり直して、四つに見える前方車のテールランプが、きちんと二つに見えるまで、何度も目をしばたたかせた。

人生は一本道じゃない。曲がり角ばかりの迷路だ。タクシードライバーらしい比喩を使えば、そういうことなのだと伸郎は思う。

今夜だって、右折と左折、何げなく曲がっただけで、よけいな面倒を背負いこんでしまった。ほんの二、三秒早く、他のタクシーより先に乗り場へつけたばかりに、運をつかみそこねた。この三カ月、同じことが何度あっただろう。

きっと、人の一生もそれの繰り返しなのだ。ほんの偶然や何の気なしに選んだ道が、取り返しのつかない遠くへ自分を運んでしまうのだ。

「たら」「れば」は禁物。野球解説者がよくそんなことを言うが、「たら」と「れば」と「もしも」をのぞいたら、人生には何も残らなくなるに違いない。

自らの力でつかみ取ってきた、そう思いこんでいた自分の人生だって、サイコロのでためな目にしたがって、スゴロクの駒のように動かされていただけである気がする。仕事の決断、部下への命令、律子へのプロポーズ、なぎさ銀行への就職、大学受験と私大への進学……自分の曲がり角を数えあげればきりがない。いま考えれば、ほとんどが間違った道へ進んでしまったように思えた。

人生は偶然でなりたっている。

徹夜明けの寝ぼけた頭に、そんな言葉が、天啓とも言える唐突さで舞い降りてきた。四十三にしてようやく知り得た、人生の真理。

前方の空が白《しら》んできた。もうすぐ夜明けだ。

有名企業のＣＩマークを掲げた高層ビルの窓ガラスが朝日に誇らしげに輝きはじめている。

「自律神経を改善するために、起きたらまず、朝日を浴びましょう。朝の光は人間の活力源なんです」

皮膚科の医者は精神科医みたいな口ぶりでそう言っていたが、朝日ならいつも寝る前に浴びている。押しつけがましいほど眩《まぶ》しい朝の光は、伸郎にはうとましいだけだった。

目の前に支店長の顔があった。だぶついた顎《あご》の肉をつまみ、伸郎の顔を覗きこんでいる。

「なぁ、そう思うだろ、牧村」

午後七時。日本橋支店の一階営業場。一般職の女性行員もまだ残っている時刻だった。周囲のたくさんの目が伸郎に向けられていた。

「そうだよな」

支店長が言う。質問口調だが、表情は「Yes」以外の答えなど予想もしていない。この男はいつもそうなのだ。

営業場の行員たちはみなカウンターやデスクに向かい、それぞれの仕事をしているふりをしていたが、全員が息を殺して事の成り行きを見守っているのがわかる。上階から呼び出された連中は、一センチでも遠ざかりたいという立ち位置で伸郎たちを遠巻きにしている。触らぬ神に祟《たた》りなし。誰もの顔と背中にそう書いてあった。

支店長と伸郎のかたわらに、もうひとり立っている男がいた。伸郎が課長を務める営業二課の部下、西村だ。

西村はコートをはおり、鞄をぶら下げている。体は小刻みに震えていた。なぜ自分がそれを手にしているのかと訝《いぶか》るように、鞄の取っ手を見つめ続けている。

仕事を終え、帰ろうとしていた西村は、支店長にそれを見とがめられて、ついいましがたまで、手ひどい説教を食らっていた。いつもなら支店長は接待と称して、とっくに夜の街へ繰り出している時間だ。今日残っていたのは、日本橋支店にトラブルがあったばかりだったからだ。

トラブルと言っても、仕事上のことじゃない。前の週に発売された週刊誌に、「×××銀行で受付嬢をやってました♡」というコメント付きの元女性行員の写真が掲載されただけだ。別にヘア・ヌード写真だったわけではなく、「あなたのパンチラ見せてください」という企画に登場したたくさんの女の子《コ》の一人で、しかも半年も前に辞めた娘なのだが、最後に在籍したのが日本橋支店だった。それだけの理由で本部から行員教育の再徹底を厳命されていたのだ。本部の評価がなによりも怖い支店長は、ここ数日は夜遊びを自重し、終業時間以降も仕事をするふりに勤《いそ》しんでいた。それが西村の不運だった。

説教は二階のデスクにいた伸郎がここへ呼び出される前から始まっていた。「誰の許しを得た」と支店長が問い詰めても、西村は答えない。誰の許しもなにも、直属上司である伸郎に決まっている。それを知っていて、いっこう口を開かない西村に、あらんかぎりの罵倒の言葉を浴びせ続けていたのだ。

なぎさ銀行では、上司が帰るまで仕事がなくても部下は職場に残っていなければならないのが不文律だ。いつからかは知らないが、はるか昔からの、バブルが崩壊して仕事の減ったいまも続く伝統。馬鹿馬鹿しいとは思っていても、誰もそれを変えようとはしない。

西村は入行五年目。もちろんそのことは熟知している。二十年近く勤めている伸郎も、それが銀行では変えることができない戒律であることをわかっているから、ふだんなら一人だけの帰宅をオーケーしはしない。認めたのは、のっぴきならない事情があることを知っていたからだ。

残っていた女性行員のひとりが、顔を強張《こわば》らせてなりゆきを見つめている。中島。西村の恋人だ。

二人が職場恋愛をしていることを、伸郎はだいぶ前に西村から報告されていた。今夜、西村は中島の家へ行き、両親に挨拶をすることになっている。だから早く退社させて欲しい。事前にそんな相談も受けていた。他の企業なら馬鹿馬鹿しいことだろうが、なぎさ銀行ではそれがあたりまえの手順だった。

支店長の怒りは、終業時間を過ぎても酒を飲めないことへの八つ当たりとしか思えなかった。

「大切なのはチームワークだろ。支店はみんなでひとつのファミリーだろ。支店の大切な時に、一人だけ規律を乱していいと思ってるのか。あ？　常識がないのか、お前」

どっちが非常識なのかは、銀行に勤めている人間にだって、もちろんわかっているが、誰も反論はできない。支店では支店長が絶対君主。前年に赴任した支店長、徳田は暴君だった。部下の仕事に気まぐれに首をつっこんで、自己顕示のためでしかないはた迷惑な命令を出し、印鑑の押し方や女子行員の髪形にまで重箱の隅をつつく、小舅《こじゅうと》みたいな暴君。徳田の烈火の怒りは、ほどなく伸郎に飛び火した。

伸郎に向けて、こう言ったのだ。

「な、そうだよな、牧村」

踏み絵を踏ませる口調だった。伸郎の独断を怒っているのだ。伸郎がひれ伏すところを全員に見せつけて、誰がここの支配者であるのかを、知らしめるつもりなのだ。

みんなの視線が痛かった。伸郎は、前の晩、退職する人間の送別会の二次会で「俺が日本橋支店を変える」と大きな口を叩いたばかりだったのだ。

ほとんどの人間が帰った後の、ごく少数の飲み会だった。課長クラスで残っていたのは伸郎ひとり。みんな酔っていた。

その席で、法人渉外の係長が、支店長への不満を口にした。同期どうしならまだしも上司の前で、上の人間を名指しで批判することは尋常じゃなかった。まして支店長批判なんて、いくら酔っていてもありえないことだった。

なにしろ、なぎさ銀行の上から下への監視網は鉄壁だ。伸郎の同期のひとりも、「いい先輩なんだよ」と語っていた実務指導員に、酒の席で何げなく漏らしたひと言を密告されて、行内で「山荘」と呼ばれている支店に飛ばされた。その男は、いまだに役職についていない。

俺はそんなことをするタイプではない、自分ではそう思っていても、部下と酒を飲む時には気をつかわれるだけで、腹を割って話をすることなどなかった。嬉しくて、つい浮かれて、夜半まで大口を叩き続けた。

法人渉外係長は、自分が進め、稟議を回していた中小企業への融資案件を支店長判断で潰され、しかも支店長室に呼ばれて、こう言われたのだそうだ。

「何人かに首を吊らせるぐらいで、銀行マンは一人前なんだ」

なにも徳田が珍しいタイプというわけじゃない。行内で勝ち残るには、往々にして人の気持ちに鈍感な人間のほうがいいのだ。いままでにも何度もこういう上司の下で仕事をしてきた。反抗したことはない。「おっしゃるとおりです」そう言うだけだ。だが、この時は、どうしてか、そのひと言がなかなか口から出なかった。

前の晩、後輩たちに「社畜になるなよ」などと柄《がら》にもなく偉そうなことを言ってしまったためかもしれない。西村や中島に、だいじょうぶ、俺に任せておけ、と見得を切ったせいかもしれない。だが、いままでだって、いっときのプライドより、上司への服従を選んできた。

答えない伸郎に、徳田の顔色が変わった。その表情に一瞬、動揺が走ったことに伸郎は気づいたが、行員たちの手前、徳田は余裕たっぷりという態度を取り続ける。

「おーい、聞こえてるか。なんだよ、お前までだんまりか。××や×××を置いとくほど、うちに余裕はないはずだけどな」

「みなさまに愛される銀行」をスローガンに、「支店のバリアフリーをいち早く推進」しているはずのなぎさ銀行支店長が、差別用語を連発して、にんまりと笑った。その瞬間、喉の奥にのみこんでいたはずの言葉が、吐瀉物のように噴き出てしまった。

徳田は足もとにゲロを吐かれたような顔をし、それから眼鏡の中の目玉をゆっくりとふくらませた。

夢だとわかっていた。あの時のことは何度も繰り返し思い出す。こうして夢に見るのも一度や二度じゃない。いつもの夢だ。わかっているのに、夢はいっこうに醒めてくれない。

夢の中の徳田は、あの時とそっくり同じセリフを吐いた。

「あれれ、聞きまちがえかな。いま、なんて言った？」

緊迫した空気に漂ったままの自分の言葉をつかみとって、喉の奥へ戻してしまいたかった。徳田が顔を近づけてきた。伸郎に向かって指を突きつける。夢は再現フィルムのようにいつも正確に一昨年のあの日の出来事をなぞっていく。徳田が何を言うかもわかっていた。

「もう一度、言ってみろ」

こんな時ですら、二十年間体に染みついた、命令に服従する習い性が出てしまったのだろうか。突きつけられた指に催眠術をかけられたように、同じ言葉を反復してしまった。

伸郎は言う——

「ぴゅんぴゅんぴゅんぴゅん」

いきなり口から電子音が飛び出してきた。

なんだ？　いつもの夢と様子が違う。

ぴゅんぴゅんぴゅんぴゅんぴゅん。

口から放たれる電子音はとまらない。伸郎を見上げていた徳田が胸をわしづかみにして身をよじり、どうと床に倒れた。なんだなんだ？

伸郎はかたわらの西村に顔を振り向け、首をかしげてみせた。西村は目をふくらませて、伸郎の口もとを見つめ、信じられないという顔をする。

(どうなっているんだ)

西村にそう声をかけたつもりだったのだが、唇からはまた――

ぴゅんぴゅんぴゅんぴゅんぴゅん。

西村が仰向《あおむ》けの体勢で吹っ飛んだ。

女性行員の悲鳴が聞こえた。みんなが一斉に立ち上がり、我先にと通用口へ逃げ出そうとする。伸郎はあわてて叫んだ。

(違う。違うんだ。これは何かの間違いだ)

しかし、声になったのはやはり、電子音。

伸郎の叫びを浴びた行員たちが、なぜかばたばたと倒れていく。まるで機銃掃射。警備員が駆けつけてくる。伸郎は必死で言いわけをした。

ぴゅんぴゅんぴゅんぴゅんぴゅんぴゅんぴゅんぴゅん。

たちまち全員が倒れた。悪夢のような光景だった――いや、違う。これは夢なんだから、悪夢のようなではなく、悪夢そのものだ。

頭を抱えて叫んだ。

(もういい、早く醒めてくれ)

ぴゅんぴゅんぴゅんぴゅんぴゅんぴゅん。

突然脇腹に鈍い痛みを覚えて伸郎も倒れた。いや、倒れたわけじゃない。自分は最初から寝ているのだ。夢の中から現実へ、水中から浮かび上がるように少しずつ意識が戻っていく。自分がすっぽり毛布にくるまっていることを頭が遅ればせながら理解した。

電子音はまだ続いている。そうか、これは目覚まし時計の音だ。毛布から腕を伸ばして、手さぐりをしたが、時計はない。そうだった、タクシーの仕事を始めてからは目覚まし時計なんか必要ないから、置かないことにしているのだ。

ぴゅんぴゅんぴゅんぴゅんぴゅんぴゅんぴゅんぴゅんぴゅんぴゅん。

じゃあ、なんなんだこの音は。音が激しくなるにつれ、何かが腹をこつこつと叩く。ほどなく爆発音。続いてすぐそばで小さなため息が聞こえた。

と、いきなりまた腹が重くなる。そして、また電子音。

毛布からそろりと顔を出す。明るさになじまない目をしばたたかせて、壁かけ時計を眺めた。午前十一時三十二分。眠ってから二時間も経っていない。

ようやく音の正体がわかった。テレビからだった。画面では、CGで創造された主人公が、SF風の軍服で駆け回っている。手にした武器が閃光を放ち、電子音を発するたびに、画面の奥から出現するゾンビたちがばたばたと倒れていった。

毛布から首だけ伸ばして叫んだ。

「お〜い、恵太、かんべんしてくれよ。パパは寝たばかりなんだからさ」

恵太は答えず、ゲームコントローラーを操り続けている。

「どうしてお前、ここにいる。学校は?」

画面に顔を向けたまま答えてきた。

「今日、土曜日だよ。パパこそ、なんでここで寝てるのさ」

伸郎が寝ているのはリビングのソファだった。恵太は伸郎の脇腹に預けている頭をゲームの攻防に合わせて前に後ろに振り動かしている。ぼんやり霞《かすみ》がかかった頭で二時間前のことを思い出そうとした。

家に帰ったのは、午前九時近く。律子はもうパートに出かけていて、ダイニングテーブルには、冷めた朝食が置かれていたが、いつものように食欲はなく、冷蔵庫から発泡酒を取り出し、つまみがわりに目玉焼きの目玉だけほじって、それから二階へ上がり——

そうそう、二階の夫婦の寝室に、ふとんが敷かれていなかったのだ。忘れたんじゃない。わざとそうしたに決まっている。ようするに自分のことは自分でやれ、ということだ。労働時間は伸郎のほうがはるかに長いが、一カ月の収入はパートタイマーの律子の稼ぐ額とたいして変わらない。それなのに自分にだけ家事を押しつけるな、と律子は言いたいのだ。

ふとんを敷く気力すらなかった伸郎は、毛布だけ持ち出して、ソファで二本目の発泡酒を飲んでいたのだ。二本目を飲み終えた記憶はなかった。

妙な寝方をしたためか、首の痛みが乗務中より酷《ひど》くなっている。毛布から抜け出す決心がつかずに、ソファの上で半身だけ起こす。服を着替えずに寝てしまったから、グレー・スーツがくしゃくしゃだった。

何を着て行こうが、どうせ制服に着替えるのだから一緒なのだが、伸郎はいまだにスーツを着て会社へ通っている。スーツ以外の服で通勤電車に乗る自分を想像することができないのだ。ひと月目まではネクタイも締めていたのだが、さすがにいまはやめている。他の運転手の中にもネクタイ姿で通勤してくる人間はいるが、それは仕事明けに行く早朝割引のピンサロで、ホステスにもてたいだけの理由だ。

くしゃみをし、身震いをした。部屋がずいぶんと寒い。起こした半身をまた倒して、毛布で体をくるみ直した。

「なぁ、部屋、寒くないか」

「ママが昼間は十八度にしなくちゃだめだって」

エアコンの設定温度のことだ。そう言えば律子がそんなことを言っていたっけ。昼間ずっと寝ているから、みんながちゃんと守っているなんて知らなかった。家の中だというのに、恵太はダウンベストを着ている。

「ちょっとだけエアコンの温度、上げようよ」

「だめだよ。ダンボー費の節約のためなんだ」

はいはい、何でもママの言うとおり。家庭の中で自分の影がどれほど薄いか、失業して初めて気づいた。やっと仕事を見つけたいまもなお、薄い。いや、ますます薄くなっている気がする。

「寒いなぁ。パパ、風邪ひいちゃうよ。風邪ひいちゃったら、仕事行けないよ」

「二階で寝れば」

やだ。動きたくない。恵太も父親に生意気な口をきくようになった。小学三年生。反抗期にはまだ早い気がするのだが。子どもは敏感だ。群れのリーダーがどちらなのかを察知しているのかもしれない。

「頼むよ。やるなら二階のテレビでやってくれ」

テレビ画面から目を離さずに恵太が言う。

「あれ、もうだめ。ゲームもできなくなっちゃった」

そうか。夫婦の寝室に置いた二台目の液晶テレビは、去年から映りが悪い。ＮＨＫの女子アナが全員美人に見える。銀行員時代なら、電球を取り替えるみたいに気安く買い替えただろうが、収入が数分の一に落ちたいまは無理だ。

それ以上何も言えなくなってしまって話題を変えた。

「朋美《ともみ》は？」

「ねえちゃんは自分の部屋。下はくさいからやだって」

「臭《くさ》い？」

飲み残したビールの匂いか。朋美は中学一年。なにかと潔癖な年頃だ。

「そうか、悪いことしたな。朋美は酒の匂いが嫌いだものな」

「ううん、違う。パパの臭《にお》い」

「俺の匂い？　なんだそりゃ」笑おうとしたが、声が裏返ってしまった。

「うん、カレーの臭いとか言ってたよ」

「カレー？」昨日はカレーライスなんか食ってないが――そこで気づいた。加齢臭《かれいしゅう》ってことか。頭に血が昇った。いつそんな言葉を覚えたんだ。俺のチンポコから生まれたくせに。口をつねってやろうか。腹を立てながら、ついシャツの衿の匂いを嗅いでしまった。

「なぁ、恵太。パパ、臭い？」

ぴゅんぴゅんぴゅんぴゅんぴゅんぴゅんぴゅんぴゅんぴゅんぴゅん。

まったくどいつもこいつも。

毛布にくるまったままリビングを出た。階段の下へ行くと、上から降りてくる足音が聞こえてきた。朋美だ。伸郎の姿を見るなり、降りてきたことを後悔する顔になる。

「おはよう」

むかっ腹を抑えて声をかけたが、つんと顔をそらせただけだ。伸郎を必要以上に迂回して通り過ぎようとする朋美を呼びとめた。

「おい、朋美。パパは、おはようって言ったんだぞ」

怖い顔をつくって見せたのだが、振り返った朋美に、ふくらみはじめた胸を突き出されて、どぎまぎしてしまったのは伸郎のほうだ。最近、とみに律子に似てきた。いま伸郎に向けている眉間の狭さも。

「もう十一時だよ。早くなんかないよ」

おい、その口のききかたはなんだ——そう言おうと思ったのだが、言葉が出てこなかった。ずいぶん前から伸郎は、娘に説教ができなくなった。いつからだろう。仕事をせずに昼間からぶらぶらしている自分にひけめを感じはじめた頃からか。就職活動がままならず、先行きが不安になって、友だちと同じ私立に行きたいと言っていた朋美に、受験をあきらめさせた時からか。いや、もっとずっと前かもしれない。

伸郎の口を塞ぐようにリビングのドアが閉まる。音が必要以上に大きい気がした。格子ガラスに、寝ぐせで逆立ったぼさぼさ髪の、みの虫みたいに毛布を巻きつけた情けない姿が映っている。加齢臭か。律子と朋美が使っている桃のボディソープを使えば消えるだろうか。

人生は偶然からなりたっている。階段を昇りながら伸郎はまたも考えはじめた。

そうだよ、あの二人が自分の子どもだということだって、考えてみれば、ただの偶然だ。

あの日――どの日だか、もはや定かではないのだが――律子の寝床に侵入する時間が少し違えば、あるいは体位をちょっと変えただけで、まったく別の子どもが生まれたかもしれない。

例えば、疲れて帰ってきた父親の食事を温め直す優しい娘。温め直してくれなくてもいいから、せめて「おはよう」と声をかけてくれる娘。

例えば、寝ている父親を起こさないように気づかって、部屋の暖房の温度を上げ、毛布の上にもう一枚ふとんをかけてくれる息子。

ああ、どこで何を間違ってしまったのだろう。唇を突き出し、階段の踊り場に向けて、電子銃を放った。ぴゅんぴゅんぴゅんぴゅん。

二階の夫婦の部屋は、八畳の洋室だ。ダブルベッドを使っていたのは、朋美が生まれるまでで、それからはずっとふとん。それも最近は少し距離を離して敷く。

昼間眠るのはなかなか大変だ。まずきっちり雨戸を閉める。雨戸のない出窓には、いちばん下までロールカーテンを下ろす。

ふとんを敷き、パジャマに着替えて、暖房をつける。二十三度にしてやる。ざまあみろ。だが、タイマーで一時間だけにしておいた。

よし、オーケー。ふとんにダイブした。

うう。小さく唸《うな》った。このところの伸郎にとって、唯一の安息の時だ。冷えた体がじんわりと温かくなっていく。背骨が甘く痺《しび》れる。背中から根が伸びて、敷きぶとんに同化していくような感触がたまらない。

眠ってしまうのがもったいなかった。起きればまた、妻に眉の間隔が狭い顔を向けられ、娘と息子にないがしろにされる、室温十八度の冷え冷えした家庭生活が待っている。その後は、固い運転シートと同化させられる二十四時間勤務。

つかのまの幸せだ。まだ眠らないぞ。そう思いながら寝入っていくのもまた楽しい。

頭の芯がとろけはじめた頃、階段を昇ってくる音がした。猫みたいな足音。朋美だ。廊下の向こう側、朋美の部屋のドアが閉まる音がした。

と、いきなり――

ウォウォウォウォッホウ、ホッホッホッホゥ。

大音響が鳴り響きはじめた。夏でもニット帽をかぶるあんちゃんたちが絶叫する音楽。

『だんご三兄弟』が欲しいという朋美のためにCDショップを駆けずりまわったのは遠い昔。

中学生になってからというもの、朋美の部屋から流れてくる音楽のやかましさは、日増しにエスカレートしている。

ウォウォウォウォウォッホウ、ホッホッホッホウホウウー。

もうかんべんしてくれ。伸郎はふとんの中にもぐりこんで、毛布で両耳をふさいだ。

4

その客を乗せたのも、ただの偶然だった。

昼過ぎにホームグラウンドの大田区のはずれで拾った初老の男は、行き先を尋ねた伸郎にこう答えた。

「白金《しろかね》まで。天現寺《てんげんじ》の少し先」

いつもなら客の言葉を聞いた瞬間から、機械的に道順を思い浮かべるだけなのだが、その時は、一瞬、頭の中のナビゲーション装置が停止した。客が気にかかったわけじゃない。気になったのは、男が告げた行き先だ。

白金。かつて暮らした場所だ。予備校と大学に通った五年間と、銀行に入って最初の三カ月目まで、天現寺の交差点の少し先にある通りに伸郎は住んでいた。

四畳半、風呂なしのアパートだった。当時の学生の平均的な下宿だ。便所や水道が共同のアパートに暮らすやつもいたし、三畳間をルーム・シェアしていた連中もいた時代だから、平均以上だったかもしれない。下宿という言葉が似合わない、ユニットバス付きのワンルームマンションに暮らすいまの学生たちから見れば、犬小屋にペット用トイレを突っこんだような空間だろうが、父親の最後の転勤先である栃木の片田舎から東京へ出てきた伸郎にとって、そこは無限の広さを持つ大空間だった。

麻布、高輪、白金台、住居表示だけで家賃がはね上がるような街に挟まれてはいたが、伸郎のアパートのあった通りだけは、古くからの商店や仕舞屋《しもたや》風の家が軒を連ねている場所で、家賃も安かった。

下町を一筋まるごと切り取って、高級住宅街の中にはめこんだような街。あけすけでがさつな風情が、田舎者にはよそよそしく感じる東京の品のいい住宅街より好もしく思え、初めての独り暮らしを安心させた。

住めば都。最初の勤務先となった品川支店までは比較的近かったから、就職した後も住み続けるつもりだったのだが、夜の遅い銀行員生活は風呂のないアパートではとてもやっていけないことを知って、バスルーム付きの住まいに引っ越しをした。

以来、その界隈に足を向けたことはない。つごう六年間、地方支店に勤務していたし、どちらにしろ銀行員の活動範囲は狭い支店のエリアに限られるからだ。クルマで通りかかったことぐらいはあったのだろうが、格別な記憶はなく、感慨にひたった覚えもなかった。タクシードライバーになってからも、広尾や白金台といった隣接する盛り場まで客を乗せることはあっても、自分のアパートがあった一角に入りこんだことはなかったはずだ。

西麻布から広尾へ、都営アパートを越えた先が天現寺橋。伸郎が暮らしていた頃の広尾は静かな街だったが、いまでは東京の人気スポットのひとつだ。通りかかるたびに、違う街に変貌しているようで、裏切られた気分になる。

客を天現寺橋で降ろしたあと、クルマを直進させ、ウインカーを左に出した。かつて自分が暮らした通りを、ひと目見たかったのだ。バスがすれ違うのに苦労するようなバス通りだった。様変わりした広尾の様子からして、ここもさぞかし洒落た街並みに——そう考えていた伸郎は、曲がり角の先に開けた風景に驚いた。

変わっていない。昔のままだ。

学生時代に通った洋食屋がまだ残っていた。油っぽさをやけにうまく感じたポテトサラダの味が、舌に甦《よみがえ》る。

本屋も健在。よくお世話になったエロ雑誌の自動販売機まで昔どおり。

銭湯へ行く前に洗濯物をつっこみ、出た後に取りに行っていたコインランドリーもあった。みたらし団子が売り物の和菓子屋も。

胸がときめいた。

銭湯もまだあった。クアハウス風に改装されていたが、名前は残っていた。『アクアプラザ・越後湯』。そうそう、風呂屋の名前は越後湯だった。

銀行に勤め出してからは、毎晩、終了時間ぎりぎりに飛びこんでいた。脱衣所の明かりが消え、一人だけになった湯船を出て、親爺さんが催促するようにタイル掃除をはじめる洗い場で、超特急で髪を洗い、体を流した。

もちろん変わってしまったものもある。

『クレイ・フィッシュ』。行きつけだった喫茶店の姿はなかった。モーニングサービスに出すゆで卵を、好みの固さに茹でてくれ、夜は酒も出していた。バドワイザーやクワーズを生まれて初めて飲んだのは、この店だった。

髭面《ひげづら》のマスターは四十代の脱サラした元商社マン。「これから就職する君に言うのはなんだけどさ、サラリーマンを長く続けていると、魂が削ぎ落とされていく気分になるんだよ」伸郎にはそう語り、そのくせ伸郎の就職が決まったと知ると、モーニングに、チーズ盛り合わせをサービスしてくれた。

退職金で蓼科《たてしな》に土地を借りて農業をするか、東京に店を持つかで悩んだ末に、ここを借りることにしたのだそうだ。「人生、なるようになるさ。無理しちゃあいけないんだよ」が口ぐせだった。しかし考えてみれば、朝から晩まで店を開けていたのだから、本人は無理をしていたのかもしれない。なるようにならなかったらしいクレイ・フィッシュは、コンビニエンス・ストアに変わっていた。

大学の研究所がある広い敷地の向かい側、理髪店や蕎麦屋が並んでいた一画もすでになく、かわりに東京のどこの街にもありそうな煉瓦造りのマンションが建っていた。蕎麦屋の手前の道を入った先に、伸郎のアパートがあったのだが。

通りの両側を眺めてのろのろ走っていたら、後ろからクラクションを鳴らされてしまった。表通りからひと筋入った裏道にクルマを停めた。この通りをゆっくり歩きたくなったのだ。

二十年前から居眠りをし続けているような老人が座った、研究所の守衛所の前を通り過ぎ、狭い二車線道路を横断する。真新しいマンションの脇道を覗いてみた。

左右に並ぶ民家の佇《たたず》まいがどうだったのかは、不思議と記憶になかった。独り暮らしの伸郎にとって、一般家庭はつきあいのない縁遠い存在だったし、目にとめるのはガレージのクルマぐらいで、他人の家の大きさや庭の広さなどにはたいして興味がなかったからだろう。

細い道の突きあたり。そこにかつて自分が暮らした場所がある——坂道とは言えないほどの勾配の先に目をこらした。

信じられない。アパートはいまもあった。

絶え間なくクラッシュ・アンド・ビルドが繰り返され、自分の家の近所ですら、新しい建物が出現すると、以前そこに何があったのか忘れてしまう東京では、奇跡に思えた。

モルタル壁のアパートは、一見したところ、どこも変わっていない。変わっているとしたら、当時すでにボロアパートだったのが、さらに老朽化が進んでいることだけだ。人間で言えば七十歳の老人が九十歳になった感じ。伸郎が暮らしていた頃でも、かろうじてライトグリーンだとわかる程度だった壁の色が、もとの色が判別できないほど煤《すす》けてしまっている。

新しくなっているのは、玄関の上のアパート名を記したプレートぐらいか。老人の入れ歯みたいに、そこだけやけに輝いている。「白藤荘」というアパートの名は、「白藤ハイツ」に変わっていた。文字どおりの付け焼き刃。

二十年前もそうだったように、玄関の観音開きの扉の片方だけが開けられ、つっかいとしてブロックが置かれている。

懐かしい。胸にさわりと小さな風が吹いた。アパートはボロでも、この頃の思い出はいまも輝いている。

入ってみようか。その突然の思いつきを、ためらいなく行動に移したのは、それが二十年前までのごく日常的な行為だったからだろう。他人の家とは思えなかった。一般住宅と変わらない広さの三和土《たたき》に足を踏み入れる。ここで靴を脱ぎ、自室まで持っていくのが白藤荘のルールだ。伸郎の部屋は二階。階段の軋《きし》みまで懐かしかった。

酔って仲間を引き連れて、階段を駆け上がり、階下に住んでいたホステスのヒモに怒鳴られたことを思い出す。生まれて初めて——生涯でこの一回だけだ——ナンパに成功し、足音を忍ばせて女の子を連れこんだ時のことも。

二階には廊下をはさんで六つの部屋が並んでいる。ちゃちな鍵しかついていない木製のドアも記憶の中のまま。左手のいちばん奥が伸郎の部屋。二〇三号室だ。

ここまできたら、部屋の中も見てみたい。伸郎は高揚していた。アパートへ入ったとたん、気分は無茶をすることがアイデンティティだった学生時代に戻っていた。かつての自分の部屋のドアを、躊躇することなくノックしてしまった。

住人が出てきたら、昔、ここを訪ねてきた友人が、隣室の美人ＯＬの部屋に故意にそうしたように、「ああ、部屋を間違えました」とかなんとか、適当な言い訳をすればいい。ドアからひょっこり二十年前の自分が出てくるような気がした。

誰も出てこなかった。

繰り返しノックしてみる。やはり同じ。留守だろうか。鍵穴から部屋を覗いてみた。目を近づけようとしても近づけられない。帽子のつばに邪魔をされたからだ。運転手帽をかぶったままクルマを出てきたことに、遅ればせながら気づいた。自分が四十すぎで、会社をクビになり、いまはタクシー運転手であることを、嫌でも思い出さざるを得なくなったとたんに、つかのまの夢想が醒める。いったい何をやっているんだ俺は？

かつて暮らした部屋に背を向けて歩き出したが、歩調は後戻りしているようだった。伸郎は思う。

もう一度、人生をやり直すことができたら。

痛いほど強く、思う。

入ってきた時の半分の歩幅で、半分に胸をしぼませて、伸郎はアパートを出た。

5

正門をくぐり抜けると、排気ガスとエンジンオイルの匂いが鼻を刺す。高いフェンスの中によどみ、塩ビフェンスのボルトの抜け落ちた穴や、コンクリート打ちされた地面のひびわれの中にも染みついた匂いだ。

左右にはトタン葺《ぶ》きの屋根が申しわけ程度に空との境界線をつくっていて、その下に葉っぱのカタチの行灯を載せた黄緑色の車両が並んでいる。全部で四十台弱。車庫は、テニスコート二面分ほどの広さで、その奥の排気ガスに煤けた二階建てが事務所。伸郎が勤めている「わかばタクシー」は、所属ドライバー百人ほどの小さなタクシー会社だ。

求人案内チラシには他のタクシー会社の募集広告も掲載されていたが、どこも報酬に関する明確な表示がなく、比較のしようがなかった。年齢制限もすべて伸郎にはまったく問題のない高さで、わかばタクシーにいたっては制限なし。ここを選んだのは、自宅から電車で三駅ほどの近さだったため。そして広告に『未経験の方も歓迎。二種免許取得サポートシステム有り』という一文が入っていたからだ。

面接の相手は営業部長と運行部長。二人に履歴書を見せようとしたら、いきなり背後から「よっ、よろしく」と肩を叩かれた。振り向いた伸郎に手刀《てがたな》を切り、ゴルフバッグを担いでそそくさと去っていく男が社長だと聞かされた時点で、採用は決まったようなものだった。あんのじょうその場で採用が決まり、自動車教習所の二種免許取得教習の申し込み書を渡された。

聞かされた条件はけっして良くはなかった。制服のクリーニング代から車の維持費、修理費まですべて運転手の自己負担。固定給というのは、実質的にこの分の金額だ。事故を起こした時の補償もなし。

会社に入ってからあれこれ調べてみたら、高額の固定給を支払う会社はいくらでもあった。しかし、他のドライバーの話を小耳にはさんだかぎりでは、その手の会社は歩合の比率が悪かったり、クルマの賃貸料を取られたり、「足切り」のレベルがやたらに高かったりするのだそうだ。

足切りというのは、ノルマとは別に設定されている一日の営業収入の最低基準のことだ。これを超えないと、歩合もなにもない、その日渡される収入はゼロになる。わかばタクシーの場合は二万円。これでも業界では低めの設定らしい。伸郎はそれすら超えられない日もたびたびあって、そんな時は、架空の客をでっちあげて、自分の財布から足りない分を出している。会社には、思うつぼだろう。

ようするに、タクシー運転手の労働条件は、どこも似たりよったりらしい。うまい話などどこにもころがっていない。少なくとも、タクシーが走る路上には。

二種免許の取得は思っていたより簡単だった。二日ほどの教習で学科試験があり、それから実地講習。当然、普通免許以上に内容は高度で、教官はより偉そうだったが、技能試験には一発で合格した。若い頃、好んでマニュアル車に乗っていたのがよかったのかもしれない。

その後は東京タクシーセンターや自動車事故対策センターで数日間の研修。そして地理試験というテストを受けた。実技よりこちらのほうに苦労した。

「次の道路名や交差点名を別紙の図の中から探せ」「次の施設を別紙の図の中から答えよ」などという問題が出されるのだが、「万福会館」なんて場所を聞かれても、わかるわけがない。宅建や簿記検定よりややこしいかもしれないこのテストになんとかパスしたのは、マークシート方式に学生時代から慣れていたのと、設問の中にかつて支店のエリアだった場所がいくつかあったからだろう。試用期間は三カ月だが、数日間、指導車に同乗して実地研修を受けただけで、その後は、他のドライバーと同じ扱い。いきなり街へ放り出された。

伸郎は大きくあくびをして、オイル臭い空気を吸いこんだ。

水曜日。公休日明けだが、あいかわらず体は重い。首は客を探す左向きに固まったまま。この三カ月の疲労が蓄積しているからか、昨日の夜も「会計士試験・過去問題集」を手に取ったのだが、取っただけで、結局、二度寝してしまった。

事務所へ入る前に、自分のクルマの置かれた場所に寄った。

相番《あいばん》の山城《やましろ》がクルマを洗っていた。相番というのは、同じ車両を使うパートナーのことだ。

帰庫したら、乗務者はまず洗車をするのが規則だが、必ずしも自分でやらなくてもいい。会社が雇っているわけではないが、「洗い屋」と呼ばれる人間がいるのだ。免停中の運転手や小遣い稼ぎにやってくる失業者風の男たちだ。一回千円。自分の乗車日に早めに出てきて、人のクルマを洗って小銭を稼ぐ運転手もいる。山城もその一人だった。

鼻唄で演歌を歌っていた山城が、伸郎の足音に気づいて振り返り、にっと笑う。

「よ、マッキー」

なれなれしい口調で声をかけてくるが、別に親しいわけじゃない。マッキーというあだ名だって、山城が勝手につけて、ひとりで使っているだけ。この男以外に、そう呼ばれたことはない。

相番がパートナーといっても、伸郎が明け番の時に、向こうは乗務するのだから、いつもすれ違いだ。前回の乗務明けの時も顔を合わせていなかったから、伸郎は財布から千円札を出して、山城に渡した。伸郎も山城に洗い屋をやってもらっている。稼ぎからすると、そんな贅沢をする余裕はないのだが、毎日、帰庫すると体はもう動くことを拒否してしまう。ことに水に触っただけで凍えてしまいそうないまの季節に洗車はつらかった。愛車を愛撫するようにワックスがけをするのとはわけが違う。

「いつも悪いね。どう、マッキー、景気は」

伸郎はコンマ一秒の素早さで、顔に愛想笑いを張りつけた。銀行で営業を長くやっていればたやすい技だった。顔を合わせても、短い会話をするだけですむのが幸いだった。山城には、公休日が重なった時に、一緒に競馬へ行こうとか、一杯やらないかとか、いつもしつこく誘われるが、適当にあしらっている。そもそも相番の伸郎と山城には公休日が重なることなどないことを、この男は理解していない。

「全然だめですよ。山城さんは、どう?」

「山ちゃんでいいって言ってるじゃない」

山城は伸郎と同年輩。年齢を尋ねたことはないが、年下だとは思いたくなかった。張り出したひたいの下に、どんぐりみたいな金壺眼《かなつぼまなこ》がはめこまれた、人類がサルから進化したことを如実に証明している容貌の持ち主だ。ごつい見かけのわりに声は甲高《かんだか》く、よく響く。

「それがさ、聞いてよ。昨日は一万超え《マンシユウ》が二回。なのにワンメーターも多くてさ。トータルでノルマぎりぎり。やっぱ、いまの客はしょっぱいよ。昔みたいにはいかないわ」

わかばタクシーに入社して一年ちょっとだ。出入りの激しいこの会社ではもう中堅だが、新人の伸郎と組まされ、ボログルマをあてがわれているのだから、優秀なドライバーとは言いがたいだろう。ここに来る前にもタクシーの運転手をしていたのか、別の職業についていたのか、向こうが話さないから、伸郎も聞いたことがない。伸郎自身は別に隠す必要もないから、元銀行員であることは明かしている。

面接を受けた時、履歴書に記された自分の出身大学と元の職場を驚かれるだろう。当然、伸郎はそう考えていたのだが、特に気にとめられはしなかった。面接した営業部長たちの関心は、免許証の裏側が真っ黒になっていないか、前科や借金がないか、そんなことだけ。ちょっと不満だった。

山城がホースで水をひと口飲んでから言った。

「ところで、マッキー、聞いたかい。うちの営業車にもカーナビがつくって話」

「ああ、聞いてます」

面接の時、営業部長が言っていた。だが、これから徐々に導入をはかるという話を聞いたきり、いまのところ搭載されている車両は一台もなかった。

「ついに本決まり」

ありがたい。カーナビがあれば、自分の営業収入も伸びるはずだ。何も根拠はないのだが、伸郎はそう思った。

「いつからですか」

よくあることなのだが、山城が質問と違う答えを口にする。

「とりあえず五台だけだって」

ガッツポーズをしようと思って握りこんだ拳がパーのかたちになった。頭の中でルーレットが回る。ベットできるのは五つの数字だけ。いまの自分の運では、玉はころがってこないだろう。

「……五台かぁ。どうせなら全部につけてくれればいいのに」

「それがさ、違うのよ」

「違うって？」

「カーナビを使うのは、客なの。後部シートにつけるんだって」

「なぜ？」

「社長が思いついたらしいよ。あの人、金に細かいからなぁ。ムダ金をつかうのが、急に惜しくなったんじゃないの。前も言ってたじゃない。自分が若い頃はカーナビどころか、ろくな道路標識もなかった。道がわからなくなった時は、太陽と月の位置を見て走ったもんだって。いつの時代だよ。俺たち渡り鳥じゃねぇっつうの、なぁ」

「……あのぉ、で、なぜ後部シートにカーナビを」

「それがさ、聞いてよ。カラオケ用なのさ。カーナビつけると、できるんだって、カラオケが。顧客サービスの一環だって。サービスって言ったって、お金とるのよ。三曲、百円」

かんべんして欲しい。ただでさえ道がわからずに手に汗を——文字どおり——握っているのに、後ろで酔っぱらいに『昴《すばる》』なんぞを熱唱されたくなかった。

「昨日の朝礼でさ、希望者はって営業部長がみんなに聞いたんだけど、カラオケの売り上げはドライバーには入らないって言うじゃないの。冗談じゃないよね」

もちろんそうだ。伸郎は大きく頷《うなず》く。

「そしたら部長が言うわけさ。『カラオケ付き』って営業車にシールが貼ってあれば、客が飛びついて、営収がふえるぞって。なるほどなぁ、ダテに眼鏡ふたつかけてねえなあって思ってさ」

嫌な予感がした。

「俺、手、あげちった。悪いね、マッキーに相談もなしに」

伸郎はクルマの後ろに回った。リアウインドウに昨日まではなかったシールが貼られ、でかでかとこんな文字が躍っている。

『関東初　♪歌えるタクシー　全二千五百曲／日本音楽著作権協会公認』

「だけどさ、まいったよ。営収、いつもと変わらないんだもん。ま、あれこれ準備するのに昼までかかっちまったせいもあるんだけどさ。カラオケ使った客は二組だよ。営業部長が言うには、アピールが足んないって。『一曲いかがですか』って俺らが勧めなきゃ、利用客は伸びねえと。だけどさ、乗せた客にアピールしたって、金は会社のもんだろ。俺らになんのトクがあるんだろ。おかしいよな。マッキーはどう思う？」

たいして「まいって」はいないような能天気な口調で聞いてくる。車内を覗いてみた。前部シートのコンソールボックスの後ろに、仰角に固定されたモニターが見える。運転シートの背には、マイク。もともと希薄な勤労意欲が、乗務前に消し飛んだ。

「……ねぇ、山城さん」

「山ちゃんでいいってば」

人の気も知らないで、山城がのんびり笑う。破壊的な顔がさらに崩れた。

「じゃあ……山ちゃんさん……これ、どうやって使うんです」

マイクの隣に集金用の箱。金属製で鍵つきのところが腹立たしい。

「説明書がついてるんだけど、じつは俺もよくわかんねぇんだよ。スナックじゃ、いつもおねえちゃんに曲入れてもらってるからさ。マッキーなら、だいじょうぶさ、インテリさんだもの」

山城にどんと肩を叩かれた。そういう問題じゃないと思う。カラオケの操作は伸郎も苦手だ。

毎週水曜日は全体朝礼の日だ。公休日の人間をのぞき、その日乗務するドライバーと明け番の両方が、午前七時半に集まる。

いま従業員休憩所前の狭いスペースに並んでいるのは、本来なら七十六名のはずなのだが、病欠二人、無断欠席一人、免停中四人、事故で入院中一人。その穴埋めに呼ばれた非常勤の数が足りず、全部で七十二名だ。

いちばん後ろの列の伸郎から見える頭は、パンチパーマやアイパー率が高い。それも白髪まじりが目立つ。タクシードライバーの平均年齢は高い。伸郎や山城ぐらいなら、まだ若い部類だ。六十過ぎの年金生活者も多い。たいていが相番二人の公休日と明け番が重なってクルマが空く時だけ乗務する、いわゆる月7勤。

最高齢は「隊長さん」という通称で呼ばれている老人。何歳なのか伸郎は知らないが、休憩所で身じろぎもせずに座っている姿は即身仏《そくしんぶつ》さながらで、定年後も元気なうちは仕事をしたい、などという半端な年齢ではないことは一目瞭然だ。会社から引退勧告を受けないのは、太平洋戦争の時、海軍の飛行機乗りだったという経歴に社長が一目置いているからだという話だが、考えてみればクルマの運転とはなんの関係もない。

事務職が向かい合わせに並び、正面に社長。いつもはどこにいるのかわからない社長が、毎週この時間にはやって来ていて、全員に訓示をする。

社長は営業部長が気をきかせて用意した演説台の上に立っている。演説台といってもビールケースなのだが。立ち位置はいつも事務室に続くドアの前。『一陽来復』としたためられた社長のお気に入りの扁額の真下だ。

いつものゴルフウエアではなく、ジャケットと蝶ネクタイで正装した社長が丸い体を揺すって喋りはじめた。

「明日ありと思う心のあだ桜――私がこの言葉を胆《きも》に銘じるようになったのは、中学を卒業し、青雲の志を抱いて上京する折であります。柔道部の顧問であったいまは亡き山内先生から贈られた忘れられないひと言です――」

叩き上げの人間の常で、社長は人生訓と説教が大好きだ。自身もタクシー運転手を経て、本人曰く「徒手空拳で会社を起こした」そうだが、社員の前でこうして熱弁をふるうために会社を大きくしたのではないかと思うほど。

入社した時、再生紙にコピーされた業務要領と従業員規約とともに、社長が自費出版したという上質の紙で印刷された『我がタクシー人生——金はあの道の先にころがっている』という本を渡された。処分に困っているようで、社長室の棚にはずらりとこの本の背表紙が並んでいる。

「明日があるなどと、安易に思ってはいけない。明日の営収より、まず今日の営収。私がつねづねみなさんにお話ししていることを見事に体現した言葉ではないかと思います。山内先生は、東京へ向かう夜行列車のホームで私の肩を叩き——」

確かこの話は、入社して二週目にも聞いた。「明日があると思うな」だなんて朝七時半から聞かされても困る。明け番の運転手たちはあくびを隠そうともしない。

「——それからこうおっしゃいました。『若林、明日できることも、今日やれ。今日一日を大切にしろ』夜行列車が出る前でしたから、時刻は午後十時をまわっておりました。私が『先生、あと二時間しか今日はありません』そう言うと、山内先生はぐっと唇を嚙み、ひと言、こう言われたのです。『寝ろ』と。そう、睡眠も大切です。しかし、せっかく営収の期待できる時間帯に仮眠をとるドライバーのみなさんが多いのは、誠に残念なことです——」

社長は朝礼の訓話の時だけ、運転手を「ドライバーのみなさん」と呼ぶ。ふだんは「運ちゃんたち」。毎度ながら、半白のアイパーの列のあちこちから失笑が漏れる。この男がドライバーなどと言っても、ゴルフ用語にしか聞こえない。

日本橋支店の徳田支店長も、訓話や金言、格言が大好きだった。支店の壁にはいつも徳田の自筆による貼り紙がべたべたと貼られていた。それでなくても銀行というのはスローガンが好きで、本部からひっきりなしに標語ポスターが送られてくるから、支店の壁は士気高揚、自己啓発の言葉であふれていた。毎日、壁から説教を食らっている気分だった。

客の目にとまる一階の壁には、「お客様の満足を、あなたの喜びに」営業セクションの集まる二階の廊下には、「客は銀行の畑。種まきを惜しむな」階段の踊り場には、「千里の行《こう》も足下《そっか》より始まる」トイレの壁にも。「一秒を笑う者は、一秒に泣く」

馬鹿につける薬はない。

乗務開始時間が迫り、営業部長が時計を眺めて、靴先で床を叩きはじめた頃、ようやく社長の訓示が終わった。明け番は解散となり、営業部長が気ぜわしげな早口で業務連絡事項を口にする。

「昨日の担当乗務員にはすでに話をしましたが、ＧＰＳによるカラオケサービス車を導入することになりました。搭載希望者はいませんか？　まだ全車には搭載できないから、早い者勝ちですよ。残りはあと四台しかない——」

誰も手をあげない。希望者が出なければこちらで割り振りを決める。営業部長がげんなりした顔でそう言った。

続いて点呼。隣に並んだドライバー同士が向かい合わせになる。

事務職の一人が声を張り上げた。「頭髪～っ」

全員が右手をあげ、お互いの髪にひとさし指を突きつけて、声を張りあげる。

「頭髪よーし」

伸郎が向き合ったのは、通称「サブちゃん」。本名は忘れた。鼻の穴がやけに大きい初老のドライバーだ。サブちゃんは伸びすぎたアイパーがぼさぼさだった。

「服装～」

「服装、よーし」

シャツの洗濯は各自。上着のクリーニング代は運転手負担。サブちゃんはサラ金に多額の借金がある。節約しているのだろう。シャツの衿はよれよれ。薄緑色のジャケットが黄土色に変色していた。

「笑顔～」

「笑顔よーし」

歯がヤニで真っ黒。笑わないほうがいいかもしれない。

「着帽〜」

サブちゃんは伸びすぎのアイパーの型くずれを気にして、北朝鮮軍みたいなふくらみの大きすぎる帽子をそっと載せる。伸郎は脱毛箇所まで深くかぶった。

「着帽よーし」

最後に全員でこうがなり立てる。

「一に挨拶、二に笑顔、いつもにこにこ、使おう敬語」

何人かがどさくさに紛れて、最後のひと言をこっそり言い換える。「パクろう備品」

車庫に向かおうとしたら、営業部長に呼び止められた。

「GPSカラオケの件、山城さんから聞いてると思うけど——」

カラオケの説明書を伸郎の前でひらつかせる。わかばタクシーは、ドライバーだけでなく事務職もコワモテの風貌の人間が多いのだが、営業部長は区役所の窓ぎわに座っていそうな男だ。両腕に黒い汚れ防止カバーをつけたら似合いそうだった。

カラオケの操作法の説明は短くて意味不明だった。本人もよくわかっていないのだと思う。接客方法に関しては何度も念を押される。

「いいかい、『一曲いかがですか』だよ。この言葉を忘れないように。お客さんには必ず声をかけてね」

適当に生返事をしていると、重そうな二重レンズの眼鏡を押し上げて、老眼鏡でふくらんだ目を向けてきた。

「あんたの営収アップにもつながると思うよ。今日こそ、お願いだよ。うちはレンタカー屋じゃないんだから。ドライブして帰ってこないでね」

大きな前歯を剝《む》き出して、ひひっと笑う。腹は立つが、いまの伸郎には返す言葉がなかった。会釈だけしてその場を逃げ去った。

二十代の頃の伸郎は、支店で常にトップスリーに入る営業成績をあげていた。優秀営業賞を何度も獲得した。別に難しいことじゃなかった。手あたりしだいの訪問軒数と、当たって砕けろのゴリ押しで上司にアピールしようとするヤツもいたが、それではだめ。まず担当地域をつぶさに歩いて、誰がどこで何を求めているか、その土地の顧客の傾向を知る。個人営業にだって綿密なリサーチとマーケティング戦略が必要なのだ。見込み客の狙いを定めたら、迷わずアタックだ。足繁く通う。誠意を見せる。先方の求める情報を提供する。あとはスマイル。

しかし、銀行時代のノウハウもスマイルも、タクシーの中ではまるで役に立たない。営業能力や金融商品知識など、毛ばたきほどの価値もない。営業部長たちが学歴も前職も気にしないのは無理もなかった。履歴書に何が書かれていようが、たくさん客を拾い、遠くまで乗せて、クルマにより多くの金を落とさせる人間が偉いのだ。

わかばタクシーではこの三カ月で、六人が辞め、同じ数だけ入ってきた。金の稼げない人間は、結局、自分がメシの食い上げになるだけだから、適当なところで見切りをつけて逃げていく。深夜の一発だけを狙って昼間は寝ているような人間も、運行記録のチェックと足切りに音をあげて長続きしない。いまのところ伸郎が営収不振で首になることはなさそうだが、この先はどうだかわからない。

伸郎は自分の首筋をなでた。一度、銀行から切られた首だ。こんなところでもう一度切られたら、一生、立ち直れない気がした。

わかばタクシーの敷地内で、競走馬がいななくように一斉にアイドリングの音が始まった。付近住民から再三、騒音に対する苦情が来ているから、アイドリングは短時間で、というお達しがあるのだが、みんなお構いなしだ。

カラオケの説明を受けて出遅れた伸郎も、イグニッションを回し、合唱に加わる。勇壮と言えなくもない、盛大なエンジン音に耳をゆだねながら、朝から営業部長のジャイアント兎みたいな顔を拝まされてますます萎えてしまった勤労意欲を奮い立たせようとした。

とりあえず運転席に座ってしまえば、誰の命令を受けるわけでもない。客以外はという意味だが。伸郎は無線も聞かない。

わかばタクシーは独自の無線局を持っておらず、中小のタクシー会社が共同で利用する無線組合に入っているのだが、社長が組合の鼻つまみ者らしく、わかばタクシーの、しかも新人の伸郎には、配車を依頼する無線客はなかなか回してもらえないのだ。

入り口で運行部長の点検印をもらって、一台ずつ飛び出していく。アクセルを踏みこんで、朝の街に繰り出した。

家の近くのタクシー会社を選んだのには、通勤時間以外に、もうひとつ理由があった。自宅近くなら道も熟知しているし、すんなり仕事に溶けこめるだろうと考えたのだ。

しかし、すぐに会社の近くでは客を探さないようになった。知り合いに会ってしまうのが怖かったのだ。近所づきあいなんてほとんどないから、恐れるほどの顔見知りがいるわけではないのだけれど。

最初に向かうのはLPGを補給できるスタンドだ。会社と契約を結んでいるスタンドにわかばタクシーの営業車が列をつくっていた。その最後尾につける。しばらくは空かないだろう。早くも店内で休憩を決めこんでいる人間もいた。

リクライニングシートを倒し、駅で買った新聞を広げた。銀行時代は通勤電車の中で四つ折りにした日経新聞を読むのが日課だったが、いまはスポーツ新聞だ。会社の他の運転手たちみたいに、朝からギャンブル予想紙を読み、片耳に赤えんぴつをはさむ日もそう遠くないかもしれない。

誰かがリアウインドウを叩いていることに気づいた。振り向くと、窓の外にコリー犬みたいな細長い顔があった。やや長めの真っ白な髪も、よくブラッシングされた犬の毛を思わせる。わかばタクシーの最高齢ドライバー「隊長さん」だ。

「なんでしょうか」

伸郎は窓から顔を出して問いかけた。片手をひらひら動かして、ウインドウを下げてくれ、というしぐさをする。言うとおりにすると、年寄りにしてはひょろ長い体を折り、長い首を伸ばして、車内を覗きこんできた。サファリ・パークのキリンのようだ。

カラオケに興味があるらしい。じっと眺め、「うむ」と唸り、ひとりで何度も頷いている。やめたほうがいいですよ、そう言おうと思ったのだが、熱心にメモまで取りはじめたものだから、言葉をかけづらくなってしまった。そのうちに片手をあげて挨拶を寄こし、ふらりと自分のクルマに戻っていった。

変なじいさんだ。噂どおり太平洋戦争当時に兵隊だったのなら八十を超えていそうだが、隊長は月七回の勤務日以外にも、クルマに空きがあれば、会社にやってきて乗務する。けっして成績上位ではないものの、いつもノルマをクリアして帰庫してくるそうだ。あんなじいさんにも負けるなんて、正直言って、悔しい。

わかばタクシーの一日のノルマは五万円。ベテランドライバーの話では、バブルの頃は道にさえ出れば、おサルの電車のおサルでも稼げた金額だそうだが、いまでは、伸郎にかぎらずノルマを達成してくる人間のほうが少ない。不況が客を減らし、失業がタクシー運転手をふやしているからだ。悪循環。新規のタクシー会社の参入を容易にした政府の規制緩和策が、それに拍車をかけている。

たとえ毎回、ノルマを達成したところで、月収は三十万そこそこ。なにせ「四十五万円可」を誇らしげに掲げる業界だ。この三カ月でタクシードライバーがどれほど割に合わないかを、伸郎は身をもって知った。どうせ一時の糊口《ここう》しのぎなのだから、さっさと見切りをつけて、違う仕事を探したほうがマシ、とも思うのだが、なかなか思い切れない。

別にこの仕事を気に入りはじめているわけじゃない。求人案内チラシに載せられていた、飲食店のフロアスタッフやビル清掃員といった他の仕事に目もくれなかったのは、どんな仕事であれ、都市銀行の行員ではない自分を人前に晒《さら》すのが嫌だったからだ。こうしてタクシーに乗っていれば、それを気づかう心配だけはない。

今日こそ。補給を終えた伸郎は、つるりと顔をなでて、ハンドルを握り直した。

羽田空港へ向かうことにする。待ち時間は長いが、客が大ハズレすることは少ない。

羽田に続く環状八号線《カンパチ》に入る手前で、ふいに以前、この時間に池上通りで客を拾ったことを思い出した。行き先は銀座。朝一番で六千円近い売り上げになった。

そうそう、確か同じ水曜日だ。客とは話をしなかったが、タクシーに乗り慣れている様子で、羽振りのいい中小企業の社長といった雰囲気だった。

なんとなく予感がした。予定を変更し、ウインカーを倒して、次の信号を右折。

しかし、二週間前、男が立っていた場所には誰もいなかった。だめか。

どうやって環八へ出ようか、そう考えていたら、目の前の歩道から老婆が路上に飛び出してきた。あわててブレーキを踏む。一瞬、身投げかと思ってしまったが、こちらに手を振っているところを見ると、客らしい。振っている手には小さな花束を握っている。危うく自分に手向《たむ》ける花になるところだ。

「危ないですよ」

ドアを開けて、声をかけた。年寄りはタクシーを足がわりに使うから、とんでもない近距離の場合が多い。この辺には寺が多いから、近所の菩提寺へ墓参りに行く途中かもしれない。まぁ、いきがけの駄賃と思えばいいか。さっさと乗せて、羽田へ行こう。

老婆はなかなか乗ってこなかった。振り返って、よくよく見れば、もう一方の手で杖をついている。自分の墓参りに行くと聞かされても驚かないほどの年寄りだ。伸郎は運転席を出て、老婆の手を引いた。

「まぁまぁ、ご親切に。あいすみませんねぇ」

「いえいえ、それより、おばあちゃん、危ないですよ。急に飛び出したりしちゃ」

「ずっと手をあげていたのだけれど、誰も気づいてくれなくてねぇ」

なにせ恐ろしく小柄なうえに腰が曲がっている。手をあげても一メートル五十センチぐらいの高さにしかならないからだろう。

花束を預かろうとしたのだが、老婆は後生大事に握り締めたままだ。田舎の母親を思い出した。年はこの老婆よりだいぶ若いが、五年前に父親が亡くなってからは、墓参りが唯一の生き甲斐のようになっている。田舎といっても、転勤の多かった父親の最後の赴任地。少年時代に何度も転校を繰り返した伸郎には、故郷という感慨はない場所だ。

「どちらまで」

「病院へ」

申しわけないことを考えてしまった。地味な花束だったから仏花にしか見えなかった。老婆が会いにいく人間はまだ生きているらしい。

「どちらの病院ですか？」

「杏林病院」

「キョウリン病院？」この近くかな。「どうやって行きましょう」

「どうやって？　静かに運転してくれると助かるわねぇ」

「いえ、道のことですが」

「あたしもよくわからないんだけど。ゆっくりでいいから、三鷹までお願い」

「三鷹？」

「そう、三鷹の杏林病院。妹がね、入院しちゃったのよ。脳塞栓《のうそくせん》」

おお。思わず感動の声を漏らしてしまった。杏林大学付属だ。三鷹なら七千円は行くだろう。後部シートにちんまりと正座した老婆が、ありがたい仏像に見えた。

「高速で行きますか」

「コウソク？　違うのよ、脳梗塞《のうこうそく》じゃなくて、脳塞栓」

まぁ、いいや。ゆっくり行こう。久々にいい気分だった。朝一番で長距離。こういうこともある。やっぱり人生は、すべてが偶然なのだ。偶然は恐ろしい。いや、こんな偶然なら恐ろしくないか。

営業部長の言葉を思い出して、無駄を承知で声をかける。

「あの、カラオケがありますので、よかったら、一曲どうぞ」

「カラオケ？」

「ええ」

老婆はしばらく首をかしげ、首を戻しながら神妙な面持ちで頷いた。

「いいわよ。どうぞ歌ってちょうだい」

シートの上でいずまいを正し、伸郎の歌声を待ち構えている。説明するのが面倒になって、

「やはり、やめておきます」とだけ言った。

下で行くとなると、環八で高井戸方面。それから甲州街道。とりあえず環状八号線に出るために左へウインカーを出す。膝の上のいなり寿司みたいなバッグをかき回していた老婆が、ぽつりと呟いた。

「あらあら、そう言えば、お金がなかったわね」

ちょっと待ってくれ。

「運転手さん。銀行でお金を下ろしたいの。途中で止めてくださる？」

こんな老婆でも、キャッシュ・ディスペンサーを使いこなす。銀行業界のオンライン化政策の成果だ。伸郎は行く手に見えてきた銀行の看板を指さした。

「ではその先で停めましょう」

「あそこはだめだわね。近くになぎさ銀行はないかしらねぇ」

聞きたくない名前だった。

「カードっていうの？　あれをつくらされて。あたしは機械がだめだから、いいって言ったのに、なぎさの人って強引だから……」

ほどなく道の向こうに、逆三角形マークの看板が見えてきた。なぎさ銀行多摩川支店だ。

幸いなことに支店ビルがあるのは、反対側の車線だった。

横断歩道の手前でクルマを停め、老婆の手を取って後部座席から降ろす。

「どうぞ、ここで待ってますから」

東名高速のインターに近いこのあたりは、交通量が多い。行き交うクルマと四車線道路にまたがる長い横断歩道を見比べて、老婆が心細そうな顔をする。伸郎が取った手を、握り返してきた。

行くしかなかった。ドアをロックし、手を引いて歩き出す。頭の中では、一年半前の行員名簿を繰っていた。銀行を辞めたとたん、何人かの同期をのぞくほとんどの人間と音信不通になった。こちらから連絡をしないでいるうちにその何人かとも疎遠になってしまった。

多摩川支店。誰かいたっけ——

うわ。思い出した。昔、同じ支店にいた上司が、確か副支店長をやっているはずだ。支店長の顔色ばかり窺《うかが》っていたいけすかないやつ。もう転勤していればいいのだが。

「あいすみませんねぇ」

「いえいえ」

伸郎は片手を振って老婆に笑いかけ、帽子をこれ以上ないほど目深《まぶか》にかぶり直した。

老婆ひとりでは横断歩道を渡れなかっただろう。四車線道路の半分を過ぎたところで歩行者信号が点滅しはじめ、渡り切る前に赤になってしまった。

年寄りが横断していることを知っているくせに、歩道側車線に停まったベンツが「急げ」とばかりにクラクションを鳴らしてくる。クルマは上等でもドライバーは下等だ。クルマに乗っている時には、いつも歩行者の傍若無人《ぼうじやくぶじん》に腹を立てているのだが、現金なもので、歩行者になったとたんクルマの横暴ぶりが目にあまるようになる。

横断歩道を渡り切ったところで、老婆の手を離し、甲を叩いた。

「じゃあ、私はここで待ってますから」

老婆が手を握り返してきた。

「運転手さん、悪いんだけど、あたし、機械だめなのよ」

しわに埋もれた両眉を漢数字の八にして、伸郎の胸あたりから見上げてくる。店の中までついてきてくれということらしい。とんでもない！

「でも、他人の私がATMを操作するわけにはいきませんから」

「心配だわねぇ。機械を壊しちゃったらどうしましょう」

「だいじょうぶですよ」ぶっ壊しちまって構いませんから。「ロビーマン……いや、案内係の人に聞けば、教えてくれますよ」

ロビーマン、いわゆる店頭の案内係には、銀行員にしては温和で親切な人間が多い。右も左もわからないような客でも根気よく応対してくれる。他に仕事がなくて暇だからだ。

なぎさ銀行のロビーマンは、たいてい年配の男性行員だ。訪れる客は、恰幅《かっぷく》のいい彼らを見て、支店長か副支店長クラスが陣頭指揮をとっているふうに錯覚するようだが、実際は出世とは無縁の閑職だ。温和で親切な人間は、銀行ではけっして出世できない。

老婆はトイレを我慢するようにもじもじと体を揺すり続けている。放っておくといつまでも伸郎の手を握っている気がした。

「わかりました。では、入り口まで。私が案内の人間を探します」

伸郎はもう一度、運転手帽をかぶり直した。多摩川支店は人員三十人ほどの小さな支店だ。

二万分の三十。知っている顔に合う可能性は少ない。副支店長をしているはずの昔の上司にさえ出くわさなければ――

嫌なやつだった。上司というのはおおむね嫌なやつだが、松野というその男は、日本橋支店長の徳田を筆頭とする、伸郎の「ぶん殴りたかった上司」リストのトップ5《ファイブ》に入るだろう。

新入行員だった伸郎が最初に配属された品川支店の直属上司だ。上には媚びへつらい、下には威張りちらす。なぎさ銀行には少なくないタイプだが、あの男ほど徹底しているのも珍しかった。

配属されてまもない頃、支店長が外出から戻る頃合いを見はからって、松野が支店長室に入り、部屋に飾ってあるゴルフコンペのトロフィーを磨いているのを見かけて、若き日の伸郎は目を疑った。ドラマやサラリーマン漫画の中ならともかく、現実にそんなことをする人間がいるとは思ってもいなかった。

支店長室の隣にある応接室で用事をすませた伸郎が廊下へ戻った時には、松野の計算どおり支店長が帰ってきていた。ドアのすきまから漏れてきた会話に、今度は耳を疑った。

支店長が上機嫌でこう言っていたのだ。

「松野君、君だったのか。いつも磨いてくれていたのは。一般職に気のきく娘《こ》がいるのだと思っていたよ」

松野が伸郎たちに仕事を命じる時とは別人の声で答えていた。

「いやいや、見つかってしまいましたか。お恥ずかしい。この支店の連中ときたら、誰もかれも気がきかなくて困りものです。支店長の輝かしい栄光の品々が埃まみれになったままなのが我慢できず、私がやるべきことではないと思いつつも、ついこうして時おり。いや、ほんとうにお恥ずかしい」

恥ずかしいのは、聞いている伸郎のほうだった。ゴルフ好きの支店長のトロフィーは、彼が帰ったあと、松野に命じられて伸郎たちが交替で磨いていたのだ。

新入社員だった伸郎から見れば、当時の支店長は雲の上の存在で、実績あるベテランの銀行マン、酸《す》いも甘いもかみわけた大人という印象だった。部下たちからもそれなりに尊敬されていた。どんな人間もゴマすりとおべんちゃらには弱く、他人には何センチも歯の浮くセリフでも、当人にはごく自然なものに聞こえるのだ、ということを知ったのはこの時だ。輝かしい栄光もなにも、支店内のゴルフコンペでは、支店長が優勝することは最初から決まっているのだ。

あけすけなゴマすりだけなら笑ってすませればいい。だが、松野は上司に頭を下げた反動のように、部下の前ではふんぞり返るのだ。

松野はいつも下の人間だけを集めて酒を飲みに行きたがった。それが自分のささやかな地位を確認し、行きつけの店でいい顔をしたいだけだとわかっていても、若手行員たちは断ることができなかった。

初めて酒に誘われた時、松野より先に料理に箸をつけてはいけないという暗黙のルールを知らなかった伸郎は、店のコンクリートの床で土下座をさせられた。伸郎の一年先輩の行員は、女のいる酒場で松野よりもてたことがやつの顰蹙《ひんしゅく》を買い、翌日から無理難題の仕事を押しつけられた。行きつけの店に行くと、松野は自分の財布から金を払うのだが、翌日、割り勘の額を計算して、全員に請求をする。計算がおかしいこともあったが、誰も文句は言えない。それどころか金を渡すのが遅れたり、渡す時に「昨日はありがとうございました」という感謝の言葉を忘れたりすると大ごとだ。

伸郎が二年目を迎えた時、配属されたばかりの新入行員が、これを知らずに、松野の机の上に金を置くだけですまそうとしたことがあった。翌日から彼は、書類の書き方や電話の受け答えから、締めているネクタイの柄にいたるまで松野に文句をつけられ続け、結局、心の病になり、半年で銀行を辞めた。

なぎさ銀行の行員は入行した最初の三年以内で辞めるケースがとても多い。非常識が常識としてまかり通る、銀行の現実に失望するからだ。三年以内なら第二新卒として別の会社への就職も可能だ。

伸郎も二年目までは何度も辞めようと考えた。深夜までの残業が続き睡眠不足でふらふらの状態なのに、遅くまで松野にひっぱりまわされた夜、アパートへ帰りついてから酔った勢いで辞表を書いたこともある。結局、翌朝、ゴミ箱に捨てたのだが。

あの時、辞表を叩きつけていれば、自分はどうなっていただろう。時々そう考えることがある。

思いとどまったのは、朝の七時前にかかってきた実家の母親からの電話だ。いつ電話してもいないからこの時間にかけたのだと言う。睡眠不足がさらに深刻化して、海鳴りのような音がしはじめていた耳に、母親の声はいつになく温かく聞こえた。

「静岡の叔父さんからミカンをたくさん貰ってね。あんたのところにも送るから。仕事、大変だろうけど、がんばるんだよ」

がんばろうと思ってしまった。あの電話がなければどうしていたか、自分でもわからない。母親からの電話なんて三カ月ぶりだった。

あれも、ただの偶然。辞表のかわりに、前夜の飲み代入りの封筒を、朝一番で松野に渡した。

仕事ができるわけではない。部下の手柄を自分のものにするのがうまかっただけ。こんな人間、いつかは化けの皮が剝がれるはず。伸郎はそう考えて、品川支店の三年間を耐え続けたのだが、松野はその後も銀行で生き残り続けた。五十過ぎで副支店長というのは、順風満帆の出世とは言えないが、同期のほとんどが切られたのちも銀行に残り続けているのだから、いちおう「勝ち組」だろう。

もちろん伸郎にしたって、上司には極力逆らわず、常に気配りし、理不尽な叱咤にも頭を下げ続けてきた。だから二十年近く、行内の熾烈《しれつ》な椅子取りゲームを生き抜いてこられたわけだが、露骨なゴマすりをしたことはない。しようと思っても、できなかった。松野のように恥ずかしげもなく媚びへつらいができるのも、才能のひとつなのだろう。

たった一回の反逆で職を失ったことは、悔やんでも悔やみきれないが、心のどこかで、伸郎はひそかなヒロイズムに酔っていた。

俺は上司への隷従より信義を選んだ。そして部下を守った。現に徳田支店長を怒らせた当の西村は、いまもなぎさ銀行に勤務し続けている。だとしたら、別に悔やむことはない。そう考えていた。自分に言い聞かせるように。

警察官立ち寄り所——実際には立ち寄ったりしないのだが——と書かれたドアを抜けて、中に入る。

辞めてからは日本橋支店はもちろん、なぎさ銀行のどこの支店にも足を向けたことはない。なぎさひと筋だった口座は解約して、すべて他行に移し、なぎさ系列のカードも捨てた。

正面の壁に貼られたポスターの中で、なぎさ銀行のイメージキャラクターである無難な容姿の女優が、訪れる客に無難な笑顔を向けている。その目が伸郎に「あなたのこと、知ってるわよ」とこっそり笑っているように見えた。

長年見慣れた女子行員たちのライトブルーの制服を正視することができない。掛け軸のように下がった、辞める前と同じ『ベストをつくそう、お客さまの明日のために、なぎさの未来のために』という行内スローガンに身がすくむ。トラウマだ。もちろんベストをつくす本当の理由は、後半部分。四十を超えた銀行員は誰もが、なぎさでの未来が怖くなる。

顔を伏せ、目深にかぶった帽子の下から、知っている顔がないことを祈りながら「お客様ご案内係」の腕章を探す。なんだか銀行強盗に入った気分だった。ロビーに立つ五十年配の男を見つけて、老婆に耳打ちした。

「ほら、あの人。あれがお客さまの相手をする係員ですから、わからないことはなんでも聞いてください」

ようやく老婆が伸郎の手を離し、手品用スティックみたいな小さな杖をついてロビーへ歩き出す。一刻も早くここを出たかったが、案内係の男のもとへたどり着くかどうかもおぼつかない足どりだったから、しかたなく見守り続けることにした。

案内係が老婆に気づいて振り向いた。その顔を見て、驚いた。

松野だ。

品川支店を転勤した後は、幸い同じ職場になることはなかったが、行内親睦運動会で、かいがいしく時々の上司の家族の世話をしたり、下働きを厭《いと》わない姿をアピールしようと、役員が陣取るテントのまわりをうろうろする姿はよく見かけたから、顔を見間違えるはずがない。

副支店長じゃなかったのか。

老婆が初めて火に触れる原始人のようにこわごわとATMに手を伸ばし、カードを取り落としているのが見えた。たぶん機械の中から飛び出した電子声に驚いたのだと思う。松野は顔に愛想笑いを張りつけたまま、あきらかに苛立った様子でカードを拾っている。その横顔には、なぜ俺がこんなことをしなくちゃならないんだ、と書いてあった。

問題を起こして降格されたのか。合併後のなぎさ銀行のシビアな人事考査ならじゅうぶんありえる。それともリストラを拒否して、飼い殺しに甘んじることにしたのだろうか。

なんだか腹が立ってきた。「徳田支店長や松野のような輩《やから》が出世するような職場」だから、辞めても惜しくはない、自分にそう言い聞かせてきたのに。

あの男も脱落。そりゃあないだろう。俺の支店長へのひと言はなんだったのだ。松野と一緒にして欲しくなかった。

自動ドアのマットを踏みつけて外へ出た。自分が無駄に銀行を辞めた気がしてきたのだ。

そう言えば、例の一件の晩、予定どおり中島の両親への挨拶をすませた西村は、翌日、涙を浮かべながら感謝の言葉を並べ立てたが、伸郎が銀行を辞めてからは一度も連絡を寄こしてこない。

ドアの外で老婆を待ちながら、思った。

曲がり角を間違えたのは、俺も松野も一緒。銀行員人生を地雷探知機を手にしながら歩いていたような松野でさえ、道の先にある落とし穴に気づいていなかったのだ。

人間は、きっと、空の上から振られるサイコロのでたらめな目にしたがって動かされているに違いない。その賽《さい》の目の前では、努力も才能も媚びへつらいも無力になる。それは、「運」や「ツキ」と呼ばれるものより大じかけで、厳然たるものだろう。何度かは自分の思いどおりの出目《でめ》が続く運があったとしても、日々、そして一瞬一瞬、人生の前に現れる分かれ道や十字路のすべてをうまく切り抜けるなんてとうてい不可能だ。

トイレをすませたような晴れやかな顔で老婆が戻ってきて、慣れた道具を扱うふうに伸郎の手を握る。クラクションを浴びて老婆と横断歩道を渡っている間も伸郎は考え続けていた。やっぱりそうなのだ。銀行員よりよほど内省的な職業かもしれないタクシードライバーになって初めて到達した真理は、間違ってはいないのだ。

そう、人生は偶然でなりたっている。

老婆を無事三鷹へ送り届けて、営収は七千百八十円。その後、雨にも助けられて午後二時までに五組を乗せ、トータル一万五千二百四十円。予期せぬ雨は道行く人々には災難だろうが、タクシードライバーにとってはボーナスタイムだ。過去最高かもしれないハイペース。ひさびさのノルマ超えも夢じゃなかった。

ただし、いちおう客に勧めてはいるのだが、GPSカラオケ三曲・百円の売り上げは、いまのところ〝0〟。こちらは一銭にもならないからどうでもいいが、営業部長はいい顔をしないだろう。

昼飯は、いつものコンビニ弁当ではなく、ファミリーレストランでとることにした。オーダーを取りに来た肉感的なウエイトレスに円形脱毛を悟られないように、髪をすくふりをして、後頭部に蓋をした。

少し前なら考えられない熱意をこめてメニューの写真と値段を吟味した。これだな。ジャンボ・ハンバーグ。¥980。いまの伸郎の財布事情からすれば、しばらくぶりの贅沢だ。店の駐車場にクルマを停めたから、ミニパトの嫌がらせのようなチョーク攻撃に気をもむこともなく、ゆっくりと飯が食える。

「ご飯は大盛りになさいますか」

誘いかけに頷く。仕事から戻った朝は何も食いたくなくなるのだが、昼飯や夕飯に関するかぎり、伸郎の食欲は旺盛だ。銀行を辞める前の数年は、昼はもっぱらザル蕎麦だったのだが。ストレスが胃腸ではなく、頭に行ったためだろうか。座ってハンドルを握っているだけなのに腹が減る。常に周囲に走らせる眼球の動きと、マニュアルシフトを操るつま先と手先の動きだけでカロリーを消費しているらしい。

大きな胸の前で端末を操っているウエイトレスに、ちょっと誇らしげに言い添えた。

「あ、食後にコーヒーもね。砂糖はいらないから」

たかだか一万数千円の営収が伸郎の気を大きくしていた。銀行にいた頃は、何十億もの融資話をまとめたこともあるというのに。俺、小さくなったか。

飯を食い終えてからコンビニエンス・ストアに立ち寄る。深夜の駅づけの時、客待ちの間の退屈しのぎにする雑誌を買うためだ。以前は会計士試験の参考書を常にかたわらに置いていたのだが、室内灯のぼんやりした明かりの下では、細かい数字の羅列がすこぶる読みづらい。いまではもっぱら週刊誌だ。それも袋とじ付き。

『ルーマニア新体操美女180度開脚ヘアヌード』なんて、満員電車で通勤していた頃には買おうとも思わなかった。そもそもシートで袋とじを破る勇気なんて持ち合わせていない。その点、タクシーは密室。

まぁ、どんな職業でも悪いことばかりじゃない。山城が気をきかせたつもりなのか、ダッシュボードに読み終えたアダルト・コミックを突っこんでいることもある。それも読む。後で感想を聞かれることがあるからだ。

いまの仕事に不満は山ほどあるが、なぎさ銀行では「落伍者」の烙印である「お客様ご案内係」の腕章をはめて、いままでの所業を知る行員たちから嘲笑され、それでも一般企業以上の収入が捨てきれずに、ロビーで愛想笑いを振りまく松野より、自分はましかもしれない。そう思いたかった。そうであることを伸郎はけんめいに願った。

最初のカラオケ利用客を乗せたのは、午後六時すぎだった。

「一曲、いかがですか」

たいていの客には驚かれるだけのセリフを口にすると、客の若い男が「あ、いいね」と乗ってきたから、伸郎のほうが驚いた。

「ケツメイシある?」

「ケツメ……?」

曲名なのかグループの名前なのかもわからない。

「すいません、機械で検索してください。操作はお客さんのほうでお願いできますか。あいにく、いま両手が塞がってますもので」

ジョークのつもりで言ったのだが、男は笑ってくれず、背後でリモコン操作をする音だけがした。いきなり歌声が飛び出してくる。

ウォウォウォホウォ、ホゥホゥホゥホゥ。朋美が聴いている音楽と同じジャンルらしい。伸郎にはみな同じ曲に聴こえる。

二曲目も、ウォウォウォホウォ、ホヴホゥホゥホゥ。

三曲目は、ホゥホゥホゥ、ホッホッホー。

やかましいったらない。しかも男の歌は、この手の音楽に疎《うと》い伸郎が聴いても下手だった。

三曲を歌い終わり、マイクを握っていない右手で横向きのピースサインをつくっていた男が、指のかたちをそのままにしてシートに沈みこむ。

まだ二十代前半だろう。行き先は六本木。やけに派手で値の張りそうなスーツを着ているが、ホスト風というわけでもない。地名ではなく店の名前を指定してきた。向こうは知っていて当然という顔だったたし、伸郎も知っている有名なイタリアンの店だったから、道順を聞かずに走っている。

男はもう一回歌おうかどうか迷っているふうにカラオケ機を見つめている。会社を百円儲けさせるために、これ以上耳を腐らせたくなかった。慣れているとは言いがたい客との会話を試みることにする。

「これからお食事ですか？」

「うん」

「いい店ですよね、あそこ。デートですか」

「いや、仕事の打ち合わせ。新しく起こす会社の相談」

会社を起こすだって？ ウォウォホッホゥのくせに。ルームミラー越しに見る男の頬は、まだ若いのに人生への甘えにたるみ切っている。おおかた世間知らずのボンボンだろう。むらり、と対抗意識がわいた。

「私も仕事でよく使いましたよ、あそこは」

「あ、そう」

「少し前まで、私、銀行に勤めてましてね」

「銀行？」

「ええ」言ってから、ミラー越しにちらりと男の顔を窺う。

「ああ、配車係とかだ」

急ブレーキを踏んでやろうか。

「いえいえ、こう見えて企業相手の融資をしてましてね。バブルの頃はお客さんの接待に。弾《はじ》けたあとは接待される側にまわりましたけど」

はっはっは。語尾に笑いをつけ足したのだが、男は一緒に笑ってはくれなかった。

「あ、そう。うちは銀行に舐められるような会社にはしないつもりだけど」

自信たっぷりの口調で男が言う。

「どういうお仕事なんですか」

「IT関係。大学時代の先輩ですごい人がいるのよ。その人、学生の時からネットビジネスのベンチャーでバイトしてて、将来の起業のためにノウハウをあれこれ吸収してたんだ。んで、いよいよ会社を立ち上げることになった。で、俺に一緒にやらないかって声かけてきてさ。共同経営者ってわけ」

いまごろITビジネスに参入しても遅いだろう。成功しているのは、世間がITビジネスなんて言葉を知らなかった頃に起業した連中だ。

「とりあえずオフィスを六本木に構えることは決まってるんだ。あとは業務内容をつめるだけ。俺、親が土地持ってるからさ。ノウハウは先輩。当座の資金は俺が調達する。残りの金は銀行から、さくさくっと借りてさ。やっぱさ、短い人生、勝負をかけなくちゃね。先週、会社辞めちゃった。いまどきカーディーラーなんて馬鹿馬鹿しくてやってらんないっしょ。課長に言ってやったよ。一年後にはここのいちばんの高級車を買いにくるからって。セカンド・カーとして」

今度は男が言葉の続きを笑いに替えたが、伸郎は笑えなかった。いまどき銀行が「さくさくっと」新規事業に金を貸すわけがない。男の甘ったれた顔には騙《だま》されてると書いてあった。道の先が断崖絶壁であることに気づいていないのは本人だけだ。

「混んでんな。まだ着かない？」

「もうすぐ着きますよ、お客さん」

伸郎は男にそう声をかけ、心の中でつけ加えた。地獄の一丁目に。

ツイていたのは日が暮れるまでだった。その後はなかなか営収が伸びず、午後十一時を過ぎても、四万円ちょっと。ノルマに届くかどうかギリギリの線だ。ノルマ達成には自尊心だけでなく、金もかかっている。達成すれば歩合比率が上がるのだ。こちらの取り分がいっきに六十パーセントになる。

カラオケの利用客も夕方の一人だけ。「一曲いかがですか」という決めフレーズを口にするのにも、いいかげん疲れてきた。営業部長が前歯を光らせて嘲笑《あざわら》う姿が浮かんできて、仲郎の顔をしかめさせる。

結局、今日も最後のギャンブルに賭けるしかなくなった。路肩《ろかた》にクルマを停めて、ポケットから手づくりの時刻表を取りだす。都内各駅の最終電車の到着時刻を羅列したものだ。仮の職業とはいえ、それなりの努力はしている。

いつもはホームグラウンドに近いＪＲ蒲田駅につけることにしているのだが、現在位置は四谷。都内の主要駅のどこにでも行ける場所だ。

今日も渋谷で行くか。渋谷は最近ようやく裏道や客待ちポイントがわかってきた、仲郎の数少ない「漁場」だ。でも、昨日は空振りだったしなぁ。

ハイリスク・ハイリターンの銀座はまだ乗車区域規制中だが、すでに場所と客の密《ひそ》かな争奪戦が始まっているだろう。

東京駅？　だめだめ。近くになぎさ銀行の本部ビルがある。

新宿？　仲郎の頭に数週間前の恐怖体験が甦った。

客はひと目でその筋とわかる中年男。道は渋滞していた。男が背後で繰り返す舌打ちが恐ろしく、空《す》いている脇道に入ろうとしたら、いきなり怒鳴りつけてきた。

「誰に断って道を変えてんだよ、ボケッ。明治通りまっすぐだって言っただろ」

円形脱毛の直径がいっきに広がった、気がした。

「俺が横で指示する。言われたとおりに走れ」

男はそう言って、助手席に乗りこんできた。円形脱毛箇所から悲鳴が漏れそうだった。タオルで何度も手のひらの汗をぬぐい、命じられたとおりに神楽坂方面へクルマを走らせると、道はどんどん細く寂しくなっていった。目的地まであと少しになった時、男がいきなり伸郎の膝に手を伸ばしてきた。声が変わっていた。

「ちょっと遊んでかない。夜はまだ長いもの」

モアイ像が崩壊したように小首をかしげ、流し目を寄こしてくる。小指があれば立てていただろう。

小指のない手が伸郎の膝から股間へと這い昇ってきた。いままで以上に恐ろしかった。目的地に停車した時にタイミングよく次の客が近づいてこなかったら、伸郎の貞操はどうなっていたかわからない。

それ以来、深夜の新宿にはクルマを向けていない。

やっぱり渋谷か。時刻表をしまいこんで、クルマを発進させた。

ワン・ブロックもいかないうちだった。道の先で手があがる。歩道に一本の傘を二人でさした男女が立っていた。

男は四十半ばのサラリーマン風。男と他人ではないことがわかる近さに寄り添った女はうつむき加減で、顔はさだかではなかったが、まだ二十代だろう。夜の女ではなく普通のＯＬ

と思える服装。どこから見ても微笑ましさとはほど遠いカップルだった。

ホテルにしけこむつもりの不倫カップルか。上客にはなりそうもない。そのテの客は近い場所でもタクシーを使うのだ。

女が乗りこんできたが、男はあとに続かなかった。ルームミラーに男が財布を取りだそうとし、女がそれを拒絶して手を振っているのが映っていた。

女だけか。何かの事情で今日は一戦を交えないことにしたらしい。ホテルの次によくないケースだった。若い女の客の場合、ロングは皆無に近い。困ったな。中途半端な場所を指定されたら、深夜の駅づけに出遅れてしまう。

「東中野までお願いします」

ほんとうに中途半端だった。もう深夜料金の時間帯だが、ここからだと二千円ちょっと。しかもこの時間、繁華街を抜けていく道はたいてい渋滞している。

ひきつった頰に笑顔を張りつけて、後部座席に振り向いた。例のセールストークを口にするためだ。

「お客さん、一曲――」

言葉が尻つぼみになってしまった。女が泣いているのがわかったからだ。この時間だから酒は飲んでいるのだろうが、さほど酔っているようにも見えない。

きれいな女だった。すすりあげている鼻が赤くなっていなければ、もっと美しかっただろう。窓にひたいを押し当てた横顔は二十代半ばに見える。明るい色に染め、ほどほどにカールさせたロングヘア。伸郎は後のセリフを飲みこんで、クルマを発進させた。

思ったとおり道は渋滞していた。たぶん戻る頃には、どこの駅へ行っても、長い列の最尾につけることになるだろう。だが、伸郎はそれどころじゃなかった。背後からすすり泣く声が聞こえはじめたからだ。

どうしました、と声をかけようと思ったが、言葉にはならなかった。どうしたもこうしたも、男と揉めたからに決まっている。ここは静かに泣かせておこう。伸郎はルームミラーから目をそらす。

タクシーの中は密室。運転手は走る個室の付属品。そう考える客は女のほうが多い。後部シートで化粧をしたりモノを食べたりするのは序の口。鼻毛を切る美女や、いきなり着替えはじめたキャバクラ嬢に出くわしたこともある。この三カ月で伸郎は、年々目減りさせつつも、四十三歳まで保ってきた女性への幻想を、大幅に消失させていた。

女はひとしきり泣き、嗚咽《おえつ》し、そのうち静かになった。

泣き寝入りしてしまったのではないかと不安になった頃、ぽつりと呟いた。

「これ、カラオケでしょ」

声は濡れていたが、意外にしっかりした口調だ。

「ええ」

「どうぞ」とだけ答えた。

「歌ってもいい？」

無理に明るい声を出している気がした。三曲、百円です、とは言えずに、「どうぞ」とだけ答えた。


J－ポップの女性ボーカルの歌あたりが流れてくるのだろうと思っていたら、始まったイントロは古い演歌だった。曲名は確か『越冬つばめ』。

「娘盛りを　無駄にするなと　時雨《しぐれ》の宿で背を向ける人～」

女は歌が上手かった。

「ひゅるり～ひゅるりらら～　ききわけのない女ですぅ～」

上手いがなんとなし恐ろしかった。よく伸びるソプラノは女持ちのカミソリのように鋭く伸郎の首筋を撫ぜていく。ほっとしたのもつかの間。また車内に冷ややかな空気が流れた。

二曲目も演歌。男の好みに自分を合わせるタイプなのかもしれない。

「隠しきれない　移り香が　いつしかあなたに　浸《し》みついた　誰かに盗られる　くらいなら～　あなたを　殺していいですかぁ～」

運転だけに集中することにした。ハンドルをひしと握りしめ、ひたすら前方だけを見つめる。前のクルマ、初心者マーク。車間距離二十メートル。速度三十五キロ。信号は青。その先は赤。外は雨。

間奏のあいだに、女が運転席の背にしなだれかかってきた。

「ねぇ、運転手さんは、奥さんいるの？」

見かけより酔っているようだ。伸郎のうなじにデザートワインの匂いが吹きかかる。

「ええ、まぁ」まぁ、という程度に、いる。

「奥さんのこと、愛してる？」

肯定したくはなかったが、即座に否定することもできなかった。

「さぁ、どうでしょうね」

伸郎の曖昧《あいまい》な返答を、女は肯定と取ったようだった。声が急に尖《とが》る。

「やっぱりね、男って結局、みんなそうなのよね」

またもや車内の体感温度が下がった。やけに長くないか、この間奏。

女の歌が再開した。凍りついた空気を溶かすような熱唱だった。

「恨んでも　恨んでも　軀《からだ》うらはら～」

フロントガラスさえ溶けそうだ。

「あなた……山が燃えるぅぅ」

車間距離十五メートル。速度三十キロ。外は雨。前方の信号は赤。その先は赤。その先も赤。

二曲目が終わると、女がまた声をかけてきた。

「ねぇ、運転手さん、デュエットしない」

「いえ、私は歌はからきしでして……そろそろ着きますし」

「歌ってくれるまで、あたし、降りない」

イントロが流れはじめた。題名は忘れたが、伸郎が学生時代に流行《はや》った歌だったから、歌詞はだいたい覚えている。

「もしかして　もしかして　私のほかにも誰か　いい女《ひと》がいるのなら　帰っていいのよ　かまわずに〜　さん、はい」

否も応もない。

「もしかして　もしかして　お前のすねてる訳が〜」

カラオケなんて何年ぶりだろう。最後に行ったのは、日本橋支店で開かれた誰かの送別会の二次会だ。珍しく徳田支店長がついてきた。採点機能付きの機械だったから、徳田を除く全員が大パニックだ。音痴の徳田より低い点数を出すために、声を裏返したり、歌詞を間違えたり、カラオケ店の店員は、酒や料理を運びこむたびに、異様な音痴の集団に目を丸くしていた。

「ふたりの行く先はひとつ〜」

女の決意表明のような選曲だった。男性パートをもごもごと口ずさむ伸郎に、女は「さん、はい、大きな声で」「もう少し低く」ボイストレーナーのように冷静に注文をつけてくる。

「ここ、ぐっと渋く」「あ、そこを左ね」「次はデュエット」「ここ、ここで停めて」

クルマを停めた後も続いていた曲を、結局三番まで歌わされた。

「ふたりは　今夜からひとつ〜」

ぐったりとシートに体を預けた伸郎に、女が金を差し出し、晴々とした声で言う。

「ありがとう。なんだかすっきりした」

カラオケ料金をもらっていないことに気づいたが、そのことは黙っていた。自分の財布から錠前付きの料金箱に百円玉を落とす。遠ざかるハイヒールの音を聞きながら伸郎は思った。

俺だけじゃない。みんなそうだ。自分の人生が間違った道へ迷いこもうとしていることに、気づかないのだ。なにしろ曲がり角の手前には信号も標識もないのだから。

時刻は午前零時半。ここからなら新宿がいちばん近いのだが、伸郎は最初に決めた通り、まっすぐ渋谷駅へ向かう。

何かに迷ったり、決断したりすることが、馬鹿馬鹿しくなったのだ。

6

午前八時すぎ。家に戻ったのは、いつもより早い時間だった。

結局、渋谷でも三千円弱の客を拾っただけだ。ノルマ達成まであと五千円だったのだが、そこまでが限界だった。

夜明け前、運転中に頭を殴られたような衝撃があった。そのとたん意識を失い、気づいたときには、大型トラックのテールランプが数十センチ手前に迫っていた。

頭を殴ったのは睡魔だった。眠ってしまったのはほんの数秒だったろうが、ショックだった。運転中に眠ったことなど二十数年間の運転歴で一度もない。

ドアポケットに常備しているハッカ飴を探したが、切らしていた。あわてて路肩にクルマを停め、コンビニへ走り、眠気覚まし用のガムとドリンクを買った。九枚入りのガムを全部口にほうりこみ、パッケージに『カフェイン　コーヒー3杯分!』という謳い文句の入ったドリンク剤を流しこんだ。

しかし、もう恐ろしくて営業どころじゃなかった。ゲロを吐きそうになりながらガムを噛み続け、その足で会社に戻った。

「あと少しなのに、なんで、もうひと踏ん張りしないのかねぇ。向上心が足りないなぁ。人間、何事も、あと一歩を歯を食いしばってがんばるかどうかで、決まるのにねぇ」

営業部長には、例によって伸郎にではなく運転日報に説教をする調子でイヤミを言われたが、無理なものは無理。あと一歩、なんて関係ない。人生はルーレットの玉だ。歯を食いしばってルーレット台にチップを置くやつなんかいない。

三カ月経っても、伸郎は仕事中に仮眠をとることができなかった。何度も試してはいるのだが、どうしてもクルマの中では眠れないのだ。銀行員時代から不眠気味で、無理やり眠るために酒を飲んで寝る習慣がついているからだろうか。ウイスキーのロック二、三杯程度でいいのだが、もちろんそんなこと、タクシードライバーにはできやしない。

いいかげんに仮眠をうまくとる方法を考えないと、死んでしまう。過労死、さもなくば交通事故死だ。

一昼夜、マニュアル操作を続けてきた両膝が笑っている。ドアに鍵を差しこむためにかがみこむと、四十三歳の背骨が悲鳴をあげた。体のあちこちを新品と交換できたら、どんなにいいだろう。背骨の替えパーツがあれば、借金をしても買いたいものだ。

誰の迎えもない玄関を上がり、円形脱毛が広がっていないかどうか、指でそっと縁を撫ぜてみる。それから、大きくあくびをした。

冷蔵庫から発泡酒を取りだしていると、二階から足音が降りてきた。

律子だ。伸郎の顔を見ると、一瞬、気まずそうな表情をしたように思えた。ブーツカットのジーンズに、薄緑色のタートルネック。片手にショートコート。近所のスーパーマーケットへの通勤着にしては少々派手な気がする。

律子のスーパーでの仕事は、品出し係だったが、勤めはじめて半年たった先月からレジ係に替わったそうだ。そのためなのかどうか知らないが、律子は髪を染め、ずいぶん短くした。

「おかえり」

なんだか声がぎこちない。それは伸郎も同じだったが。

「ただいま」

最近はすれ違いばかりで、二人きりで顔を合わせることが少なくなった。子どもたちが一緒にいる時には、それなりに夫婦の会話をしているように思えるのだが、よくよく考えれば子どもを介して、言葉の間接パスを送り合っているだけで、直接交わしている会話といえば、家庭内の業務連絡めいたことのみ。

「ハムエッグをつくっておいた。お魚がよければ、サバの味噌煮が冷蔵庫に入ってるから、チンして。サラダもちゃんと食べてね。おかずだけじゃなくて、ご飯も」

「ああ」

またハムエッグか。確かに伸郎の好物だが、この一週間で三度目だ。たぶんつくるのが楽だからだろう。

「パンのほうがよければ、いつものとこに置いてある」

以上、業務連絡終わり、というふうに口をつぐみ、洗面所に向かいかけた律子が足を止めた。

「ハガキ、来てたよ」

「ハガキ？」

「そこに置いといた」

ダイニングテーブルの上にワープロ書きで宛て先が打たれた往復ハガキが一枚。中をめくると懐かしい名前が目に飛びこんできた。

『ペッパーペーパークラブ』

大学時代、伸郎が入っていたサークルの名だ。いま見るとセンスがいいとは言えない当時のままのロゴの下に、短い一文が添えられている。

『二十一年目の報告会を開催します』

サークルの同期会の招待状だ。

「ペッパーペーパークラブ」は学内向けのコミュニティ・ペーパーやタウン誌をつくる、軟派な新聞部といった雰囲気のサークルだった。

活動内容は学生新聞というより学内出版社といったほうが近いかもしれない。出版物にはスポンサーを集めて広告を載せ、軽音楽部のフライヤー（当時はただチラシと呼んでいた）や、文学サークルや漫画同好会の同人誌づくりも請け負い、低料金だがちゃんと金も取っていた。伸郎の在学中は、正規の学生新聞をはるかにしのぐ勢力を誇ったものだ。部員は五十人以上で、サークル内には編集部がいくつも存在していた。

三年の時の伸郎は大学周辺限定の情報誌「キャンパス・ウォーカー」の編集長。言ってみれば、マスコミ業界人気分にひたりたいだけのお遊びだが、当時はそれなりに真剣で、町の印刷所に原稿を入れる前日は、必ず誰かの下宿に泊まりこみ、徹夜作業をしていた。

何年ぶりだろう。前回、開催されたのは大昔。十五年前、いや十六年前か。社会人になって五年目、会社にも慣れて、去りつつある青春時代に誰もがあせりを覚えはじめた頃だ。伸郎は主催者のひとりだった。開催を決めたきっかけは、サークル仲間の結婚式の二次会に集まった数人と飲んでいる時のひと言だ。

「同期会をやろうぜ」そう言いだしたのは、大手の証券会社に勤めていた男だ。

「いいね」話にすぐ乗ったのは、伸郎。居合わせた四人のうち、あとの二人は乗り気じゃなかった。

「出版社に行ったやつらとは会いづらいんだよ。俺、あいつらに使われる身だから」顔をしかめたのは、編集プロダクション勤務の男。マスコミ業界ごっこは学生時代だけで、サークルの大半の連中はごく普通の会社に就職した。第一志望の当時人気だった出版社を落ちたこの男は諦めきれず、小さな編集専門の会社に就職し、過酷な労働条件と低賃金に「こんなはずじゃなかった」と二次会の間じゅう嘆いていた。

親の面倒を見るために転勤のない地方公務員になった男は、職業柄か話を先送りしようとした。「いつかそのうちにね。当面はいままでどおり仲間うちだけで会えばいいじゃない」

当時のお互いの立場がそうさせたのだと思う。バブル絶頂期だったこの頃、証券会社でディーラーをしていた言い出しっぺの男は、とんでもない年収を稼いでいた。伸郎も銀行内で上層階への直通エレベーターに乗ったことを自覚していた時期だった。公務員は編集プロダクションが「少ない」と嘆く給料の額を聞いて「そんなに貰っているのか」と驚いていた。

『二十一年目の報告会』と銘打った今回の幹事は、地方公務員だった男。いまの勝ち組だ。話しかけるのが義務、という感じで、律子がとってつけたような言葉をかけてくる。

「大学のお友だちの集まりでしょ。いいなぁ」律子は簿記の専門学校卒だ。伸郎が大学時代の話をすると、いつもくすぐったそうな顔をする。「行ってきなよ。最近、お友だちと会ってないでしょ」

会えないのだ。大学時代の気の合った連中とは、年に何回かは酒を飲む仲だったが、銀行を辞めてからは誰とも連絡を取っていない。

「いや、いいよ。だって土曜だ。確かこの日も仕事だよ」

「……でも、あなた最近さ」

「最近なにさ」

続きをうながすというより拒絶の意味をこめて伸郎は言う。それでも律子が何か言いたそうな顔をしていたから、ハガキをゴミ箱に捨てた。律子は結局、言葉を口にせず、ため息をついただけだった。

行かなくても、交わされる会話の想像はついた。

「おお、牧村、どうしてる」「伸郎、元気だったか」再会の挨拶がひとしきり終わったあとの、四十男たちの話題はひとつしかない。仕事のことだ。たいていの人間は伸郎が銀行に就職したことを知っている。覚えていない人間も必ず、こう聞いてくるだろう。「で、いま何をやってるの」

行けるわけがない。

「お前のところも、最近、大変みたいだな」と聞かれたら、どう答えればいい。

「ああ、ロングもマンシュウも少なくてさ。駅づけも流しもだめさ」なんて答えられない。

「相変わらず、残業が多いのか？」

「うん、月12勤だから、五日に二日は徹夜だよ」

言えるわけがない。

律子が食器洗い乾燥機に皿をつっこみながら、また言葉をかけてきた。

「お皿、ここに入れなくてもいいから、流しには置いといて。テーブルに出しっぱなしだと、恵太がお皿の上にゲーム機を置いたりするから」

生返事をする。捨てたハガキがまだ気になっていたのだ。キッチンで律子の声がした。

「じゃあ、ヨネさん、後はお願いね」

誰かに話しかけているわけじゃない。ひとりごと。ヨネさんというのは、律子が食器洗い乾燥機につけたあだ名だ。家政婦を雇った気分にひたりたいのかもしれない。

律子は何にでも名前をつけるのだ。出窓に置いたサボテンは「カルロス」と「ゴンザレス」。ソファにころがるぬいぐるみは「ごまふ」。壁にかけたアフリカ土産の仮面は「ムルアカさん」。庭に迷いこんでくる猫も、「トムトム」「アカネ」「ジロー」と独自に命名している。

独身時代からそうだった。伸郎の住んでいたマンションの隣家、いつも吠えかかるレトリバーは「キャンキャン」。当時の愛車ユーノスは「ユー君」と呼んでいた。子どもの頃、ペットが欲しかったが、マンション暮らしだったために飼えなかったそうだ。その反動かもしれない。朋美が小児喘息《ぜんそく》だったから、結局、結婚後もペットを飼ったことは一度もなかった。

つきあっていた頃は、それが可愛らしく思えたのだが、何年一緒に暮らしていても変わらないでいるのを見ると、心の病気の一種でなければいいのだが、と思ってしまう。

律子が出かけて一人になると、伸郎は二缶目の発泡酒を開け、ハムエッグのハムをつまんで食べた。腹が減っているはずなのに食い物を口にするのが面倒なのは、毎朝のこと。一昼夜、クルマと一緒に胃袋が揺れ続けているためだろう。すきっ腹に『カフェイン　コーヒー3杯分！』などを飲んでしまった今朝は、なおさらだった。

ゴミ箱に視線を走らせる。目をそらす。再び目を向ける。捨てたハガキをもう一度取りだした。

同期会が開かれるのは、三月の第二週の土曜日。出欠を二月中に教えてくれと記されている。

本当は勤務シフトを一日ずらすぐらいは簡単だ。行きたい気持ちがないわけじゃなかった。行けば、恵美《めぐみ》に会えるかもしれない。

村岡《むらおか》恵美は「キャンパス・ウォーカー」の副編集長。聡明でセンスがよく、きれいな娘《こ》だった。長いストレートヘアが伸郎好み。三年の夏、同じ編集部になったのをきっかけに伸郎のほうから接近した。

サークル内では似合いのカップルで通っていた。なぜあのまま続かなかったのか、いまもわからない。

四年生になり、お互いに就職活動が忙しくて、会う機会が減ってしまったのが、最初の綻《ほころ》びだったかもしれない。銀行に就職してからは毎日残業で、アフターファイブなどないに等しかった伸郎と、デパートに総合職として就職し、土日に休みがとれなくなった恵美の生活サイクルが合わなかったのが、決定的だったと思う。「別れよう」のひと言もないまま、二人の仲は、自然消滅してしまった。

前回の同期会で首謀者になったのは、恵美にもう一度会いたかったことも理由のひとつだ。まだ律子と知り合う前。銀行の女の子とつきあった時期もあったが、長続きしなかった。どうしても恵美と比べてしまうのだ。やり直せるものなら、やり直してみたい。伸郎は長くそんな淡い期待を抱いていた。

結局、恵美は同期会には来なかった。すでに結婚していて、夫の転勤についていき、東京にはいないことを、その時に初めて聞かされた。それまでは心のどこかで、まだ恵美とは完全に別れたわけじゃない、と思いこんでいた。会場に体だけ残して、伸郎の心はその場から去った。

恵美が離婚したという噂を聞いたのは、五、六年前。サークル仲間のいつものメンバー、バブル崩壊後にリストラされた証券会社は来ていなかった飲み会の席でだった。小さいながらも会社をつくり、社長に収まった編集プロダクションから聞かされた。

「村岡の離婚の原因？　そこまでは知らない。いまは実家に戻ってるって」

妻のいなくなったリビングで発泡酒の七十円引きのゲップを吐きながら、伸郎は恵美と会う自分を想像した。現実が過酷なせいだろうか、このところの伸郎の妄想は技術的にレベルアップしている。最近ではフルカラーで光景を思い描くことができた。

二十年ぶりに会う恵美は学生時代同様、他の女たちの中でも、ひときわ目立っている。最後に会った横浜の夜景みたいなダークブルーのワンピースを着ていた。

「ひさしぶり、元気だったかい」

伸郎は平静を装って尋ね、こっそり恵美の左手に目を走らせて、薬指にリングがないことを確かめる。もちろん離婚のことなど話題にはしない。

「ええ、そっちは？　少し痩せたみたいだね」

懐かしい恵美の声。電話で話しただけで胸が騒ぐチューブラ・ベルの高音部のような声だ。

「そうかな」

「私、ずっとノブロウのことが気になってたんだよ。だから、いつもみんなからあなたの話を聞いていたの」

夢想の中で恵美が微笑む。鼻の根もとに小さなしわがよる、素敵な笑顔だ。だが、頭の中には、鼻のしわしか思い浮かばなかった。二十年たったいまの恵美の顔がうまく想像できないのだ。髪は長いままだろうか。いや、いくらなんでも四十過ぎでストレートのロングヘアはないだろう。

眉は？　伸郎はくっきり太い恵美の眉が好きだったが、いまどきの女たちが五ミリ以上の眉を顔に張りつけているとは思えない。

衿ぐりの広いワンピースの上の、宙に浮かぶ鼻のしわから目をそらして、次の言葉を探す。

「嬉しいな」

結局、いちばん正直なセリフを選び、ふさがりそうな喉を励まして、言葉を続ける。

「ぼくも君のことを気にかけていた。ずっとね」

恵美と視線を交わし合うために顔をあげようとすると、チューブラ・ベルの声が、中・低音部に変わった。

「痩せたのは、営収ノルマがきついせいよ。朝ごはんもちゃんと食べないし」

思い描けなかった恵美の顔が、律子にすり替わっていた。

おいっ。勝手に出てくるなよ。リアルに浮かぶ律子の顔を頭からふり払ったが、夜の色のワンピースはもう戻ってこなかった。

「キャンパス・ウォーカー」の元編集長で、都市銀行の有望行員だった伸郎がタクシーの運転手になっていることを知ったら、恵美はどう思うだろう。

やっぱり、会わないほうがいいかもしれない。

「無理だよなぁ」

伸郎は慈しみ深い表情で眺め下ろしてくるムルアカさんにぼやいた。

7

午後二時現在の営収、三千七百八十円。今日も厳しい一日になりそうだった。

品川区を徘徊していた伸郎は出庫前、従業員休憩室で聞いたベテランドライバー島崎の言葉を思い出した。

「冬場は北だよ。迷ったら、北へ向かう」

ベテランといっても、入社したのは五、六年前らしいが、押し出しの強い風貌の島崎の言葉だから、つい耳をそばだてたのだが、なんのことはない、風水の話だった。

「冬は水の運気だから、川の近くがいいんだな」

タクシーの運転手には、ゲンをかつぐ人間や占いを信じる人間が多い。ルームミラーに怪しげなペンダントを吊るしたり、ロングの客を拾った後は公衆便所に行っても手を洗わないとかたくなに決めていたり。島崎は七色の手袋を持っていて、その時々でラッキーカラーを使い分けている。タクシードライバーという仕事がそれだけ偶然に翻弄されるからだろう。伸郎は宗教や迷信めいたものを信じないが、気持ちはわかる。「ロング客を一日一回、必ず捕まえられる毛ばたき」「みるみるノルマが達成できるカーワックス」なんてものを見せられたら、値段しだいでは買ってしまうかもしれない。

どこからも手があがらない路上を走っているうちに、体が勝手に動いて、ウインカーを右に出した。

ものは試し、北へ向かってみよう。目黒川の方向だ。

信じないと決めつけていたくせに、目黒川沿いの通りを何往復もした。まるでだめ。

目黒川を越えて、しばらく北上してみる。やっぱり、だめ。「本日はノータクシーデー」。知らない間に、そんな決まり事ができたのかと思うほど、客がない。

そろそろ戻るか。ホームグラウンドにしている東京南部から離れると、伸郎はいまだにシートの上の腰が落ち着かなくなるのだ。

現在地を確かめて、気づいた。清正公前《せいしょうこうまえ》。左手に行けば、白金だ。結局捨てられず、私物入れにしている銀行時代のアタッシェケースにしまいこんだ同期会のハガキが頭にちらついた。鼻のしわ以外はおぼろげな恵美の顔も。

どうせ今日もノルマ達成は無理。もう一度、行ってみようか。白藤荘に。伸郎は左折車線に入った。

白藤ハイツに変わってしまった白藤荘の観音扉は今日も、どうぞ入ってくださいと言わんばかりに片側を開けていたが、このあいだのように中へ入るのはためらわれた。廊下の先のどこかから流行りの音楽が流れ、若い男たちの騒ぎ声が聞こえていたからだ。あの小うるさいホステスのヒモは、さすがにもう住んではいないようだ。

路地に立ち、二〇三号室を仰ぎ見た。

銭湯から帰った後、あそこの窓際に腰掛けて、空しか見えない東京を眺め、いつかきっと自分がここを制覇する日がくる。そんな大それたことを夢想しながら、カルキ臭くて生ぬるい水道水で割ったサントリーホワイトを飲んだもんだ。

いい時代だった。恥ずかしい思い出ばかりだが、それでも振り返らずにはいられない。

背伸びをしてみた。そうしたところで中を覗けるわけがないのだが。二〇三の窓にはカーテンがなく、下から見るかぎり、家具らしきものの姿も見えなかった。誰も住んでいないらしい。

そうか、空き部屋か。

近くにアパートの大家夫婦の住まいがあったことを思い出した。ここからバス通りを五、六十メートルほど行った所だ。

アパート同様、年代物の大家だった。最初の更新までは銀行振り込みではなく家賃を手渡ししていたから、毎月、通っていた。伸郎が金を持って訪ねていくと、たいてい庭のない縁側でつるりと頭の禿げたじいさんが本を相手に将棋を指していて、真っ白な髪をおだんごにしたばあさんが、なぜか領収書と一緒に和菓子をひとつ持たせてくれた。

まだ生きているだろうか。あの頃は自分の親より年上の人間は、みんな老人に見えたから、思っていたほど高齢ではなかった気もする。行ってみよう。あいかわらずひとり将棋を指していて、帰りには和菓子をくれるかもしれない。

大家夫婦の家はすでになく、かわりに小さな不動産屋が建っていた。

もしやと思って、ガラス扉に貼られた物件案内を眺めてみる。黄色に変色した、商売っ気がまるで感じられない案内チラシのひとつに、「白藤ハイツ」という文字が読めた。

引き戸のドアを開け、小さなオフィスに入る。頭の禿げた初老の男が一人で座っていた。顔は似ていないが、禿げあがり方に見覚えがあった。老夫婦の息子かもしれない。

「部屋を見せて欲しいんですが」

タクシー運転手の制服姿で入ってきた伸郎に、男は驚きはしなかったが、伸郎の「白藤ハイツを」という言葉には目をしばたたかせた。

「白藤ハイツねぇ。あそこは近々取り壊す予定なんですよ。いま住んでる人にも告知済みでしてね」

「いつですか」つい色めきたってしまった。自分のアルバムを勝手に捨てられてしまう気分だった。

「具体的な時期はまだ……」

「短期間でいいんです。ほんの一時的な仮住まいのつもりですから」

「一カ月前の告知で出ていってもらうことになりますけど」

「それでも構いません」

家賃は二万円でいい、と男は言った。もともとは三万円だったそうだ。どちらにしても、昔、伸郎が支払っていた額とさほど変わらない。敷金なしで礼金一カ月。もちろん本当に借りるつもりはない。あくまで「部屋を見せてもらうだけ」だ。男には部屋を見てから決めたいと答えた。

「鍵、渡しときますから。あとで返してくれればいいです」

二十年前の鍵は真鍮《しんちゅう》製で、童話に出てくる魔法の鍵のような、鍵そのもののかたちをしていた。重くて、ずっと入れておくと、ポケットの底が抜けそうになるのだ。伸郎が渡されたのは、拍子抜けするほど平凡な鍵だった。

裏道に停めたクルマのタイヤにチョークでマーキングされていないことを確かめてからアパートへ戻る。ポケットの鍵を握りしめながら一段ずつ階段を昇るたびに胸が浮き立ってきた。

二〇三号室のドアは立てつけが悪く、ノブを一度引いただけでは開かなかった。昔より酷くなっている。力をこめるとようやく、放屁じみた音とともにドアが開いた。

湿った畳の匂いが鼻をつく。

二十年前の自分の日々がそこにあった。

正面に窓。左手に押し入れ。右手は板の間で、その奥にトイレがある。

部屋の造りは、あの頃のままだ。壁は塗り替えられ、畳は何度も張り替えられているのだろうが、節ばかりの木目の天井板はたぶん昔のままだ。煮染めたような色が懐かしい。

蛍光灯から前の主《あるじ》の置き土産である長い紐が下がっている。そうそう、俺も同じことをしていたっけ。

真四角の四畳半の真ん中に立って、部屋を見まわしてみた。

窓から見える風景が隣家の屋根とその上の狭い空だけであるのも、昔どおりだった。

トイレの向かい側、板の間のもう一方の端に、流し台。鏡が張られているのも同じ。仲郎がいた頃の鏡はもっと小さく、ひび割れていたところが違う。ひび割れをさけるために首をかしげて髭を剃るくせは、ここを引っ越したあともしばらく直らなかった。

ガスコンロをひとつ置けばいっぱいになるこの流しで、コーヒーを淹れ、飯をつくった。メニューはいつもチャーハン。実家から送られてきたから、米だけは豊富だった。

銭湯が終わってしまった夜には、ここで体を拭き、髪を洗った。デートの日の朝は、万一のために股間もしっかり濡れタオルで拭いた。

畳の上で大の字になってみる。昔と同じ天井を見上げた。ふとんに入り、紐を引いて明かりを消すまでのひととき、その日一日を考え、明日に思いを馳せて、毎晩この天井を眺めていた。波形の見本帳のような木目や、こちらを睨《にら》む目玉に見える節のひとつひとつに、伸郎の五年分の日々がある。

東京へ出てきた十八の春にタイムスリップした気分だった。たくさんの曲がり角を通りすぎる前の時代に。

陽に褪《あ》せた畳に手足を投げ出すと、このところささくれ立ってばかりの気分が、不思議と落ち着いた。部屋を見せて欲しいと言ったのは、この部屋に入るための方便だったが、本当に借りられないかと、伸郎は考えはじめていた。

仮眠をとるためにここを利用できないだろうか。問題は、家賃二万円をどうやって捻出するかだったが。

目を閉じた。記憶の底に深く沈めたままだった、学生時代の記憶をすくい出す。歳月の泥や苔をぬぐい、ぴかぴかになるまで磨いた。

「もうポパイやブルータスは古いと思うんだよね」

土屋が言っている。安物のワインを紙コップで一杯飲んだだけなのに、すでに真っ赤だ。

こいつはいつもそう。酒に弱いのだ。弱いくせに、酒を飲んで人に議論を吹っかけるのが大好きなのだから、しまつに悪い。

「物欲を刺激するだけのカタログ雑誌にどれだけの意味があるんだろう。もっと精神の遊ばせ方を扱う雑誌があってもいいと思うんだ」

編集プロダクションに勤めはじめた土屋が初めて担当した仕事は「男の贅沢アイテム大全集」というムック。就職したばかりの頃は、会うたびに飲み屋で荒れた。

「で、また宝島の話か。あそこも部数が伸びなくて、そろそろ方向転換するって話だぜ。同人誌やってるわけじゃないんだから、理想論ばっか言ってたってしょうがねえだろ。売れなくても、いいモノをなんて、甘えだよ。発行部数は力だから。社会に影響を与えることができるのは、やっぱり大手よ」

これは渡辺。この時のやつの言う大手とは出版社のこと。結局、大手は大手でも証券会社に就職した。バブル全盛の頃はお約束どおりフォレスト・グリーンのジャガーに乗り、アルマーニを身につけていた。その頃に知り合って結婚した奥さんとは、十年前に離婚した。渡辺は時々、こぼす。「女房にするなら、一度は貧乏をともにした女じゃないと、きついわ」

伸郎のアパートは、しばしばサークルの連中の溜まり場になった。印刷所に持ちこむオフセット印刷用の原稿を徹夜で完成させ、原稿を入れると、またここへ戻ってきて、入稿祝いの酒盛り。土屋がギターを弾き、渡辺が万年床の敷きぶとんにプロレス技をしかけ、階下のヒモが怒鳴りこんできた。

馬鹿話や女の話に飽きると、誰かが真面目くさった顔で議論の口火を切る。日本のマスコミの現状を憂えるという、とんでもない議題だ。伸郎たちは四畳半で日本の未来を憂えていた。本当に憂えるべきは、選択の時が間近に迫っている自分たちの将来だったのだが。

「俺は雑誌には興味ないからなぁ。社会的影響力の話をするなら、まず新聞社だよね。時流には関係ないし」

親の住む埼玉県で公務員になることが義務づけられている塚本まで熱く語りはじめた。出版社か新聞社に入る。ゆくゆくはフリージャーナリストになる。あの頃は、競い合って夢を語ったものだった。みんな心の中ではわかっていたと思う。口にしているのがただの夢であることを。本気でマスコミへの就職をめざしている連中は、出版社ごっこや新聞社ごっこをせず、もっと現実的な対応をしていた。きっと、ただの夢だから熱く語れたのだ。

「牧村、お前はどう思う？」

渡辺の問いかけに、伸郎はこう答えたはずだ。

「大手出版社なんてつまらないよ。入ったところで、どんな部署へ回されるかわからないだろう。配属先が女性誌や将棋専門誌かもしれない。いや編集や出版じゃなくて、営業や広告なんて部署もあるわけだろ」

「だよな」

あいづちを打ってくる土屋にも首を振る。

「サブ・カルチャー系の雑誌をつくるつもりもない」

もちろん出版社だって、つくらせるつもりはなかっただろうが。伸郎も他のみんなも気持ちだけは日本のマスコミの未来を背負い、勝手にそれを重荷に感じていた。

「俺は本がつくりたい。自分が好きな本を世の中に送り出してみたいんだ。自己満足だけのマイナーな本じゃなくて、マーケティングの結果です、みたいなメジャーなものでもなく、本の好きな人間が読むための本。小説、ドキュメンタリー、翻訳物や児童文学もいい。いまの日本の出版社の中で、俺の考えに近いのは、そうだな、たとえばだけど青羊社《せいようしゃ》かな」

偉そうに言ったが、青羊社のことを教えてくれたのは、恵美だった。当時、ジュブナイルや絵本や翻訳物などの分野で良質な本を世に送っていた。

一度、青羊社を取材した新聞記事を読んだことがある。社長はこう語っていた。「なぜ儲からないのに子どもの本ばかりつくるのか？　簡単なことです。いちばん本を必要としているのが、子どもだから」なるほど。伸郎は若き哲学者のような風貌の彼の写真に、思わず話しかけてしまった。「いいこと言うね、あんた」ここなら働いてもいい。そう思った。

気持ちは、本気だった。小さいながらも伸郎にも夢があったのだ。握りしめれば手触りがわかるほど確実に。

それなのに、なぜ銀行なんかに入っちまったんだろう。

直前になって、より現実的な収入の問題に直面したからか。長男だから、親の手前があったためか。世間的な評価が欲しかったのだろうか。たぶん、就職活動をはじめようとした三年の終わり頃、たまたま新聞のこんな見出しを読んだからだ。

あれだって、偶然。そろそろ新聞を読まなくちゃ、そう考えて定期購読を始めた矢先だった。

『これからは金融の時代。ダイナミックに動く銀行業界』

確かにこの二十年、金融業界はダイナミックに動いてきた。でも、それは新聞記事に書かれていた内容とは大違いの動き方だ。

銀行に就職するなら、一に大学の格。二に成績。面接一発勝負なんてありえない。一流国立大卒が幅をきかせる都市銀行では超エリートコースは望めないが、伸郎の大学は私大の一方の雄だったし、要領がよかったのか、さほどいい学生ではなかったにもかかわらず、大学の成績はそこそこ良かった。いよいよ就職活動に本腰を入れなくてはならないと人並に目覚めた時には、先輩や大学教授や父親のコネにもすがりついた。

なんのためだったんだろう?

伸郎は埃でざらついた畳を、指で撫ぜた。

あの時、新聞さえ開かなかったら。

入行二年目のあの朝、おふくろの電話さえなかったら。

あの日、恵美に電話をかけてさえいれば。

大学を卒業した年、小さな口論をして以来、急によそよそしくなった恵美に、数週間ぶりの電話をしようとしたことがあった。でもやめた。万一の言葉が彼女の口からこぼれるのを聞きたくなかったからだ。向こうからの電話を待とう、と考えた。若い頃は他に持ち物が少なかったから、プライドはいまよりずっと大切だった。

結局、恵美からの電話はなく、こちらからも二度と連絡を取ることはなかった。

伸郎は、ほんの小さな「たら」と「れば」で変わったかもしれない自分の人生を思う。

もう一度、チャンスが欲しい。

できるなら、時計の針を戻したい。

恵美をこの部屋に呼んだことは一度もなかった。なにせ汚かったし、臭かったし、干す場所のないふとんはいつもじっとりと湿っていた。

恵美とは何度か寝たが、それはシティ・ホテルや二人で出かけた旅先の宿でだけだ。彼女は裸を見られるのを嫌がり、ベッドに入る時は、いつも照明を落とした。昭和時代の行儀いいセックス。一緒に風呂へ入ったこともない。

呼べばよかったのかな。きちんと部屋を片づけて、近所の公園にふとんを干しに行って。ここで彼女と同棲を始める。恵美の実家は東京にあったが、就職したら親もとを離れたい、といつも言っていた。伸郎は恵美とのこの部屋での生活を想像してみた。

二人で越後湯に通う。帰りには和菓子屋へ寄って、団子を二本。伸郎はみたらし。甘党の恵美はあん団子だ。

たったひとつのコンロで交替で食事をつくる。階下のヒモがパチンコ屋に出かける午後八時になったら、恵美の好きな曲をギターで弾く。伸郎の夜は長い。何せ勤め先は銀行ではなく、時間の自由がきく青羊社だから。

もちろんいつまでも白藤荘にとどまってもいられない。職場に慣れたら、一緒に部屋を探して、バスルーム付きの部屋を借りる。小さな出版社と、初任給が安いデパート勤務だから、あまり贅沢は言えない。新しい住まいも小さな部屋でよかった。狭くても窓から見える景色さえ広ければいい。

平日の夜は恵美の手料理か外食。週末は伸郎が夕食をつくって彼女を待つ。いつもチャーハンというわけにはいかない。パスタの茹で方や、肉や魚の焼き方も覚えよう。

やがて子どもが生まれる。彼女に似て可愛い子どもだろう。伸郎の欠点を補ってあまりあるような。最初は女の子。次は男の子。いまの伸郎と一緒だが、もちろん、仕事に疲れて熟睡している父親にかまわず大音量でゲームをしたり、けたたましくラジカセを鳴らしたりする子どもたちじゃない。

銀行勤めでなければ、仕事ばかりせず、もう少し父親らしいことをしてやれるはずだ。子どもたちが小さな頃には、寝つくまで枕もとで絵本を読む。毎晩、一緒に夕食を囲んで、学校での話を聞く。接待ゴルフなどないから、休みの日は家族揃って出かける。運動会も学芸会もちゃんと見に行く。急に休日出勤が決まって、遊園地行きを中止にし、娘を泣かせることはない。キャッチボールの相手がいない息子に、家のブロック塀に向かって塀が黒くなるまでボールを投げさせることもない。

いつしか伸郎は、眠っていた。家族で遊園地へ行く夢を見た。

どこの遊園地だろう。太陽が眩しかったから、幼稚園児だった恵太が溺《おぼ》れかけた、プールのあるアミューズメント・パークかもしれない。しかし、みんな水着姿ではなかった。家族との外出に慣れていない伸郎は、着心地悪そうにカジュアルな服を身につけている。首にさげているのは、最後にシャッターを押したのはいつかも覚えていないカメラ。小学生の頃の朋美にねだられ続けていたディズニーランドだろうか。

伸郎たちは芝生にレジャーシートを敷いて、弁当を食べている。伸郎の好物の目玉焼きとベーコン入りのクラブハウス・サンドイッチ。行ったことはないが、確かディズニーランドは弁当の持ちこみができないはずだ。じゃあ、ここはいったいどこだろう。

芝生のまわりには、見渡すかぎり他の人間の姿はない。そのかわり、たくさんの動物がいた。すぐそこでポニーが草をはみ、シートの脇をガチョウが列をつくって歩き、遠くの地平線には羊の群れが見える。

そもそも一緒にいるのは誰なんだろう。

妻、娘、息子であることは確かなのだが、家族の顔ははっきりわからない。顔にモザイクじみた色つきの靄《もや》がかかっているからだ。

「あ、兎さんだ」

顔の見えない娘が指さす先に、大きな兎がいた。こちらに尻を見せたまま、気を引くようにひとしきり芝生を跳ね、それから振り返った。兎は二重レンズの眼鏡をかけている。伸郎の顔を見て、ひひっと笑った。

「営収、もう少しがんばらないとね」

石を投げて追い払う。

「野菜もちゃんと食べなくちゃだめよ」

顔のわからない妻が、優しく息子をたしなめている。

「そうだぞ」

伸郎も温和に言葉を添える。

「あなたもよ」

妻がそう言うと、娘が静かに笑った。

息子に手本を見せるためにブロッコリーを口に放りこんだところで、夢から醒めた。

目の前に天井があった。

自分がどこにいるのかを思い出すのに、少し時間がかかった。自分がいま何歳であるのかも。

眠りの中に半分残したままの頭で、伸郎は妙なことを考えた。起き上がったら、コンロがひとつしかない流し台で恵美が料理をつくり、午睡から覚めた伸郎に微笑みかけてくるのではないか——

馬鹿馬鹿しい、と自分を笑いながらも、胸の鼓動が早くなった。

ゆっくり、ことさらゆっくり、首を横に向ける。板の間の先、流し台に少しずつ視線を移動させる。そこに恵美が立っていることを願って。

結論が出るのを惜しむように、時間をかけて首をかたむけていたら、頭から帽子が抜け落ちた。黄緑色の運転手帽。それが現実だった。

流し台に佇んでいたのは、ほのかな闇だけだった。

どのくらい眠っていたのだろう。部屋には水にインクを溶かしたような夕闇が忍びこんでいる。薄暗い部屋には、わかばタクシーの制服を着た自分がいるだけだった。夢の中に潜りこみたくなった。

再び目を閉じて、つぶやいてみる。子どもじみたセリフだ。

「ターイム・スリップ！」

五つ数えてから、目を開けた。天井の人の顔に見える木目と節目が伸郎を嘲笑っているだけだった。

時計を見る。寝ていたのは、三十分ほどだった。鍵を返しに行かねば。いくら取り壊し寸前のボロアパートの鍵でも、そろそろ不動産屋のオヤジが気をもみはじめる頃だ。

ドアを閉め、自分の気持ちを封じこめるように、鍵をかける。踏み板が抜けそうなアパートの階段を軋ませながら、伸郎は思う。このあいだと同じことだ。

もう一度、人生をやり直すことができたら。

もう一度、人生をやり直すことができるなら、どこからだろう。

叶わない夢を念じ続けた。

せめて、自分にあったかもしれない、もうひとつの人生を、ひと目、見ることができたら。

最後から二段目に足を下ろした瞬間に、思いついた。

そうだ、一度曲がってしまった人生の道を、曲がり直すことができなくても、クルマをバックさせることぐらいはできる。

最後の一段を降りた時には、もう決めていた。

恵美の家へ行ってみよう。

彼女に会いに行こう。いや、いまの伸郎は見せたくない。物陰からそっと、いまの彼女と彼女の生活を眺めるだけでいい。

曲がってしまった自分の道を、逆にたどってみるのだ。

まだ心は夢の中にある伸郎に、それは、とても素敵なアイデアに思えた。

恵美の実家は、世田谷区の桜上水《さくらじょうすい》にある。

仕事を放り出して、直行するつもりだったのだが、不思議なもので、今日の営収がさんざんなものになることを覚悟したとたん、客が向こうからやってきた。

桜上水までのルートに比較的空いている目黒通りを選んだら、柿の木坂陸橋の手前で反対車線側から手があがった。本能的にハザードランプを出す。行き先は新宿。逆戻りだ。

新宿西口で客を降ろした後、駅づけのタクシーの列を尻目にさっさと遠ざかろうとすると、いくらも行かないうちに、天王洲《てんのうず》までのカップル客を拾った。若いんだから電車でいけよ、と言うわけにもいかない。

天王洲から再びUターン。桜上水へ続く甲州街道に入る直前、今度は親子連れにつかまった。いつもなら、フロントグリルから手が出るほど欲しい客だ。伸郎には、あがった手を無視することができなかった。この客は東京ドームまで。格闘技のイベントがあるらしい。父親の遅刻のために開場時間に遅れてしまったらしい。泣き出しそうな男の子の表情に急かされて、知っているかぎりの裏道を使って疾走した。

ほんの二時間で、一万円の営収。わからないものだ。「ツキ」というのは、一度こちら側にころがりこむと、連鎖反応のように立て続けにやってくるらしい。

昔の人間の言うように、禍福のプラスマイナスが、あざなえる縄のごとくトータルで〝0〟だったとしても、それをうまく調整することができれば、人生はどんなに楽だろうか。

つきあい馬券が当たっただの、電車の乗り継ぎがすこぶるよかっただの、そんなどうでもいい幸運をすべて貯蓄して、いざ人生の岐路という時に、まとめて注ぎこむことができたら。

午後七時までに、三万四千円。桜上水はどんどん遠のいていくが、営収は増え続けた。営業部長にノルマを超えた運転日報を叩きつけて、夜明け前に帰宅する自分の姿を想像すると、つい頬がゆるんでしまう。

日本のマスコミを変えてやる。熱く語りあった日々に比べると、思わざるをえない。俺、ちっちゃくなった。

甲州街道を左へ。京王線桜上水駅の前を通って、荒玉水道道路をまっすぐ。郵便局の手前で右折。夜道で、しかも駅前の風景は変わっていたが、道すじははっきり覚えていた。学生時代に何度も恵美を送っていった道だったからだ。

夜道であることはかえって好都合だったかもしれない。目印となる建物はシルエットで覚えていた。近づくにつれて、フィルムを逆回しするように記憶が甦っていく。信号待ちに焦《じ》れるエンジン音は、伸郎自身の鼓動そのものだった。

恵美の家は坂道の途中にあった。三段ほどの石段を昇った先に門があり、その向こうに、三角形の母屋の屋根が見えるのだ。

屋根の傾斜が、他の家よりほんの少し鋭角。当時としてはモダンな造りだったと思うが、外国の邸宅を滑稽なほどデフォルメして悲しいぐらい縮小した昨今の洋風住宅とは違う。代々の当主がしかるべき人物だったことを想像させる、自分の住む家の有り様に、まだ人々に矜持《きょうじ》と羞じらいがあった頃の洋風だ。

中へ入ったことはなかったのだが、玄関の隣に多角形の出窓があり、そこが応接間であることと、リビングにピアノがあることは、恵美に聞かされていた。

庭は格別広くないが、よく手入れをされた芝生が張られ、塀の周囲の庭木には一年中花が咲いていた。春と秋にはバラ。夏にはひまわり。いまの季節なら、椿。

父親の仕事の都合で、社宅や借家住まいばかりだった伸郎にとって、恵美の家は憧れだった。

もう目の前のはずだった。だが、三角屋根は見えなかった。伸郎が記憶していた場所には、こぢんまりとした洋館ではなく、四角いシルエットの大きな二階屋が建っていた。敷地へ続く石段のあった場所は、段差を利用したガレージになっている。

四角い二階屋の前を徐行で通り過ぎてから、ブレーキを踏んだ。ドアを開けて外へ出る。

塀に埋めこまれた銅板の表札を読んだ。

『村岡』

やっぱり、ここだ。かつて恵美が住んでいて、再び暮らしはじめた家。

門の鉄柵から中を覗く。一階の灯は消えている。二階の奥の窓にだけ明かりがともっていた。

住居が大きくなったぶん、庭は小さくなり、芝生は狭くなっていたが、敷地を囲む庭木はあいかわらずだ。冬にもかかわらず村岡邸は緑に包まれていた。

敷地のいちばん奥、窓からの明かりがほのかに落ちているあたりに、点々と散っている赤色が見えた。椿の花だ。

家は変わっても、花は昔どおり。それがなぜか伸郎には、恵美もまた変わっていないことの証《あかし》に思えた。

坂道を昇ってくる足音がした。思わず恵美の姿を想像して、振り返る。

スーパーのビニール袋をさげた年配の主婦だった。すれ違いざまフレンドリーとは言いがたい視線を投げかけてきた。住宅街にクルマを停め、他人の家を覗きこんでいるタクシー運転手を訝しんでいるのだろう。自分のしていることが、一種のストーカー行為であることに気づいた。いや、「一種の」なんて注釈はいらない。完全にストーカーだ。警察に通報されないうちにクルマへ戻ることにする。

だが、もう少し恵美の近くにいたかった。数メートルだけクルマをバックさせる。二階の明かりのともった窓が見える位置だ。レースカーテンが引かれたそこを呆《ほう》けたように眺めた。恵美のシルエットが映りはしまいかと思って。

二十年後の恵美はどんな女になったのだろうか。歳月は残酷に人の外見を変えてしまうが、逆に経た年を熟成期間にして、より魅力的になる場合だってある――

誰かがリアウインドウをノックした。心臓がことりと鳴る。

昔はなかった目じりのしわのおかげで、かえって魅力的になった恵美の笑顔が伸郎に向けられている――そんな光景が頭をよぎった。いまの俺に幻滅しなければいいのだけれど。戸惑いつつ振り向くと、両手に大荷物をかかえた小太りの冴えない中年男が立っていた。ドアを開けてくれ、というジェスチャーをしている。客だった。こんな閑静な住宅街で拾うことは珍しい。

表示板を「回送」にしておけばよかった。断りたかったが、三カ月繰り返してきた条件反射には勝てなかった。

入ってきた男が、おずおずと行き先を口にする。

「いいですかね、小田原までなんだけど」

驚いた。こんな早い時間にマンシュウ。今日はできすぎだ。

もしかしたら。現実を見つめなくなっている視線を、ぼんやり前方に走らせて、伸郎は思った。恵美は俺の幸運の女神だったかもしれない。

彼女と一緒に人生を歩いていたら、次々と現れる交差路を、みんないい方向へと曲がることができたかもしれない。

恵美と結婚していたら、自分にはどんな人生が待っていたのだろうか。どういう子どもが生まれたのだろう。どの街のどんな家に住んだだろう。

伸郎は手を伸ばせば、抱き寄せることができたかもしれない、自分のもうひとつの人生を思った。抱きしめ続けることができたかもしれない、もうひとりの妻を思った。暗い部屋でしかセックスをしておらず、おぼろげなシルエットでしか覚えていない恵美の肉体は、どんなだったのだろうか。

呆けた顔でハンドルを見つめていた伸郎に、客が声をかけてきた。

「えーと、行き先は言いましたよね」

「あ、ああ、すいません」

伸郎は二十年前の恵美の肌の感触を思い出そうとし、女性のデリケートな部分に触れるように、そっとシフトレバーを握った。

8

「よっ、マッキー」

伸郎が歩みよると、口笛で演歌のこぶしをまわしながらホースを操っていた山城が、挙手をする小学生みたいな挨拶を寄こしてきた。財布から千円札を抜き出して、山城に渡す。昨日は久々のノルマ超え。支払いも気分よくできる。

「ごっちゃんです」

山城が手刀を切り、誰なのかわからない力士の真似をして、ぴたぴたと顔を叩く。

「どう、カラオケ。お客は使うかい？　あれ、失敗じゃないかって俺、思うよ。歌わないよ、タクシーの中なんかじゃさ」

ふいに思いついた。これからは自分で洗車しようか。そしてノルマ超えをして早く帰庫できた日には、山城みたいに他人の営業車の洗い屋も請け負う。そうすれば、白藤ハイツの二万円の家賃が払えるかもしれない。

「しかもさ、三曲百円は高いよ。最近のカラオケルームは三十分百円だよ。後部シートにお酌してくれるおねえちゃんが待ってりゃ別だろうけど。『個人』だったら、俺、やってみるけどな。酒つき、女つきのタクシー。テーブルチャージつけるの。後ろのドアのとこにノレン下げて。あ、ノレンはどっちに下げればいいんだろう。右？　ふつうは左か？　マッキーはどう思う」

景気が悪く客が減っていることは変わらないだろうが、個人タクシーの運転手は、伸郎たち雇われドライバーに比べたらいい身分だ。彼らには勤務シフトもノルマもない。自分で勤務時間を選べる。出てくるのは、たいてい夜の稼ぎ時だけ。

初乗り料金が一般のタクシーより十円安いし、たいていは乗り心地のよさそうな高級車を使っている。そのためか順番待ちでない場所で二台並んでしまうと、会社タクシーはたいてい個人に客をとられてしまう。高収入を期待しなければ、気楽な稼業だ。

ただし「個人」運転手への道は狭き門だ。同じ事業所で十年以上、五年間無事故無違反でタクシードライバーを勤め上げ、なおかつ国家試験に合格しなくてはならない。

「で、マッキー、前回のレースはどうだったの」

「ノルマを超えました。六万七千」

ちょっと胸を張ってしまった。

「おお、すんげえ。金曜はみんないまいちだったって話なのに。さすがマッキー。二位かもね」

今日はみんな駄目だねぇ、と営業部長がぼやいていたから、てっきり自分が昨日の営収ナンバーワンだと思っていた。ちょっと悔しい。

「一位は？」

「隊長さんだって。七万一千。水揚げトップは今年、二回目だよ」

「ほんとに？」

ボケて自分の財布から金を出しているのではないだろうか。

「信じらんないよね、いつも選挙カーみたいにのろのろ走ってるのに。知ってた？　ハンドル握ってない時は、手がぷるぷるしてるのよ、あの人。俺が客だったら、怖くて乗れないよ。だって高速を運転してる時に、急にお迎えが来ちゃったら、お客さんにも、お迎え来ちゃうんだよ。おお、怖っ」

ほんとうにそうだ。たまには山城もいいことを言う。

朝礼で伸郎は珍しく最前列に並んだ。今日は社長の訓示はない。そのかわりに営業部長がだらだらと説教まじりの業務連絡を続けた。カラオケ搭載を嫌がるみんなに、綿々と効果を説く。すでに搭載している営業車は（伸郎と山城のクルマだ）着実に効果をあげていると力説していた。カラオケの手柄にされたのは腹立たしいが、悪い気はしない。

会社を出て、まず向かうのは、いつものようにＬＰＧスタンド。

気分は爽快だった。タクシードライバーになってこのかた、こんな気分で仕事をスタートさせることは初めてだろう。これから明日の朝まで、どこで何をしていようが、俺の自由だ。そう思うと、過酷な二十四時間勤務が、さほど悪いものでないように思えた。

さぁ、ガスを補給したら、どこへ行こう。補給の順番を待つ間、外に出て軽くストレッチをし、全身の骨を鳴らす。今日は骨の音まで快調だった。

ＬＰＧスタンドの外壁に貼られた、半裸のモデルのポスターを眺めている、針金みたいな人影に目がとまった。隊長さんだ。

モデルの丸出しのへそで光っているピアスに目を凝らし、不思議そうに首をかしげている。あのジイサンが営収トップだなんて、どう考えても信じられない。いったい毎日、どこをどう走っているのだろう。

よし、決めた。一日は長い。どう使おうが俺の勝手。隊長さんのクルマの後をつけてみることにした。

LPGスタンドを出た伸郎は、路肩にクルマを停め、隊長さんが出てくるのを待った。考えてみれば、勤めはじめて三カ月以上経っているが、他の運転手たちが一日をどう過ごしているのか、伸郎はほとんど知らなかった。

会話する機会がないわけじゃない。出庫前、帰庫後の従業員休憩所はいつも、煙草のけむりと喧騒に満ちている。女三人寄れば——とよく言うが、中年男も大勢集まると、かしましい。タクシー運転手が孤独な仕事だからかもしれない。

伸郎が客としてタクシーに乗っていた頃には、しばしば目的地に着くまで延々と話を続ける運転手に辟易《へきえき》させられたものだ。なぜタクシーの運転手には、あんなに話し好きな人間が多いのかと不思議に思っていた。だが、自分がタクシードライバーになってみてわかった。あれは話し好きというより、会話に飢えていたのだ。

伸郎自身、銀行員時代と比べたら、他人と交わす会話の量は大幅に減った。それが得意先との商談であれ、会議での発言であれ、同僚や部下とのくだらないお喋りであれ、上司に対するおべんちゃらであれ、サラリーマンである以上、人と話すのも仕事のひとつ。だが、タクシーの運転手の言葉は、基本的に誰も聞いてくれない。返事以外は。

もともと口数の多いほうじゃない伸郎だって、深夜の街をひとりで走りまわっていれば、誰かと話をしたくなる。自分がハンドルをまわす機械じゃないってことを客に教えたくなる。というわけで、わかばタクシーの休憩所では、みんな、これから二十四時間の、もしくはいままでの二十四時間の、埋め合わせをするようによく喋る。伸郎も声をかけられれば、挨拶程度の話はする。

「品川はぜんぜん客がいませんでしたね」「お客さんに高速を使ってもらえなくて、一般道ばかりで」「深夜なのに近距離客が続いたんで、営収は上がりませんでした」「一万円を超えたのは一回だけですよ」

品川はエサが少ないとか、客は地ベタばっかりとか、青タンなのに三桁連チャンで水揚げはオケラ、マンシュウ超え一発オンリーなどという、耳ですっかり覚えてしまっている隠語は使わない。この世界にどっぷり漬かりたくなかったからだ。あくまでも自分は職場を辞めた元銀行員であって、客から言葉を期待されず、ハンドルをまわす機械扱いされる人間じゃない。伸郎はいまでもそう思っている。誰が何と言おうと。

駅づけの列がいっこうに動かない時は、クルマを降りて同じ会社の人間同士が輪をつくる。こういう時も、いちおう端っこには加わる。営業で培った如才なさで自分から声をかけることもある。伸郎だって多少は会話に飢えているからだ。

「動きませんね」「今日はどうですか」「こっちはさっぱりです」

運転手たちはおおむね社交的だ。伸郎の問いかけに笑顔で応えてくれる。

「動かないね」「そっちはどう?」「こっちもさっぱりだよ」

挨拶程度の言葉には、挨拶程度の言葉しか返ってこない。伸郎が隠語を使わず、年下にもていねい語で話しかけていることが、自分たちへの拒絶であることに、みんな気づいているのかもしれない。

でも、別にそれで構わなかった。自分の言葉を、言葉として耳に入れてくれる人間さえいればいい。どちらにしろ彼らの会話は、たわいないものばかりだ。売り上げのことと客の愚痴、会社への不満。あとはギャンブルの話。

わかばタクシーの運転手は、みんなギャンブル好きだ。仕事の話にも、ちょくちょくギャンブルをたとえに使う。

「昨日はまくりが足んなかったからさぁ。仮眠とりすぎて、しかけどころを間違えちまった。ノルマまで、あと½輪差だよ」

これは競輪好きの男。

「それならいいっすよ、俺なんか、四馬身、いや、五馬身かな。有馬記念のコスモバルクっす」

ちなみに競艇好きは、こんな感じ。

「エンジン、最近だめでね。伸びが悪いんだよ。せめてペラ替えて欲しいわ。前の六号艇のほうがよかったな。どう、中村艇は？」

ギャンブルといえばつきあいで競馬の重賞レースを買う程度の伸郎には、なんのことやらよくわからない。

「山ちゃん、重馬場だと、逃げ脚早いから」

こんな言葉に、みんなで大笑いする。何がおかしいのか、さっぱりわからない。

会話に飢えた運転手たちは、新米の伸郎にひととおりのことは教えてくれる。ネズミ取りの危険地帯、速度自動取締り機《オービス》の設置場所はあそこ。深夜営業のうまいラーメン屋はここ。高速でいくかどうかを尋ねるのは、信号待ちで客が苛ついている時がいい。踏み倒しをするかもしれない客は、現金を見るまでドアを開けるな。営業部長の髪は間違いなくヅラ。などなど。

「駅づけ」や「流し」に、おすすめの場所や時間帯を伝授してくれる人間もいる。だが、教えられた時間にその場所へ行っても、情報源である当の本人はいない。きっと、もっと有益な自分だけのポイントがあるのだろう。タクシーの仕事は、生活のかかった釣りだ。自分だけの釣りの穴場を他人に教える馬鹿はいない。

隊長さんのクルマがスタンドから出てきた。

ギアを入れ、ゆっくりとアクセルを踏みこむ。間に二、三台の一般車を挟んで後を追った。

「尾行」という言葉が頭に浮かぶ。少年時代、「太陽にほえろ！」に熱狂していた頃を思い出して、ほんの少し胸がときめいた。

教えてもらえないのなら、人の仕事を盗もう。隊長さんが適役なのかどうかはわからないが、少なくとも尾行をしても文句は言われない気がした。

LPGスタンドを出たタクシーはみな、環八通りか第二京浜、どちらかの幹線道路に入り、それぞれの朝の漁場へ向かう。

まだ午前八時半。この時間帯は、幹線道路を「流し」て、通勤客を狙いながらターミナル駅へ向かうのが得策だ。銀行時代の伸郎にも経験があるが、寝坊して遅刻しそうなサラリーマンやOLが救いを求めて手をあげていることが少なくないのだ。空振りしたとしても、ビジネス街のあるターミナル駅に着く頃には、朝一番で得意先に向かう人間が乗り場に現れる。

しかし、隊長さんは幹線道路を選ばず、住宅街を抜ける二車線道路をひたすら走り続ける。速度制限三十キロの道路を、本当に三十キロちょっとのスピードで走っていた。信号が黄色だと、かなり手前でスピードを落として停止する。どう考えても、営収トップをとった人間の走りには見えない。

間に挟んでいたクルマが次々に追い越していくが、隊長さんは自分のペースを守り続ける。ヘッドレストの上からのぞいている運転手帽をかぶった頭は、前を向いたまま微動だにしなかった。

隊長さんは乗務していない時でも運転手帽をかぶっている。休憩所でお茶をすすっている時も、壁の当番表を眺めて、どこかに空きはないか確かめている時も。昔、軍隊にいたせいだろうか。誰がかぶっても似合わない、わかばタクシーのマッシュルームみたいな運転手帽は、なぜか隊長さんには似合っていた。たまさか見かける、退社時の帽子を脱いだ姿のほうが、何かが欠落しているような違和感を覚えてしまうほど。

数十メートル先の信号が黄色になる。初心者でもアクセルを踏みこむタイミングだが、隊長さんのクルマにはブレーキランプが灯った。間に入っていた最後の一台が、苛立ちをあらわにした加速で対向車線へ出て、赤に変わった信号を突破した。伸郎は真後ろにつくことになってしまった。

街中で同僚のクルマと出会った時そうするように、運転席から顔を出して挨拶をした。山城に教えてもらった、わかばタクシーの挨拶の流儀はこうだ。実車《じっしゃ》（客を乗せている状態）の場合、片手をあげて「ういっす」とだけ言う。実車でない場合は、ひじも突き出して、さらに「どう？　調子は」と声をかけあう。だが伸郎は、年長者への敬意を表して、ていねいな口調で言った。

「おはようございます。奇遇ですね」

前方の運転手帽はぴくりとも動かなかった。

クラクションを短く鳴らしてみる。やはり反応はない。

まさか、耳が遠いなんてことはないだろうな。隊長さんなら、そうであっても少しもおかしくはなかった。クラクションや他のクルマの走行音に気づかずに東京の道を走るのは、かなり恐ろしいことだとは思うが。それとも、伸郎が後をつけてきたことはお見通しで、「奇遇」なんて空々しいセリフに気分を害しているのだろうか。

などと考えているうちに、ヘッドレストの斜め下から手が現れた。会社では義務づけていない白い手袋をしている。指をそろえ、四十五度の角度で伸びていく様子は、太極拳の型を見ているようだった。敬礼みたいに帽子のつばに指先をあてている。

敬礼みたい、というより敬礼そのものだった。

信号が変わり、隊長さんは再び時速三十キロで走り出す。運転席のシルエットはあいかわらず動かない。安全実験のダミー人形のようだ。

かすかに動いたのは、信号待ちをさらに二回続けた後だった。肩が痙攣《けいれん》かと思う程度に揺れ、左側のテールランプが点滅を始めた。伸郎も左にウインカーを出す。

道を曲がったすぐ先で、隊長さんのクルマが停車した。いまさら後には引けない。こっちもブレーキを踏む。

病院の前だった。

ここで客待ち?

確かに病院は客待ちポイントのひとつだ。わかばタクシーの隠語で言うと「院づけ」。だが、うまみがあるのは、遠くから患者が訪れる大学病院か、国立や都立の病院だ。隊長さんが正面入り口から少し離れた場所につけたのは、メインストリートからはずれた、地域の住民相手とおぼしき中規模の病院だった。三階建てで奥行きもある建物だから、いちおう入院施設のある総合病院なのだろうが、古ぼけて陰気な外観は、あまり繁盛しているようには見えない。

まさか、院づけではなく、隊長さん自身が通院している病院じゃあるまいな。

朝の九時前だ。「院づけ」は、診療を終えた足の弱い老人や、病人、怪我人を狙う。この時刻では早すぎる気がした。実際、ガラス張りのドアの向こうには、診察待ちの人影がちらほらと見えるだけだ。

隊長さんは停車した後も運転姿勢を崩さない。いったい何を待つつもりだろう。伸郎のクルマが「空車」サインを出したまま真後ろに停車していることも、まったく気にしていない様子だった。

伸郎はシートベルトをはずした。クルマを降りて、挨拶に行ったほうがよさそうだ。いまさら「奇遇です」などと言っても始まらない。「新米ですので、ベテランの方の仕事ぶりを見学したいんです」素直にそう言ってみるつもりだった。

ドアノブに手をかけた時、病院から人が出てきた。

ラフな服装の三十代の男。やけに元気な患者だった。健康そのものの小走りで、ファサードを駆けてくる。

隊長さんのクルマのドアが開く。男は迷わずそこへ走り寄り、吸いこまれるように乗りこんだ。

伸郎の目の前で点滅していたハザードランプが消え、クルマが走り出す。さっきの三十キロ走行とは別人の、荒々しいほどの加速を見せて、道の先の角へ消えていった。

ドアを開きかけ、躊躇して、また閉める。その間の出来事だった。なんだ、いまのは？

路上に取り残された伸郎は、ドアノブを握ったまま首をかしげた。よくわからないが、ここが隊長さんの釣りの穴場のひとつであることは確かだ。ここで客を待ってみることにした。

しかし、病院に入っていく人間はいても、出てくる人間は誰もいなかった。ガラス張りの自動ドアに記されているシール文字をよくよく見れば、診察時間は「AM9：00」から。まだ始まってもいない。診察開始前のロビーでは、白衣の男女がようやく姿を現し、足早に持ち場へ散っている——そこで、気づいた。

さっきのあの男は医者なのだ。夜勤明けの勤務医。たぶん隊長さんは、この病院の勤務交替が、この時間帯であることを知っているのだ。

医者は徹夜明けで疲れ果てている。おそらく自宅はげんなりするほど遠いのだろう。いまの伸郎には、その気持ちがよくわかった。たった三駅先の家に帰る伸郎だって、タクシーを拾ってしまおうかと思う時がある。

わかばタクシーの運転手の中には、早朝割引のピンサロやギャンブル場へ繰り出すために、仲間のタクシーを使う信じられないほど元気な連中もいるが、タクシー運転手がタクシーで帰宅するのはしゃれにならないし、そもそも伸郎のいまのふところ具合が許してはくれない。その点、勤務医とはいえ、三十代の医者なら金もあるだろう。

なるほど。

しかも男は、あきらかに隊長さんのクルマが待っていることを知っていた様子だった。乗りこむ時に、手刀を切って挨拶めいたしぐさをしていた。

常連客だ。隊長さんはここで常連客を待っていたのだ。

ボケて自分の財布から金を出しているのではないか、などと失礼なことを言って申しわけなかった。あの年齢で、ほぼ毎回ノルマをクリアし、時にはトップを取る。それにはちゃんと理由があるのだ。回送にして隊長さんのクルマをさらに尾行すればよかった。伸郎は本気で悔やんだ。

口にハッカ飴を放りこむ。五年前、禁煙に成功したが、それ以来メントール系のキャンディがやめられなくなっている。これはこれで問題だ。銀行にいた頃は一日に十二個入りがひと箱あれば足りたものだが、タクシードライバーになってからは、誰にはばかることなく口にでき、眠気ざましにもなるから、量がどんどん増えてきた。

一日、三箱。居眠り運転をしてしまった翌日からは、切らさないようにダッシュボードの中に、開ければこぼれ出るほど買い置きしている。

院づけは早々にあきらめて、環八に出る手前の道にクルマを停めていた。ハッカ飴を口の中でころがしながら、ドライブマップを開く。さて、今日はどこへ行こうか。

いつも昼間は、土地勘のある大田区、品川区近辺で「流し」と「駅づけ」を交互に繰り返している。成果がはかばかしくない場合は、都心へ向かうが、それもたいてい銀行時代からなじみのある山手線の下半分あたり。

深夜の一発を狙う場所も、勝手を知る大きなターミナル駅周辺だ。新宿や銀座より北へは行かない。道がわからないから、自分の知らないエリアには足を踏み入れないようにしているのだ。

もちろん客に指定されれば、どこへでも行かなくてはならないが、そこがあまりなじみのない場所なら、いつまでもうろうろせず、ホームグラウンドへ退却することにしている。たまさか都内のはずれまで客を送った帰りに、近距離客に捕まってしまうと、悲惨だ。

「区民会館まで」

「八幡神社の近く」

客は自分の生活エリアだから、そこが名の知れた場所で、タクシードライバーなら知っていて当然というふうに指定してくるのだが、毎日ドライブマップを眺めている伸郎が知っているだけで「八幡神社」は都内に十カ所はあるのだ。区民会館は最低でも二十三はあるだろう。

「兎谷を少し昇ったところ」

「野猿街道の大栗橋」

それは本当に東京なのか、と思わず聞き返したくなる地名もある。

夜、都心で拾う客はタクシーに乗り慣れているから、道順の指示が適切で、クルマが走りやすいコースを選んでくれる。だが、昼間の近距離客はおかまいなしだ。道を尋ねても、そういう客にかぎって、自分もよく知らない。知っていたとしても、クルマを運転しない人間が多いから、右折禁止の交差点で「ここを右に」だの、進入禁止の道に「入ってくれ」だのと、とんでもないことを言い出す。

とりあえず、天王洲に行ってみるか。あそこは昼でも人の出入りが多い。

だが、ハンドブレーキに手をかけた瞬間に、思い直した。たまには遠出をしてみよう。いつまでも都内の片隅でくすぶっていても、しかたない。自分も少しは穴場を開拓しなくては。かりり。ささやかな決意だが、ドライブマップから懸命に地名を探し出して客を送り届けた区民会館が、隣の区のものだった経験のある伸郎にとっては、ハッカ飴を噛み砕くほどの決意だった。

よし、じゃあ——

だが、行く先はまったく思い浮かばない。

そうだ、偶然にまかせてみよう。

いまの仕事においてーーおそらく人生においてもーー深く考えたり、悩んだりすることには、あまり意味がない。目の前に現れる新しい道には下手に逆らわず、素直に身を委ねるほうが楽だ。なにしろ人生は偶然でなりたっているのだから。

かたわらのドライブマップを手にとって、目を閉じる。

目をつぶったまま、適当なページを開く。目を開けた。

『武蔵野市』

あ、これはだめ。一応、営業エリア内だが、あまりに遠すぎる。タクシーの一日の総走行距離は三百六十五キロまでと道路運送法で上限が定められているのだ（実際のところわかばタクシーの場合はアバウトなのだが）。行って帰ってくるだけで、無駄な距離を費やしてしまう。

やり直す。目を閉じてはいたが、指先はついつい区部が掲載されているページの前半を探ってしまう。

『板橋区』

ああ、無理無理。この辺はさっぱりわからない。銀行員時代、都心店ばかりに勤務していた伸郎にとって、何年東京に住んでいても、池袋や上野の北は未知の世界だ。

三回目。

『杉並区』

ふむ。杉並か。悪くない。山の手の住宅街。深夜の繁華街からよく客を送り届ける場所だ。

偶然の結果に満足した伸郎は、運転手帽をかぶり直し、アクセルを踏みこんだ。


恵美を送っていくのは、いつも夜だったから、昼間の桜上水は本当に久しぶりだった。都心に近い住宅街なのに、あちらこちらに農地が残っている風景は、当時から珍しかったのだが、驚いたことに二十年経ったいまもまだ、そこここに畑が残っていた。

久我山までの客を降ろした帰りだ。午前中は杉並区内を流し、JRの荻窪駅や高円寺駅につけてみたのだが、結果はさんざんだった。慣れないことはするもんじゃない。近距離の客を何人か拾ったが、山の手の住宅街を縫う道は、まるで迷路だ。ベテランドライバーでも迷う東京の道の魔の三角地帯として、世田谷の砧《きぬた》周辺が有名だが、杉並も相当なものだった。ようやく到着し、客を降ろしたら降ろしたで、自分の現在位置がわからない。こういう時には、伸郎が素人ドライバー時代から使っている一般向けのドライブマップ程度では、まったく頼りにならなくなる。もしかしたら、カーナビだって『その質問には、お答えしかねます』と言い出すかもしれない。

というわけで、ほうほうの体《てい》で杉並からは撤退することにした。午後からの巻き返しのために、ファミリーレストランのランチはあきらめ、環八沿いのコンビニでパンと牛乳と新しいハッカ飴を買う。

さて、クルマをどこに停めて食おうか、そう考えた時、恵美の家が頭に浮かんだのだ。桜上水は目と鼻の先だった。

何を考えているんだ、お前は。最近、ちょっとおかしいぞ。自分をそう叱りつけつつ、ハンドルは桜上水へ桜上水へと動かし続けていた。自分が最初からこうするつもりだった気がした。たぶん杉並へ行こうと考えたのも、桜上水が近かったからだ。

環八から脇道に入り、荒玉水道道路に出て、一昨日とは逆方向から桜上水をめざす。学生時代、友人から借りたクルマで、一度だけ恵美とドライブに出かけたことがある。その帰りと同じルートだ。

海へ行った帰りだった。クルマはマツダ・コスモ。当時はちょっとおしゃれなクルマの定番。カーステレオから流れる曲は、松任谷由実。これも定番。あの頃は、人と違って見られたいのに、人と違ってしまうことが、怖かった。

車内には潮の香りが残っていた。恵美のノースリーブの肩からはココナッツ・オイルの香りがした。

「どこかへ寄っていかないか」もちろんセックスしようという意味で、伸郎はそう言ったのだが、恵美は首を振った。

「ぜったい、体、痛いよ」

そう言って、焼けて赤くなったむき出しの肩を撫ぜてみせた。こういう時、男はいつも頭の中が桃色の霧で霞んでしまうが、女は常に冷静だ。

大学四年の夏だった。伸郎はすでに銀行から内定をもらっていたが、恵美はまだ就職が決まっていなかった。彼女の場合、父親のコネで大手百貨店に入社できるのだが、本人はそれに反発していた。「モノを書く仕事をしてみたい」そう言って。

その年の夏、最初で最後の、たった一日の海になりそうだったから、二人ともたっぷりと陽を浴びてしまったのだ。伸郎の鼻の頭を見て、恵美はチューブラ・ベルの高音部みたいな声で何度も「赤鼻のトナカイ」を歌った。

考えてみれば、結局あの後、恵美と寝ることはなかった。

あの時、「チクチクするのも、きっと楽しいぜ」なんて軽口を叩いて、強引にモーテルへクルマを突っこんでいたら、二人の関係は変わっていたかもしれない。

「なぁ、チクチクしようぜ。朝までさ」四十過ぎのオッサンになった自分が、あの時の運転席に座っていたら言えたかもしれない。しかし、当時の伸郎は、クルマもBGMもデートコースもマニュアル通りの二十二歳の若者で、しかも恵美は初めてのセックスの相手だった。拒絶された場合の恐ろしさを、ひとときの快楽などと引き換えにはできなかった。

恵美の家に続く曲がり道の手前で左へ入る。道を大きく迂回して、あの時は昇った坂を、逆方向から下った。

こちらから行った場合、恵美の家の手前、坂道の右手に空き地があることは、一昨日の晩、初めて来た時からわかっていた。更地《さらち》にしたまま長い間放置されているらしい空き地は、塀やロープで仕切られているわけでもなく、建築予定の立て看板があるわけでもなかった。冬なのに草が伸び、ところどころで小さな花を咲かせている。敷地の隅に、かつての住宅の名残らしい桜の木が立っていた。

桜の木の下、敷地の中へ乗り入れるようにしてクルマを停めた。道の向かい側は、個人の邸宅なのか、オフィスなのかさだかでない、ひっそりと静まり返ったコンクリート打ちっぱなしの三階建て。タクシードライバーが休息のために駐車していても、文句は言われない場所だ。しかもここからは、何軒か先、坂の下にある恵美の実家が見下ろせる。

エンジンを切り、表示板も消す。リクライニングを倒した。あたりは静かだった。薄くウインドウを開けると、どこからか鳥の声が聞こえた。

俺はストーキングをしているわけじゃない。ここで飯を食うだけ。ただの偶然。通りすがりのタクシードライバーが偶然、いい休憩場所を見つけてクルマを停めただけだ。誰に対してなのかわからない言いわけを心の中で繰り返して、パンの包装ビニールを開けた。

やきそばパンをかじり、牛乳を飲みながら、フロントガラスの向こうに目をこらす。

建物の右手と、その先にある狭くなった庭の半分しか見えなかったが、門の脇に立つクリスマスツリーのような庭木に見覚えがあった。そういう風に手入れをしているのか、大きさも昔と変わっていない。あまり名前を聞かないコンビニエンス・ストアのやきそばパンは、懐かしい味がした。

家は二十年前とはまるで違っていた。屋根がフラットなコンクリート造り。こちらから見えるのは裏手で、窓は少ない。

夜、見た時には、グレーだと思っていた外壁は、薄紫色だった。正直に言っていい趣味とは思えなかった。まぁ、これは恵美のせいじゃない。父親か母親、あるいは二世帯住宅風にも見えるから、同居しているのかもしれない恵美の兄夫婦の趣味だと思う。

あれはいつだったっけ。恵美は一度だけ、自分の理想の家について話したことがある。伸郎が彼女の三角屋根の実家を誉めた時だ。お世辞ではなく、本当にあの家が好きだったのだ。彼女の持つ数々の美点のひとつに数えてもいいぐらいに。

恵美は首と手を同時に振った。

「とんでもない。中はもうボロだよ。見た目も陰気臭いし」

できれば家を出て一人暮らしをしてみたい、と恵美が伸郎に話したのも、その時が最初だったと思う。

二十二歳の伸郎は言った。

「贅沢だよ、それ。自分じゃ気づかないものなんだよね、自分のいま居る場所がどんなにいいところなのかってことに」

まだ二十一歳だった恵美が笑った。

「メーテルリンクだね。さて、青い鳥がいた場所はどこだったでしょう——」

彼女は絵本や童話が好きだった。文章も絵も上手で、「キャンパス・ウォーカー」の名ライターであり、イラストレーターでもあった。

「壁がいやなんだ。蔦《つた》がからまってるでしょ。あそこにヤモリが棲んでるの」首をすくめ、それからこう言ったのだ。「私は、住むなら白い壁の家がいいな」

大学三年の春、生まれて初めての外国旅行で見た、アンダルシアの白い家が理想なのだと恵美は言う。もちろん「結婚」なんていう言葉は、二人にとってまだ遠い世界だったけれど、伸郎は彼女が語る夢の家に、自分も住んでいるのかどうかが気になってしかたなかった。

「小さくてもいいんだ。屋根は明るいオレンジ色。窓はフラワーボックスを飾れるようになっていて。ほら、白だと花を飾った時にきれいだから。壁がキャンバスがわりなの」

恵美は花が好きだった。花屋の店頭や旅先の道端で、すみれとれんげの区別もつかない伸郎に、花の名前をたくさん教えてくれた。

伸郎は夢想した。この間の白昼夢の続き。恵美と同棲していた白藤荘から、少し広い部屋に住まいを移したあとの二人のそれからだ。

伸郎と恵美には、二人の子どもがいる。上は男、下は女——あれ、逆だったっけ？

どっちにしろ、もう子どもがいるのだから、いつまでも借家住まいというわけにはいかない。といっても、出版社勤務の伸郎と、その頃には望んでいた仕事じゃなかったデパート勤めを辞めているはずの恵美には、そうそう贅沢な家は手に入れられない。

彼女がいいと言うのなら、必要最低限の広さのこぢんまりとした家にしよう。そのかわり花を育てられる庭がある。もちろん壁は白。屋根はオレンジ色。

二個目のコロッケパンを食べおわり、牛乳パックを握りつぶした。食後の一服がわりのハッカ飴を口に放りこむ。目はずっと薄紫色のコンクリートの箱に変わった恵美の実家を追っていたが、伸郎に見えているのは、白い壁の家だった。

場所は土地の値段の安い郊外になるだろう。東京都内だったら町田、いや八王子あたりか。通勤に時間はかかるだろうが、それを補ってあまりある環境がある。子どもたちが駆けまわる野原。家族で遊びに行ける川や森。もちろん遠出などしなくても、わが家の庭先には季節の花々がいっぱい――いま住んでいる、隣が町工場のゴミゴミした場所とは大違いだ。

伸郎は、駅への近さと通勤時間の短さだけを考えて手に入れたいまの自分の住まいを思って、顔をしかめた。

律子は広い家を欲しがった。実家がマンションだったからだ。もう少し郊外を選べば敷地も建物も広くなるのに、と不満顔だったが、伸郎はロケーションに関しては譲らなかった。

あの頃は、死活問題だったのだ。毎晩、残業につぐ残業のうえ、始業時間の四十五分前に顔を揃えるのが不文律の銀行で、通勤に一時間半や二時間もかかる家を建てたら、たぶん過労死してしまっただろう。実際、上野支店勤務になったのを機に、埼玉に家を建てた同期の一人は、その後、横浜支店へ移り、転勤半年目で倒れた。

ロケーションに自分の意見を通したかわりに、家の外観や間取りは律子にまかせきりにした。だからいま住んでいる家の壁はごく平凡なサンドベージュ。何年たっても汚れがめだたない、というのが律子の言い分だ。まったく面白みのないやつ——

楽しかるべき夢想が、いつの間にか、いまの住まいへの不満に変わった。確かに、狭い。しかも、土地代にすべてを注ぎこんでしまったような建て売りだから、上物は安普請だ。朋美の部屋から「ウォウォウォウォッホウ」が始まれば、家中に響くほど壁は薄っぺらだし、二階の納戸の扉は、律子曰く「おまじないを唱えないと開かない」。「いいところにお住まいですね」と人に誉められるのは、地名ぐらいのものだ。庭もあるにはあるが、陽の射さない猫のひたいで、雑草ばかりが生い茂る。花を育てるどころか、草むしりするために存在しているような庭だ。

律子が草むしりぐらいしてくれればいいのに。都会育ちで虫が嫌いだから、雑草が伸びるたび、伸郎にジャンケンを挑んでくる。なぜか五回で四回ぐらいの確率で、伸郎が負ける。くそっ。なんであいつはジャンケンがあんなに強いんだろう。じつは少年時代に地方を転々としていたわりには、伸郎も虫が好きじゃなかった。もう二月。ああ、そろそろ、虫がうじゃうじゃ涌《わ》いて、わけのわからない植物がにょこにょこ生えてくる季節がまたやってくる——

ハッカ飴をがりりと噛んだら、砕けて口の中で溶けてしまった。

長い想念から戻った伸郎の視線の先にあるのは、白い壁の家でも、サンドベージュのわが家でもなく、ひっそりと静まり返った薄紫色のコンクリートの家だった。何度もそうしているように、数少ない窓の向こうに目をこらしたが、人の気配めいたものは、ここへ来た時と同様、まったくなかった。

さて、食事が終わった。いつまでもサボっているわけにはいかない。そろそろ——

ゴミをビニール袋にまとめて、いつになく几帳面に封をする。たっぷり時間をかけて緩めたネクタイを締め上げ、指の骨を鳴らす。さて、そろそろ——

首の骨も鳴らしておかなくては。するべきことがいよいよなくなると、足の指も鳴らした。薄紫色の家にもう一度、目を走らせてから、小さくため息をついて、サイドブレーキに手を伸ばした。伸ばしただけで倒さなかった。立ち去りがたかったのだ。何を期待して居続けようとしているのか、じゅうぶんわかっていたが、自分の心に気づかないふりをした。

そうだ、ここで仮眠をとろう。運転手帽を前かぶりにし、背中をシートに預けて、目を閉じてみた。

しかし閉じている間に、恵美が窓から顔を出すのではないか、家から出てくるのではないか、そう思うと、ばねじかけのように、まぶたが開いてしまう。いまさら、彼女の姿を見てどうしようというのだ。そう考えながらも、結局、恵美の家を眺め続けた。

二個目のハッカ飴が半分ほどに小さくなった頃だった。

庭に人影が出てきた。伸郎はシートに預けていた体をぴしりと伸ばした。

女だ。

白いジーンズに淡いピンクのカーディガン。肩下までの髪は、いまどきの女性には珍しく、染めていない。片手にじょうろを持っている。後ろ姿しか見えないのが、もどかしかった。

フロントガラスに頭がすりつくほど身を乗り出した。

女は塀ぎわに吊るしたハンギングバスケットに水をやっている。急ぎすぎない動作から、若い女ではないことがわかるが、若々しい女だった。

恵美だろうか。やや小柄な体格、ほっそりした手足。記憶の中の恵美に似ていた。だが、彼女だってもう四十過ぎだ。あまりに変わらなさすぎではないだろうか。

今度こそサイドブレーキを倒す。坂道の途中に停めたクルマが、そろりと前進した。空き地に乗り入れていた車体を道に戻し、桜の枝先あたりまで進む。

恵美かもしれない女がしゃがみこんだ。草むしりをしているようだった。白いジーンズが尻のかたちをくっきりと浮かびあがらせている。

ブレーキペダルから足を離して、空き地が途切れるところまでそろそろと進む。華奢な体とはうらはらの豊かなヒップラインだった。

あれは本当に恵美だろうか。恵美の尻だろうか。伸郎は、数えるほどしかない恵美とのセックスの記憶を呼び覚まそうとした。暗がりの中で触れた小さな乳房と、柔らかな肌の感触と、かすかな吐息しか思い出せない。

二十年前の恵美の水着姿を甦らせようとした。あの最後の夏の、海辺での記憶だ。ビキニだった。別に恵美が派手なタイプだったわけではない、あの頃、女の子の水着はビキニが普通だったのだ。古き良き時代。ただし、恵美は腰にパレオを巻いていた。伸郎はパレオが憎かった。

水着の柄は覚えていない。たいていの男と同様、豹柄のたぐいではないかぎり、そんなものには興味がなかった。

そうだった。砂山をつくっていた時の恵美の後ろ姿には、パレオは無力だった。かがみこんだ時に見せた、腰から下の肉づきの良さは、細い手足からは信じられないほどだった。逆さハート形の尻に、飲み物を買いに行っていた伸郎は、しばし足をとめて見とれた。次に寝る時こそ明かりをつけることを許してもらおう、そう考えながら。

遠い記憶が坂の下のかたちのいい尻と重なった。あのヒップラインは、恵美だ。

さらに近づこうとして、サイドブレーキにかけた手をとめた。

もし恵美が振り返ったら、どうしよう。ずっと眺めていたことがわかったら、変態タクシー運転手に悲鳴をあげるかもしれない。いや、それ以上に恐ろしいのは、そのタクシー運転手が、伸郎であるとわかってしまうことだ。

もう行こう。坂を下り、すれ違いざまに彼女の横顔をひと目眺めて、ここへは二度と来ないことにしよう。

いや、顔は見ないで帰ったほうがいいかもしれない。過去は過去。夢は夢。二十年の歳月が流れているのだ。彼女に変わっていないことを望むほうが間違っている。自分だって、彼女にすぐには気づかれないほど変わってしまっているだろう。そう、見ないほうがいい。このままバックして、空き地でUターンだ。

伸郎は心を揺らしたが、揺らすまでもなかった。腰をかがめたまま庭の奥へ横歩きしていった恵美は――恵美とおぼしき女は――、後ろ姿しか見せずに、伸郎の視界から消えた。

ずっと待っていたが、そのまま戻ってくることはなかった。白いジーンズの尻の残像だけが脳裏にとどまっていた。昔のままのハート形だったそれが、伸郎をココナッツ・オイルの香りにむせ返るような二十年前の夏に連れ戻した。

コスモの車内で、伸郎は言うのだ。

「今日は、帰したくないんだ。チクチクしたっていいじゃないか」

「でも――」

「チクチクしようよ、朝まで――」

いつになく強引な伸郎は、かえって恵美をその気にさせたかもしれない。なにしろあの頃は、定番ばかりを追う、面白みのない男とみんなに思われはじめていたから。伸郎自身が変わったわけじゃないと思う。都市銀行を就職先に選んだとたん、周囲の見る目が変わってしまったのだ。

「チクチクしようよ、朝まで——」

声に出して言ってみた。

こつ。

誰かが、サイドウインドウを叩いている。運転席で伸び上がり、天井に頭をぶつけてしまった。ラフなジャケット姿の男がガラス越しにこちらを覗きこんでいる。

「すいません、いいですか」

「どこまで?」

ウインドウを細く開け、不機嫌な声を吐き出した。もちろん返答しだいでは、いま休憩中、と断るつもりだった。

「成田までお願いします」

「……成田? 成田空港の成田?」

男が頷く一秒後にドアを開け、表示板を「賃走」にした。信じられない。前回に続いて、またここでマンシュウ客を獲得。まるで桜上水のこのあたりに、幸運の磁場があるかのようだ。

いや、幸運を運んできてくれたのは、場所ではなくて、きっと恵美だ。いまや偶然論者であり、ある種の運命論者でもある――矛盾するようだが、たぶん両者は似た者同士なのだ――伸郎は、そう思わずにはいられなかった。

やっぱり、そうか。恵美は俺の幸運の女神だったのだ。もっとストレートに言えば、あげまん。

彼女と一緒に暮らしていたら、自分にはどんな未来が待っていただろう。伸郎の頭の中には、悪い想像はひとつも浮かんでこなかった。

9

律子がぷくりと頬をふくらませた。まず左頬。それから右。目玉がくるりと動く。

この表情を可愛いと思った時期もあった。何かの錯覚だったのだろう。

夕食後の番茶で、うがいをしているのだ。まったく婆くさい。

ダイニングテーブルには伸郎の夕食だけ手つかずで残っている。二度寝をしてしまい、ついいましがた起きてきたばかりだった。タクシーの仕事を始めた最初の数週間は、昼間に熟睡できず、睡眠不足のまま再び出勤することがしばしばあったから、夜は目が覚めるまでほっといてくれと言ってあった。律子はそれをいまだにかたくなに守っているのだ。いや、食卓に伸郎がいないほうが心が休まるから、わざとそうしているのかもしれない。

当の伸郎にしても、明け番のたびに家族ととるようになった夕食のテーブルは、けっして居心地のいいものではなかった。銀行時代は、家族と夕飯を食べるのは、休日出勤も接待ゴルフもない週末の夜だけだった。たまになら、「どうだ、最近は」などというセリフでお茶を濁せるが、毎度、顔をつきあわせると、誰と何を喋っていいのかわからない。

子どもたちも同様だろう。朋美は起きてきた父親に、何の挨拶もなく、テレビに顔を向けたまま。夜に起き出してくる妙な父親などに、挨拶をしたくないのか。恵太は「おかえり」と言ったのか「ごちそうさま」と言ったのか、よくわからない声をあげて、ご飯つぶをテーブルに飛ばした。

伸郎はブリの照り焼きを肴《さかな》に発泡酒をすすった。律子と顔を合わせるのが、いつも以上に気まずい。たぶん、こうして妻を目の前にしながらも、つい二十年前の彼女の後ろ姿を思い浮かべてしまっているからだろう。何もしていないのに浮気の発覚を恐れている気分だった。

律子が茶をのみ、またぷくりと頬をふくらませた。短くしたばかりの髪は、ペンダントライトの光の下で見るとずいぶん赤い。

「なぁ」

「え？」

伸郎の問いかけに顔をあげる。声をかけてはみたものの、何を話すか決めていなかった。

なぜだかわからないが、律子と話をしなくてはならない気がしたのだ。妻の新しい髪形について、まだひと言もコメントしていなかったことを思い出して、それを口にする。

「短くなったな」

「え？」

「髪」

「ああ、なんだ」

会話はまったくはずまない。夫婦の会話って、どうやればいいのだっけ。

「赤すぎないか？」

慣れていないから、ついよけいなことを言ってしまった。

「赤……ああ、髪の色ね。これヘアカラーっていうより白髪染めなのよ。しないと最近、めだっちゃうの」

言葉を返しづらいセリフだ。どうもうまくいかない。何と答えようかと思っていると、電子レンジが——律子の命名にしたがえば——コメットさんが、「チン」と呼び声をあげる。

律子が立ち上がった。

妻の後ろ姿と、昼間見た恵美のそれを、つい重ね合わせてしまう。律子も太っているわけではないのだが、くびれ具合の差は一目瞭然だ。

律子は伸郎よりひとつ年上。出会ったのは伸郎が二十八歳の時。ある日、飛びこみ営業で、小さな食品販売会社のドアを叩いた。そこに律子がいたのだ。
第一印象は悪くなかった。なかなか可愛い娘《こ》だと思った。いま考えれば、あの会社の他の事務員はおばちゃんばかりで、若くて目鼻立ちがそこそこの娘なら、みんな可愛いと思えてしまった気がする。

暑い日だった。「社長はいま手が離せない」という言葉に、おめおめ引き下がっては営業は勤まらない。少し待たせてもらいたいと言った伸郎に、他の事務員たちは黙殺をきめこんだが、律子は麦茶とおしぼりを出してくれた。ひと息で麦茶を飲んでしまうと、おかわりも出てきた。

なぜおしぼりまで出してくれたのか、後になって聞くと、こう言った。「だって、あなた、汗だくで、ものすごく暑そうだったんだもの。あの会社、経費を減らすために冷房を弱くしてたから。見ているだけで、こっちまで汗が出てきちゃうみたいで」別にその時点では、伸郎を気に入っていたわけではないらしい。

おしぼりと、おかわりの麦茶。そこに感激した。そこから伸郎の別の道が始まった。

可愛いだけじゃなくて、しっかりした娘だ。取り引きのあてもなく通いつめ、食事に誘うことに成功した伸郎は、律子にそんな印象を抱いた。

律子は高校生の頃に父親を亡くして、病気がちの母親の面倒を見ていた。伸郎とつきあいはじめた翌年に、勤めていた食品販売会社が倒産した。不遇の多い娘だった。逆境が続いても、明るかった。再就職がなかなか決まらない、と相談を受けたのが、プロポーズのきっかけだった。「じゃあ、俺と一緒になるっていうのは、どう？」

伸郎は、レンジから取りだしたおかずのもう一品、貧乏臭いコロッケの皿を運んでいる律子の顔をしげしげと眺めた。ふいに疫病神という言葉が頭に浮かぶ。

逆境に強いというより鈍感なだけじゃないのか。気にしない性質《たち》が、さらなる逆境を呼び寄せている可能性だってある。よもや、自分のいまの不遇はこいつと一緒になったせいではあるまいな。よりストレートに言えば、さげまん。

発泡酒が空になった。二本目を取りに冷蔵庫へ行く。いつもこそこそ取り出すのだが、今日は堂々とだ。

昨日から今朝にかけての営収は、五万五千円。成田までの二万四千円が効いた。二回連続のノルマ超え。それでも営業部長は「やればできるんだよね。いままで何をしていたのかねぇ」と嫌みを口にするのを忘れなかったが、高率の歩合を払わなくてはならない負け惜しみにしか聞こえなかった。

ノルマを超えた場合の歩合は六割だから、今日一日で三万三千円の稼ぎ。このままいけば月末の給料は、いままでよりちょっと大きな顔ができそうだった。

デザートのみかんの皮でタコをつくっている恵太に話しかけてみる。

「なんだそれ、タコか？」

「甲虫王者ムシキングのマンディブラリスフタマタクワガタ」

「あ、そう」会社の同僚のギャンブル用語といっしょ。意味不明だ。会話、終わり。

朋美に声をかけようとしたら、顔をそむけられてしまった。伸郎が慣れない会話を試みようとしているのを察知したらしい。拒絶の意思表示なのか、一人で見ていた歌番組のボリュームをあげる。

いつからだろう。朋美が伸郎に横顔ばかり見せるようになったのは。甘えて父親の膝にすり寄ってきてくれたのは、ついこのあいだだった気がするのだが——

私立受験をあきらめさせた時か。いや、違う。もっと前。

きっと、あの時からだ。

朋美が小学五年生の時、ディズニーランドへ行きたいと言いだしたことがある。その週の土曜には、律子が友人の結婚式に招かれていて、久々に一日だけ休みがとれる予定だった伸郎が、子どもたちの面倒をみることになっていたのだ。たまには父親らしいことをしてやりたくて、即答した。「よし、行こう。早起きして、六時ぐらいから出かけちまおう」

朋美は弁当を自分でつくると言いだした。ディズニーランドは持ち込み禁止だよ、伸郎と律子がそう言って笑ったら、悔しかったらしく、「知ってるよ、朝ごはん用のお弁当だよ」と意地を張った。

当日、伸郎は五時半に家を出た。ディズニーランドへ行くためではなく、行内のゴルフコンペへ行くために。

前の晩、いつになく遅くまで職場に残っていた支店長の徳田が、ようやく腰を上げてくれたから、伸郎もする必要のなかった残業を切り上げて、帰りじたくを始めようと思っていた時だ。いきなり徳田に声をかけられた。

「おお、牧村、明日のコンペ、欠員が出たから、お前、代わりに来い。ついでに朝、俺の家に寄ってくれ。いまクルマを修理に出しちまってな」

伸郎が出る必要はどこにもなかったコンペだ。伸郎の家が自分の住まいに近かったから、足がわりにしたかっただけ。

「明日はだめなんですよ、支店長、子どもたちと約束があるもので」などというセリフを口にできないのが銀行という職場だ。「明日はだめなんです」などと上司に言おうものなら、自分の銀行での明日からがだめになってしまう。

律子と一緒に、初めてのお弁当づくりに挑戦したという朋美は、帰宅した伸郎を満面の笑顔で出迎えた。すでに出来上がっている弁当は、伸郎の好物の目玉焼きとベーコン入りのクラブハウス・サンドイッチ。

伸郎が謝罪の言葉を口にした時の、朋美の顔はいまでも忘れられない。

笑顔をひっこめる暇がなかったのか、口を笑ったかたちにしたまま、目から涙がこぼれ落ちた。泣いたのは、まだ小学一年生だった恵太もいっしょだ。恵太から背中に浴びせられた言葉も、忘れようったって、忘れられない。

「嘘つき」

フェアウエイで徳田たちのヘナチョコドライバーに「ナイス・ショー」と声をあげ、彼らとつかず離れずのスコアメイクをするために、何度もわざとチョロをしながら、伸郎も笑顔を張りつけ、心の中で泣いた。

「ここはカレーがうまい。カレーにしなさい」昼飯のメニューまで命令してくる徳田に、それだけは反抗した。「クラブハウスでは、クラブハウス・サンドイッチです」と場を凍らせるジョークを放って、家から持参した、朋美の手づくりの弁当を食べた。

きっと、あの日からだ。あの日からずっと伸郎は、彼らの父親ではなく「嘘つき野郎」なのだ。

「お〜い、朋美、ちょっとテレビの音、小さくしてくれないか」

朋美が立ち上がり、リモコンを手にとる。いつになく素直だと思ったら、
ぷつん。

いきなりテレビ画面が消えた。朋美はリモコンをリビングのソファに放り捨て、部屋を出て行こうとする。

「おい、ちょっと待て――」尖らせた声は途中で腰砕けになる。嘘つき野郎が怒ったって、怖くはないだろう。「別に消せって言ったわけじゃなくて、ただ小さくしろって――」

伸郎の口を塞ぐように、リビングのドアが閉まり、階段を駆け上がる音がした。ほどなく二階に置いた映りの悪いテレビの音が聞こえはじめた。

何なんだ、いったい。

この年頃の少女はみんなそうなのだろうか。朋美は張りつめた風船みたいだ。扱い方を間違えると、いきなり破裂する。伸郎が怒らせたというより、もともと怒りが体に充満していて、伸郎の言葉が針のひと刺しになったように思えた。

「何を怒ってるんだ、あいつ」

律子が、さぁ、と首をかしげる。いつも姉に奪われがちなリモコンを手に入れた恵太が、番組を探しながら言った。

「ケータイのことじゃないの？」

「なにさ、携帯のことって」

伸郎には黙っているつもりだったらしい。ばつが悪そうな顔で律子が肩をすくめる。

「朋美がね、携帯電話が欲しいっていうのよ」

「だって、まだ中学一年だろ」

「お友だちには、持ってる子が何人もいるらしいの。最近は女の子だと、夜、塾なんかに行かせる時に安心だからって、持たせたがるお母さん方が多いから――」

「じゃあ、買ってやればいいじゃないか、携帯ぐらい――」

ぐらい——伸郎が滑らせた言葉に、律子が激しくまばたきをした。ぱちぱち。

あ、いかん。律子の心の地雷を踏んでしまったことに気づいた。十五年、夫婦をやっていれば、言葉がなくてもわかる。律子がこうして音が聞こえそうなほどまばたきをするのは、怒りを抑えているサインだ。

ぱちぱちぱち。

もちろん伸郎には、何に対して怒っているのかが、よくわかっていた。いまの牧村家の経済状態では、「携帯ぐらい」なんて気安く言えないってことだ。給料のいい銀行員ですら、年頃の子ども、特に娘を持つ人間は、月々の携帯の通話料金がとんでもない額になると嘆いていた。

ぐらい。ぐらい。ぐらい。のみこんだ言葉が喉に逆流してきた。発泡酒をあおって気まずさをごまかそうとしたが、ちびちび飲んでいたのに、二本目ももう空だ。

気に入った番組がなかったのか、恵太がテレビにゲーム機をセットしはじめた。汚名返上、父親の威厳をこめて言った。

「こら、恵太、夜はやめなさい」

「ちょっとだけ。今日はまだ三十分しかやってないし——」

まるで効きめがない。

「恵太、だめよ」

律子の声に、セッティング作業をしていた恵太の背中が、自分の停止ボタンを押したように動きを止めた。静かな口調が逆に恵太の恐怖をあおっているようだった。母親の言葉は絶対だ。やれやれという顔を、律子が伸郎に向けてくる。伸郎はその顔を見返した。

「何?」

律子が首をかしげる。

「いや、なんでもない」

律子のせいなんかじゃない。この家の疫病神は、家族の人生をうまくいかなくしているのは、俺自身だ。

空であることを忘れて口もとに運んだ缶の中に、伸郎はため息を落とした。

10

「山城さん、お話があるんですけど」

伸郎が切り出すと、山城が洗車の手をとめて、いつものセリフを口にした。

「山ちゃんでいいってば」

スポンジで磨きをかけているのは、伸郎たちのクルマではない。全体朝礼があるために明け番でも午前八時まで拘束される水曜日には、いつも何台分もの洗車をこなしているのだ。

よく体が持つものだと思う。山城は中背だが身がぎっしり詰まった頑丈そうな体をしている。肩凝りや腰痛とは無縁かもしれない。

「じゃあ、山ちゃん」

言われたとおりにしたら、山城が少し寂しそうな顔をした。運転手仲間は誰もが、山城を山ちゃんと呼ぶ。年下の運転手も。「さん」づけして呼んでいたのは伸郎だけだ。

だが、山城は「ハ」の字にしたげじげじ眉毛を、すぐにぴんと張り直した。機嫌が悪いという言葉は、この男の辞書にはないのだろう。伸郎が本題に入ろうとする前にまくし立ててきた。

「ねぇねぇ、マッキー。最近、調子いいみたいじゃない。昨日もノルマ超えたって？　すごいなあ。新人さんじゃ、なかなかできないよ。二試合連続ホームランみたいなもんだ。俺なんか先月はノルマ超えたった三回だもの。分けて、分けて、ツキ、俺にも分けて」

そう言って、伸郎の体を身代わり地蔵か何かのように、ぺたぺた触ってくる。確かにこのところ運が向いてきた感がある。いままで他人が好成績を挙げた時には、経験というより運なんだろう、とやっかみ半分で思っていた。でも、自分が逆の立場になると、ころりと考え方が変わる。他人からツキだけでうまくいっていると思われるのは、なんだかしゃくだった。

背中から両手をまわして伸郎の乳を揉んでくる山城に言った。

「あのぉ、洗車なんですけど」

「おお、今日もばっちり。カラオケのマイクまで磨いちったよ」

「いや、違うんです。そのぉ、これからは自分でやろうかと思いまして」

「え～っ」山城の眉がまたもやハの字になった。「いいんだよ、俺のことは気にしなくても。そりゃあ、あかぎれは痛くて、冷たい水がしみるけどさ。なんてことはないのさ。このあかぎれが万馬券を生むかもしれないんだから。いいから、いいから、気にすることないって」

山城はわかばタクシーの運転手のごたぶんに漏れずギャンブル好き。というよりギャンブルのために仕事をしている節がある。競馬、競艇、オートレース。やらないのは競輪ぐらいだろう。

「いえ、じつは金を節約しようかと――」

「あ、そうか、マッキーも、これ？」

またも山城は素早く立ち直り、満面の笑みに戻って、自分の耳に挟んだ赤えんぴつをつついてみせた。

「最初は自分はやんないって言ってても、みんな始めるのよ、うちへ来ると。話題、そればつかだもんね。何よ、金を浮かせて、何につぎこむつもり？　ウマ？　舟？」

「いえ、そういうわけじゃないんですが……」

注ぎこむのは、白藤ハイツにだ。考えてみれば、山城に払っている額は、月々一万二千円。疲れたとか、面倒だなんて言ってられない。自分でやればこの金額が浮くのだ。

昼飯に贅沢を言わず、一日三箱のハッカ飴を一箱で我慢すれば、さらに数千円が浮く。

あとは銀行員時代の半分、三万円に抑えられている小遣いのアップを律子に要求する。銀行の頃に比べたら、飲みに行くわけでもないし、ゴルフをやるわけでもないから、じつは半分でもそう困ることはない。遣うのは飯代と本代ぐらいだ。五千円ほどアップしてもらえるだけでいい。

これで、トータルで月に二万円。白藤ハイツが借りられる。問題は礼金一カ月分だが、いざとなったら、山城みたいにしばらく他人の洗車を請け負えばいい。

借りてどうするつもりなのか自分でもよくわからない。もともと自分のものだったものを取り戻すような気分だった。

律子に小遣いアップの要求を通すために、まず実績をあげなければ。目標は月収三十万円。月十二日の勤務日のうち、二回に一回、ノルマをクリアすればじゅうぶん可能な数字だ。銀行員時代の給料に比べたら、半分以下で、実際にはそこからあれこれ引かれてしまうのだが、いままでの律子のパート収入と大差のない金額に比べたら、大いなる前進だ。

昨日の晩からずっと考え、計算し続けていた。就職活動中の元銀行員なのに、なんだか、この世界に——わかばタクシーの社長の言う『ワッパ稼業』にどっぷり漬かってしまうようで怖いのだが。

山城がお別れの最後のひと仕事というふうに、一緒に使っているクルマのサイドミラーに息を吹きかけて、雑巾でこすった。

「残念だなぁ。マッキーは毎回きちんと金払ってくれるいいお得意さんだったのに。ツケにしたまま、いつまでたっても払ってくれないやつ、けっこう多くてさぁ。しかも、月契約なら割引しろって、みんな一万とか八千しか出さないんだぜ。ひどいよね。マッキーはどう思う」

知らなかった。誰かに聞いときゃよかった。

「まぁ、いいや。マッキーがようやく目覚めたんだから、祝福しなくちゃね。今度さ、公休日が重なったら、一緒にやりに行こ」

そう言って、両手で自転車のハンドルを握るしぐさをした。

「競輪ですか?」

ぶるりと首を振る。

「違うよ、競輪はこうだよ」

山城は体を前傾姿勢にして、ドロップハンドルを握る手つきをする。やけに堂に入ったポーズだ。

「オート。オートレース。けっこう、はまるよぉ。競艇より面白い」

競艇すらやったことがないのだから、面白いと言われても。山城が悪い人間じゃないことはわかっている。でも、この人はいったい何を考えて生きているんだろう。申し訳ないが、自分とは住む世界が違う。目標とか未来などとは無縁に生きているように見えた。

「あ、オートの分のツキももらわなくちゃ、分けて、分けて」

山城がまた伸郎の乳を揉みはじめた。やっぱり、漬からないようにしなくちゃ。


「できんは、金《きん》ならず。できぬは、絹《きぬ》ならず——これは、私が拙書『我がタクシー人生——金はあの道の先にころがっている』の第六章『泣いた数だけ福がある』の冒頭に掲げさせてもらった言葉です。まぁ、書物として私の考えを世に問うた以上、読者の方々にどのように解釈をしてもらっても、いっこうに構わないのではありますが、いまどき絹などとは古いのではないか、こじつけではないか、と失礼な揚げ足を取る輩がおりますのは、誠に残念なことです。私が幼少の頃、絹にどれほどの価値があったかお若い方たちは知りますまい」

水曜恒例の社長の演説が始まった。ビールケースの上で丸い体がそり返り、高らかに声を張り上げると、従業員休憩所に並んだ黄緑色の制服の肩がいっせいに落ちた。社長が自分の本から話を引用する時には、ただでさえ長い訓示がさらに長くなるのだ。

「あれは私が十一の頃でしたでしょうか、いまは亡き母ヨシが、私を筆頭に七人の子を抱え、その日の麦飯にも窮乏していた頃であります。私は涙ながらに訴えました。『母ちゃん、もうええ、俺は中学へ行かずに働きに出る。どうせ学校へ行ったって、何を教わっているのかようわからん』と。その時、母は、簞笥《たんす》から一枚の着物を取り出しました。『仁助、お前を中学へ行かすぐらいのことはできる。ほれ、これは私が嫁入りの時にもってきたもの』母が広げて見せたのは、それはそれは美しい銘仙でありました——」

みな、あくびをしたいのだが、社長は自らの話に感動して目を潤ませているから、とてもできる雰囲気じゃない。

「できんは、金ならず。できぬは、絹ならず——できないと思ったその時から、人間の向上心は止まってしまう。営収は伸びなくなってしまうのです。今日はもうこれ以上はできん、帰庫しよう。もうこれ以上走ることはできぬ、休憩しよう。そこにはもう向上はありません。努力する者だけが、報われるのです」

そう言われても困る、と誰もの顔に書いてあった。たぶん伸郎の顔にも。

それなりの成功を収めた人間は、特にわかばタクシーの社長のような叩き上げは、自分の過去を引き合いに出して、いかに自分が苦労をしてきたかを声高に語り、言外に、他人が自分のようにうまくいかないのは努力が足りないからだと諭《さと》そうとする。

しかし、そんなもの、結果論だ。後出しじゃんけんだ。

努力したから、報われるのではなく、報われたから、努力が語れるのだ。

言われなくたってみんな苦労している。伸郎だって、隊長さんだって。山城にしたってギャンブル代を稼ぐためだろうが手にあかぎれをつくっている。銀行時代の伸郎など、努力がネクタイを吊るしているような人間だった。

裸一貫、汗と涙でいまの会社を築いたと社長は言うが、横須賀で最初にタクシー会社をつくった時、米兵を色街に案内するポン引きまがいの仕事で、たまたまひと山当てただけ、と古株の運転手たちは話す。伸郎は読んでいないが、『我がタクシー人生――金はあの道の先にころがっている』の第五章『事業の国際化、そして東京へ』に、たっぷり美化されて、そのあたりのことが書かれているそうだ。

努力だけでは、人生をうまく渡っていくことはできない。それが伸郎の、四十三年間の人生の結論だ。

かといって運だけでもない。じゃあ何なのか――

わからない。それがわかれば誰も苦労はしない。

わかばタクシーには、社長と同年輩の運転手も少なくない。会社や店を潰した元経営者も何人かいるし、噂ではここよりずっと大きな会社を経営していた人間もいるらしい。彼らが雇い主と従業員の立場に分かれたのは、それほど大きな違いではないはずだ。たぶんビールケースひとつ分ぐらいのもの。

ほんのちょっと天のさじ加減が変われば、いまここで演説をしているのが、社長ではなく、例えば隊長さんであったとしても、少しもおかしくない気がした。

たぶん、と伸郎は思う。

たぶん、みんなが次の曲がり角をうまく曲がれば、この先の分かれ道を首尾よく選べれば、そう考えて積み重ねていく道の先には、大きな空白しかないのだ。

シニカルというより、達観した気持ちで、そう思う。

「では、今日も元気に、ハンドルを握ってください。努力のどは、ど根性のど。私のささやかな激励が、みなさんの活力となれば幸いです」

演説開始から二十分後、社長がその言葉を口にした時には、誰もが活力を少なからず失っていた。


月7勤の隊長さんと乗務が重なる日は、そう多くない。

今日、隊長さんは非番。朝、会社を出た伸郎は、例の病院に行ってみることにした。主《あるじ》の居ぬ間に釣り場を荒らすようで、少々後ろめたくはあったのだが。

時刻は午前八時二十五分。急ぐ必要はどこにもなかった。二車線道路をゆっくりと進んでいる。隊長さんをまねて、速度制限三十キロの道を三十キロで走っていた。

後続車に追い抜かれていくが、ゆったりとした緊張感のないスピードで走っていると、なんだか気分もゆるりとほどける。焦ったってしかたない、そんな気持ちになる。黄色信号を赤直前で突破するのは、なにもタクシードライバーにかぎらず、クルマを運転する人間誰しもの習い性だが、伸郎は余裕でブレーキを踏んだ。

停止線のいちばん前に停まっている伸郎のクルマに、あわてて駆け寄ってくる人影があった。こちらに向かって手を振っている。

予定外だが、ドアを開ける。悪い客ではなさそうなのは、ビジネスマンらしいその男が、旅行バッグをさげていることでわかった。

「東京駅まで」

おお、朝からいきなり、上客をゲット。出張に遅刻しそうなのだろう、男はしきりに時計を気にしている。

次の信号も黄色。あえて無理せず停車する。せわしなく膝を叩きはじめた男に、ここぞとばかりにたたみかけた。

「高速で行きますか？」

「ああ、そうしてくれ」

よしよし。荏原《えばら》インターから高速に入る。「上」は空いていた。男はようやく安心したらしく、シートに背中を預けた。

「助かったよ。あんた、救いの神だ。おかげでなんとか間に合いそうだ」

大切な商談でもあるのか、上機嫌の声をかけてくる。

「そうですか。喜んでもらえて、こっちも嬉しいですよ」

心からそう思った。かりそめの職業とはいえ、人に喜ばれれば悪い気はしない。

「いやいや、あそこに停まっていてくれて、ほんとによかった。あの辺はいつもなかなかつかまらなくてね」

ふいに気づいた。隊長さんは安全運転のためにスピードを出さないのではなく、客を拾うために、わざとゆっくり走り、信号できちんと停まっているのではないか、と。

ためにクルマを運転する人間は誰だって、急がなければ損だと考える。道を走る時には、できれば一台でも追い抜いて先に行きたいと思う。信号をすれすれで通過すれば、その後の一分内外の時間を節約できる。渋滞は人生における大いなる無駄のひとつ。

だが、本当にそうだろうか。特にタクシーの場合は。

信号でこまめに停車すれば、その分、客の目にとまりやすく、そして客からすれば、つかまえやすい。

同じ道を流すなら、早く走ったほうがより多くの客に出会えると思いがちだが、実はそんなことはない。むしろ急ぐことで客を見逃してしまっているかもしれない。追い越しをかけている時に、歩道にいる客を見ているだろうか?

そうか。近道だけじゃだめなんだ。

伸郎はヘッドレストに預けていた体を起こした。運転手帽をかぶり直す。もちろんずっとこの仕事を続けたい、などとは考えもしないが、どんな仕事であれ、覚えていくのは悪い気分じゃなかった。とりあえずは、もう少し究めてみようか。山城や隊長さんに負けているようでは、この先、どこへ転職したって、ろくなことはないだろう。

後ろの客に声をかけてみた。

「いつもつかまらないってご存じだってことは、あそこでよくタクシーを拾われるんですか」

「うん、毎週水曜はたいてい朝一番で地方に出張だから」

長くこの稼業をしているような、慣れた口調で言ってみた。

「ああ、じゃあ、水曜が勤務日の時には、この時間にお客さんを探すようにしますよ」

携帯電話の番号を客に教えるような個人営業行為は会社から禁止されているが、口約束で常連をつかむことは止められていない。隊長さんと例の病院の医者みたいなものだ。気をよくした伸郎は、久しぶりにこのセリフを口にした。

「お客さん、カラオケサービスがあるんですが、よかったら、一曲、いかがですか」

「かんべんしてくれ」

あ、やっぱり。

11

二月に入っても、伸郎は好調を維持していた。ノルマ超えは二回連続でストップしたが、一回空けたその次の乗務日も雨にも恵まれてノルマ超え。山城の言葉を借りれば、四試合で三ホーマーだ。

隊長さん方式で、ゆっくり走るようにしているからだろうか。きちんと仮眠を取れるようになったからかもしれない。ほんの数十分眠るだけで、体への負担はずいぶん違い、その後の仕事もかえってうまくいく。

いや、たぶん桜上水のおかげだ。

もう行くのはやめよう、という決意は、朝ハンドルを握ったとたんに、あっさり崩れてしまう。やめるどころか、桜上水のあの空き地を仮眠場所にしていた。

前々回は、あそこでまた四千円を超える客を拾った。前回は向かう途中の道で、鎌倉までの客をつかむ。昼にはめったに出ないマンシュウ。

不思議だった。桜上水は、自分にとって特別な場所なのかもしれない。島崎の言う「運気のたまる場所」などが本当にあるなんて信じられないのだが。

山城もよくこんなことを言う。

「ツキの来る場所ってあるんだよ。俺の場合、いつも埼玉なの。競馬は浦和。オートなら川口。競艇なら戸田。同じ競艇なのに戸田でうまくいっても、平和島じゃさんざん。北がいいのかなぁ。でも、船橋オートはだめだもんなぁ。あれは不思議。もう埼玉に住んじまおうかって思うぐらいだよ。会社通うの大変だろうけど」

人生において努力以上に大切なのは、そうした偶然のありかを見つけ、うまく偶然を手に入れられるかどうかなのじゃないか、最近の伸郎はそう思いはじめている。行き着く先がたとえ何もない空白であったとしても。

残念ながら、あの日以来、恵美の姿を見ることはなかった。

さんざん迷ったのだが、遅い時間ではシルエットしか見えなくなってしまう、そう考えるといたたまれなくなって、今日もこうして桜上水に向かっている。ただの偶然。自分は偶然あそこを仮眠場所にしているだけだ、と言い訳しながら。

いつものように、坂の上から進入する。めったに人が通ることはないから、ほぼ一日置きのペースでここにやってくる伸郎を訝しむ人間はいまのところいない。

桜の木の下、所定の位置にクルマを停め、眠気が訪れるまで恵美の家を眺める。ほんの数十メートル離れた場所に彼女がいる。そのことだけで学生時代のように胸がときめいた。そして、なぜか落ち着いて眠れた。

眠りにつくまでの間、薄紫の壁を頭の中で白く塗り替えながら夢想をするのが伸郎の日課だった。夢想の中で、あるいは夢の中で、恵美と語らった。家のこと。子どもたちのこと。そして勤め先の青羊社について。

素晴らしきバーチャル人生。

大学を卒業した伸郎が銀行に勤めはじめたとしても、もし彼女とつきあい続け、結婚していたら、結局、青羊社に行くことになった気がする。恵美がそばにいてくれたら、辞表を叩きつけようとしたあの晩に心がわりはしなかっただろうから。

「俺、銀行、辞めようと思うんだ」

二十四歳に戻った伸郎は言う。きっと恵美はこう答えてくれる。

「ノブロウの好きにすればいいよ」

一人息子が銀行に勤めていることを近所への自慢にしている故郷の母親みたいに、わけもわからないくせに「仕事、大変だろうけど、がんばるんだよ」などとは言わないはずだ。

「いまからでも、遅くないかな」

「もちろん」

青羊社のことは、銀行に就職してからも、しばらくの間、気になっていた。本屋で羊と羊飼いのロゴマークを見かけるたびに、その本を手にとって眺めた。もともと派手に広告を打つ会社じゃなかったが、ごくたまに新聞の下段で青羊社の新刊の広告を見ると、どんな本なのか気になって読んだ。

でも、それも、入行二、三年目までだった。

最近は存在すら忘れていた。銀行に入ってからは、本など実用書しか読まなくなっていたからだ。本屋で手にとりはしても、結局一冊も買っていない。広告で見かけた本も、読んだのは広告だけ。

もし青羊社に入っていたら、いま伸郎はどんな仕事をしているのだろうか。当時は社員が

二、三十人、その程度の規模だったはずだ。四十代なら、編集長か？　二十年前に青年と呼べる年齢だった社長は、まだ六十前のはずだ。あの人がいまでも社長なのか。いや、もしかして――

この俺になっている。ありえない話じゃなかった。

夢想を追ってぼやけていた視線の隅に、恵美の家の庭に立つ人影が飛びこんできた。

小さな人影。子どもだった。長い髪が風になびき、頬にまとわりついてくる。女の子だ。小学五、六年生だろう。

すると、もう一人。こちらはまだ小学一、二年生ぐらいの男の子だ。

女の子は片手に小さなシャベルを持っている。男の子は両手で箱を抱えていた。女の子が男の子を振り返る。可愛らしい顔立ちの少女だった。どこかで見覚えのある顔。

何をしているのだろうか。目を凝らしていると、もうひとり――

肩までの黒髪、華奢だが女らしい体つき。このあいだの女だった。今日はブルージーンズにざっくりしたオーバーサイズのセーター。

やめろ、やめろよ、心ではそう叫んでいたが、体は沸き上がる衝動にあらがえなかった。

伸郎の手はサイドブレーキに伸びる。そろそろとクルマが滑り降りた。

五メートルほど下ると、三人が何をしているのかがわかった。

庭の隅にしゃがみこみ、女の子が地面を掘りはじめた。ときおり片手で目をこすっている。

泣いているようだった。女はその小さな肩へ優しげに手をかけている。小鳥かハムスターか、たぶん可愛がっていたペットの小動物が死に、その埋葬をしているのだ。

小箱が埋められ、男の子が何かをそこに置くしぐさをした。墓へ手向けるつもりなのか、女の子はハンギングバスケットの花を摘んでいる。

それから三人は手を合わせた。傾きはじめた陽射しに全身の輪郭を黄金《こがね》色に輝かせている母子の姿は、伸郎には大げさではなく、神々《こうごう》しいものに見えた。

合わせていた手をあげた瞬間、男の子に向けた女の横顔が見えた。

悲しげに微笑んでいるようだった。けっして高くはないが、低くもない、ほどよいかたちのチャーミングな鼻。切れ長の目。黒髪を掛けた小さな耳。ほっそりした顎の線。若く見えるが、年は伸郎と同じぐらい。慈愛という言葉をかたちにしたような横顔だった。

何かが、伸郎の胸を突いた。鋭いのに柔らかい何かだ。

もしかしたら、すべては自分の思い過ごしで、あの女性は恵美の兄嫁なのじゃないか。夢想のかたわらで、伸郎は自分にそう言い聞かせたりもしてきた。

だが、間違いない。あの女性は、恵美だ。記憶の中の恵美の横顔そのものだった。

横顔を見たかぎり、二十年前と変わっていない。いや、四十男の伸郎にとっては、昔以上に魅力的に見えた。

ということは、女の子と男の子は彼女の子どもだろう。どうりで愛らしい顔立ちをしているわけだ。泣きじゃくっているらしい男の子の顔はわからないが、たぶんこの子も可愛いはずだ。

いたたまれない気持ちになった。坂道をバックで昇り、空き地でUターンする。見るべきじゃなかった。たぶん伸郎は、変わらない恵美ではなく、変わってしまった恵美を心のどこかで期待していたのだ。

自分の来た道は、けっして間違ってはいなかった。いまの自分も、選んだ妻も、授かった子どもも、正しかった。きっとそんなふうに安心したかったのだ。

あんまりだ。あれじゃあ、夢想のままだ。

自分だけがとり残された夢想。伸郎はアクセルを踏みこんで、住宅街の坂道から遠ざかった。自分のあったかもしれない可能性に、円形脱毛を発症している後ろ髪を引かれながら。


目覚めた時には、まだ窓の外は明るかった。

部屋の時計を見ると、午後四時。いままで明け番の日には、朝帰って眠ると、起きる頃にはいつも外が暗くなっているのが常だったのだが。仮眠をとるようになって、睡眠時間が短くてすむようになったからでもあるし、日が長くなってきたためでもある。春が少しずつ近づいているのだ。

一階に降りると、恵太がひとりでゲームをしていた。一日一時間という律子との約束をまったく守っていないようだ。まだ明るいうちに起きてきた伸郎を見て、恵太の目が丸くなり、背筋がまっすぐになった。

「あ、いまやめるとこ」

怒るかわりに、伸郎はため息をついた。

「なぁ、お前、学校から帰ったら、毎日ゲームなの？」

「うーん、だいたい。だって他にすることないし」

「友だちの家に遊びに行ったりしないのか」

「行くよ。いまも行って帰ってきたとこ。これ、借りてきたんだ」

そう言って、野球のゲームが映っているテレビ画面を顎でさした。いまの子は、みんなこうなのだろうか。伸郎が恵太ぐらいの時は、学校から帰ったら、ランドセルを放り出して遊びに出たものだが。たいていは原っぱで草野球。

まぁ、確かに楽だ。ゲームの中なら、デッドボールは痛くない。速球に手が痺れることもないし、滑りこんでも膝をすりむいたりしない。傷つき、すり切れることのない素晴らしき仮想現実。恵太に言ってみた。

「そうだ。本物の野球、やろうよ」

「本物？」恵太はそんなものがあったっけ、という顔をする。

「キャッチボールだよ、な、やろう」

伸郎は小さい頃から野球が得意だった。中学の野球部では、二年生で三番。ポジションは遊撃手。いまとは別人のように俊敏だった。監督から言われていた。お前なら甲子園に出られるぞ、と。

だが二年生まで野球をやめた。やめたというよりできなかった。父親の仕事の都合で、三年になる春に転校した学校に野球部がなかったのだ。

「いいよ、やんなくて」

無理しなくてもいいよ、と言っているふうに聞こえた。伸郎は意地になって言う。

「やろう、な、決めた」

恵太のためだけじゃない。少し運動したほうが、いまやタクシーのシャーシ並みに固くなった背筋やボンネット並みの肩や腰にいいかもしれない。恵太が振り返って伸郎の顔を探り、それから哀れむような声で言った。

「パパのグローブ、もうないじゃない。使わないからって、捨てちゃったでしょう」

「あ、」

そうだった。中学時代からずっと使っていたグローブだったのに。

高校では野球部を選ばなかった。入部すれば中心選手になれる自信はあったのだが、たぶん中学で一度、挫折してしまったことが二の足を踏ませたのだろう。しかも進学校のわりには、そこそこの強豪校で、野球部の練習は厳しいと評判だった。長男で、学校の成績が良かった伸郎に、両親は期待していた。野球なんかに夢中になって受験勉強をおろそかにして欲しくない。親の無言の圧力に抗しきれなかったせいもあった。

グローブを持ち続けていたのは、たぶん未練があったからだ。いつか気が変わって、自分は入部することになるかもしれない。中学時代の伸郎の評判を聞きつけて監督が勧誘にくるかもしれない。頭の中だけでは野球部員であり続けた。でも、夢想は、夢想だった。

銀行員になってから行内の草野球チームに入り、再びグローブを持つことになった。だが、あまりに忙しくてメンバーが集まらないことが多かった。そもそも集まっても、先発は腹の突き出た係長。四番はもたもたとしか走れない課長。そんなチームだったから、長続きせず、転勤を機会にやめた。

恵太には三、四歳の頃から野球を覚えさせた。子ども用のビニール製のボールやバットではなく、最初から軟球を投げさせ、木製のバットを振らせた。自分が果たせなかった夢を託そうとしたのかもしれない。だが、その後、課長になり、日本橋支店に移った頃から、仕事が猛烈に忙しくなり、とてもキャッチボールどころじゃなくなっていった。いま考えれば、とんでもない父親だ。自分で息子をその気にさせておいて。

休日、バットでふとんをつついてくる恵太を、疲れているからと追い返したことが、何度あっただろう。渋々つきあっていることを隠そうともせず、ろくにアドバイスをしないかわりに、何度同じセリフを口にしただろう。「もういいだろ。そろそろ終わりにしよう」

恵太がしだいに伸郎とのキャッチボールやバッティング練習をせがまなくなったのも無理はない。

家の裏手の塀を相手に、恵太が独りでキャッチボールをしている。そんな話を律子から聞いて、一念発起、誘った時には、こう言われた。「いいよ、僕、忙しいんだ」塀にはチョークで下手くそなキャッチャーの絵が描いてあった。

去年、物置を整理していた律子にグローブを突き出されて、言われた。「これ、もういい？」三十年物のグローブは、長く手入れを怠り続けてきたために、青かびが生え、ボロ布に変わっていた。

草野球をやっていた頃、高校野球や大学野球の経験者からしばしば言われた。それだけの実力がありながら、なぜ続けなかったのか、硬式をやらなかったのかと。

中学三年の時に転校してしまったからだとしか言いようがない。あれも偶然。いや、偶然と言うより、中学生の伸郎には、突然襲ってきた災厄《さいやく》だった。はっきり言って、長い間そのことでは父親を恨んでいた。

自分には野球で身を立てる人生だってあったかもしれない。まぁ、当時の少なくない数の男の子が見ていた、恐ろしくライバルの多い夢だから、実現する可能性などかぎりなくゼロに近かっただろうけれど。

でも、ゼロに近いことと、ゼロとは違う。

もしかしたら、あの転校が、自分の最初の間違った曲がり角だったのかもしれない。いまになって、そう思う。

プロは無理でも、高校で、あるいは大学で野球をやった自分は、いまの自分とは別人である気がする。

なぎさ銀行の副頭取に、六大学の花形選手だった人物がいる。次期頭取の最有力候補だ。学生時代の栄光は彼のキャリアに少なくない影響を与えてきたはずだ。野球好きのオヤジが多い行く先々のお得意さんは彼を歓迎しただろうし、人脈づくりにも威力を発揮しただろう。カリスマ性があるという行員たちの称賛も、彼の過去の伝説と無縁ではなかった。

まぁ、そこまではいかなくても、元甲子園球児という肩書さえあれば、一生自慢話にはことかかなかっただろう。子どもたちの父親を見る目も、少しは変わったかもしれない。細かいことを言えば、もう少し体を鍛え続けていれば、これほど腰痛に悩みはしなかった気がする。

恵太が鉛筆や箸を握った時とは別人の指さばきでコントローラーを操ると、現実の選手を模したゲームの中の選手が、ホームランをかっ飛ばした。こちらに背を向けた恵太が小さくガッツポーズをする。

最近のゲームはやけにリアルだ。バーチャルなプレーに本職のアナウンサーが絶叫し、本物そっくりの球場で歓声が沸き起こる。

仲郎はいつしかゲームの中の選手に自分をオーバーラップさせていた。
身長は特別高いほうじゃないが、俺くらいの背丈のプロ野球選手はざらにいる。ここ十年で、サイズが二インチアップした腹を引っこめてみた。いまの贅肉がすべて落ち、筋肉に変わって、昔の俊敏ささえ取り戻せば、まだまだじゅうぶんいけるはずだ。仲郎はカクテルライトの下で、四十三歳になってなお、力強くバットを振り、巧みなボールさばきを見せる自分を夢想する——

馬鹿馬鹿しい。いくらなんでも。大きくかぶりを振った。

どうかしてるぞ、最近の俺は。昔の彼女の家を見張ったり、同僚のクルマを尾行したり。妄想癖もどんどんひどくなっている気がする。まさか、二十四時間、走る密室に閉じ込められているうちに、心を蝕《むしば》まれてしまったのではあるまいな。

思わず、円形脱毛の患部に手をあてた。

「お」

恵太が振り返る。「どうしたの？」

「生えてきたよ」

「何が？」

「毛」

勤務日の朝は、たいてい早い時刻に目が覚める。前日から目が腐るほど寝ているからだ。律子が起き出す前に目覚めることもあって、そんな時は何もすることがなく茶を淹れ、ぼんやりと朝刊を眺める。

銀行を辞めてから、新聞の読み方はずいぶん変わった。昔は経済面をまっ先に開き、他行や、なぎさ銀行のグループ企業の動向に変わりはないかを確かめたものだ。大手都銀の場合、行員が自身の銀行に関するスクープに驚くことも少なくない。証券欄もざっと眺め、銀行業務と無縁ではない政治に関する記事もきちんと読んでいた。もちろん通勤中には、バイブルである経済新聞。

いまは違う。一面と社会面を見出しだけ斜め読みし、興味をそそられる記事がなければ、さっさとスポーツ欄へ行く。

朝刊の場合、最近は一面から三面あたりの下段にひととおり目を通す。ここには出版社の広告が載ることが多い。青羊社の名前を探すためだ。

この日もそうだった。別に何を期待することもなく眺め、スポーツ欄を開こうとした時に、発見した。

新聞一面の下、名刺ほどのサイズの出版物の広告の中に、懐かしい名前があった。

「青羊社」

他の出版社のように、ごてごてと謳い文句を並べ立てたりしていないのは昔どおり。そっけなく書名と必要事項だけが入った広告だった。

『カーニバル〜妖精たちの謝肉祭』

あいかわらずだな。儲からない子ども向けの本を、生真面目につくり続けているのだ。

会社の住所は変わっていた。昔は確か、吉祥寺にあったはずだ。あの頃の若者文化が花開いていた街。都心にではなく、吉祥寺に会社がある。そのことすら伸郎には憧れだった。

いまの青羊社の所在地は、豊島区の西池袋。

ふと思った。池袋か。たまには遠出をしてみるのも悪くない。

12

わかばタクシーの事務所一階の右手、従業員休憩室には、いつも薄く靄《もや》がかかっている。毎朝、ドアを開けたとたん、戸外より明らかに視界不良となり、車庫にしみついた排気ガスやエンジンオイルの匂いが、いがらっぽい異臭に取ってかわられる。運転手たちが噴き出す煙草のけむりだ。

運転手はほとんどが喫煙者で、たいていがヘビースモーカー。実車中は吸えないし、最近は車内に煙が残っているだけで文句を言う客も多い。みんな苦労しているようだ。だから休憩所では、ここぞとばかりにパッケージを取り出し、一斉に火をつける。かつては喫煙者だった伸郎でも、あまり長居をしたくない場所だ。

銀行では煙草を吸う人間は少数派だった。男性行員の喫煙率は二割五分といったところ。女性行員の場合、表向きだけだが、ほぼ皆無。

なぎさ銀行は、合併前の前身銀行の時代から、全支店で分煙化が進められていた。もともと接客カウンターのある営業場では煙草が吸えないし、営業先で先方に勧められても吸わないように教育されている。上司が喫煙者ではない場合、デスクで吸えなくなるのも伸郎が入行した頃からの常識だった。

伸郎が禁煙した五年前には、支店内に残っていた喫煙者がほぼ全員煙草をやめた。新しい頭取が嫌煙家で、喫煙が査定にマイナスになるという噂が飛び交ったからだ。頭取が行内誌に寄せた、こんな一文が発端だ。

『喫煙所への往復時間、そこで浪費される時間を考えると、喫煙者は非喫煙者に比べて労働効率が悪い』

まぁ、確かに理屈はそうだ。銀行で逐一必要とされる稟議書の往復時間、それに浪費される時間に比べたら、可愛いものだと思うが。

行内誌の文章は、新年の挨拶とその年の所信を表明するものだったのだが、何かトラウマでもあるのか、新頭取は喫煙の弊害を綿々と綴っていた。

『喫煙者は自己管理能力が劣ると見なされてもしかたがないでしょう』

まずヘビースモーカーだった当時の支店長が禁煙した。「娘に『パパ、煙草臭い』って言われちまってね。ショックだったなぁ。『長生きできないよ』なんて泣かせることを言われちまうとねぇ」行内の喫煙者を戦々恐々とさせている噂などまったく知らないという顔で、聞かれもしないのに誰彼なく、紫煙のかわりにそんな話をふりまいて。

そして支店内の喫煙所から人けが消えた。どうしても吸いたい人間は、わざわざ灰皿のある隣のビルのロビーへ行く。あるいは空き缶を持って支店の屋上へ上がる。誰も利用しないまま残されている喫煙所が、落伍者を捕らえる罠に見えたものだ。

伸郎は外回りの途中、喫茶店で吸いだめすることが多かったが、本当に煙草が吸いたくなるのは、デスクワークの時。ハッカ飴を代用品にしはじめたのは、その頃からだ。

我慢できなくなると、空き缶にするための飲み物を持って屋上へ行った。なんだか高校時代と変わらない、そんなことを考えながら。たかが煙草ひとつのことで、大のおとながびくびくするとは情けない話だが、結局、伸郎も噂に恐れをなして禁煙したくちだから、大きなことは言えない。

銀行は――他の企業も同じようなものかもしれないが――学校とあまり変わらないところだ。全員参加が求められる運動会。服装や私生活への子ども扱いとしか思えない規制（女性行員は、長期休暇で旅行に出かける時には、行き先や同伴者の名前まで報告させられた）。さまざまな種類の試験や勉強に追われるところもそっくりだ。

君臨しているのが教師から上司に替わり、通知表が査定表に替わっただけ。窮屈このうえないのだが、そこからはみ出してしまえば、学校と同様、落ちこぼれだ。当時の伸郎は、自分は一生、日本社会という学校から卒業できないような気がしていた。

休憩所の端を歩き、奥のロッカールームへ向かった。煙草の靄《もや》のあちこちで、中年男特有のけむりに噎《む》せるような笑い声があがり、スポーツ新聞やギャンブル専門紙ががさがさと音を立てている。靄の彼方から声がかかった。

「よ、マッキー」

子どもみたいな笑い顔が手招きをしている。相番とはいえ、水曜の全体朝礼の日以外に、山城と顔を合わせるのは珍しい。山城は営業部長のイヤミもなんのその、ノルマを達成しようがしまいが、建前上の帰庫時間、午前四時きっかりに戻り、自分のクルマとアルバイトで請け負っている他人の洗車をすませると、さっさと帰ってしまうそうだ。

「どう、洗車。けっこうきっついだろ」山城は伸郎同様、ここでは煙草を吸わない少数派だが、けむりはいっこうに気にならない様子だった。「気が変わったら、いつでも言いなよ。遠慮しないでさ」

「いや、なんとかやってます」

「やせ我慢しなくてもいいからさぁ」

確かにやせ我慢だ。二月の早朝。自分のクルマでもこんな時期は洗車なんかしない。たまさかゴルフに出かける時も、洗浄スプレーでお茶を濁すか、洗車場を利用するかだった。

タクシーの場合、水を使ってすみずみまで磨きをかけなくてはならない。手を抜いたりしたら、出庫前点検にひっかかって、やり直しになる。凍ったスポンジを握り、冷たい水に晒《さら》された指はすぐに真っ赤になり、痺れて感覚を失う。他人のクルマも請け負ってもいいなどと考えていたのは甘かった。自分のぶんだけでせいいっぱいだ。

「珍しいですね、山城さん。どうしたんですか、今日は」

「山ちゃんでいいってば」

「じゃあ、山ちゃん、どうしたんです。朝まで仕事？」

伸郎が素直に言い換えると、山城は傷ついた顔をした。だったら、言わなければいいのに。指を上に向ける。二階の仮眠室にいたということらしい。そういえば、目が腫《は》れぼったかった。

わかばタクシーの仮眠室は「従業員の過剰労働を避けるため」という名目で設けられているのだが、狭くてふとんは不潔で、まるで使うなと言わんばかりの場所だ。なぎさ銀行の喫煙所と似たようなもの。利用するのは、早くに仕事をあがって始発時間を待つ、マイカー通勤をしていない運転手ぐらいだ。

伸郎はノルマを達成した日でも、いつも午前四時すぎまで路上に出ている。四時半に帰庫し、売り上げ金を計算して、洗車をすれば、終わる頃にはちょうど始発の時刻になるのだ。

「クルマ、売っちった」

「え、あのローレル？」

山城の愛車は、型式が八〇年代と思われる、いまどきあまり見かけない箱型のローレルだ。全体朝礼で朝まで残っていた日の山城は、出庫する伸郎たちの前にこのクルマで颯爽《さっそう》と現れて、クラクションで挨拶をしてから去っていくのだ。

「そ。車検がまた切れちゃって。早いな、もう。持ってても俺、休みの日は酒飲んじゃうから乗れないし。駐車場も高いしさ。聞いてよ、マッキー、俺の使ってた月極め、二万五千円だよ。部屋代が四万なのに。会社も駐車場代とるから、ダブルパンチだしさぁ」

わかばタクシーの従業員専用駐車場の利用料は、月一万円。厚生施設というより、会社の副業みたいなものだ。仮眠室が五、六人しか泊まれない広さしかないのは、駐車場の利用を促進させるためかもしれない。

「なんか変だよね、一日中ハンドル回して、人をクルマに乗っけて働いてるのに、その当人がクルマを持てないなんてさ。おかしいよな。どう思う、マッキー？」

「……まぁ、確かに」

言葉を濁していると、隣のテーブルでギャンブル談義をしていた島崎が口をはさんできた。

「山ちゃんはあれさ、金を競艇場の水の中に落としてきちゃうから」

「あ、やっぱし」

山城は悪びれずに、へらりと笑う。別のひとりがあいづちを打った。

「そ。穴にも落とす。馬もオートも、穴ばっかし狙うから」

「うまいこと言うな」

ギャンブルをやらない伸郎にはくわしいことはわからないが、山城はいつも穴ばかり狙うらしい。いつか、こんなことを言っていた。

「ギャンブルで負けないコツは、無理せず、熱くならず、だよ。きちんと見《けん》をする。で、カタい勝負をコツコツ重ねることなのさ」

「見」というのは、要するに様子見のことらしい。

「ほら、俺なんか、すぐ穴狙いにいくじゃない。なんでだろうな。手堅くいったほうがいいってわかってるのに、券を買う時になると、大穴を当てた自分を頭の中で想像しちゃうんだよ。夢を追っちまうんだよねぇ。マッキー、覚えておくといいよ、レースでそこそこ勝つには、夢を捨てなくちゃだめなのさ」

ギャンブルが夢。それでいいのだろうか、この人は。

「マッキーだって、もうわかるよね、俺の気持ち」

山城の言葉に島崎が首をかしげて、赤鉛筆で大量の書きこみをしている競馬新聞を振ってみせた。予想にも風水を利用しているのだろうか。「火」「金」などという文字が読めた。

「あれ、牧村さんは、こっちはやらないんじゃなかったっけ」

「ええ、僕はまったく」

「最近、けっこう稼いでるんでしょ。だめだよ、山ちゃんの予想に投資なんかしたら。せっかくの稼ぎが、ぱぁになっちまう」

「あれれ、島さん、競馬《うま》は俺、負けてないよ。このあいだ、俺の言ったのが来たじゃない」

「でも山ちゃん買わなかっただろう。鉄板はつまんないって言って」

山城が島崎たちのテーブルに座りこんで予想の輪に加わった。明け番で疲れているだろうに、ギャンブルのこととなると忘れてしまうらしい。

誰も利用しない喫煙所がある、なぎさ銀行の嘘っぱちのクリーンな空気も居心地悪かったが、無節操な靄と、ギャンブルと金の話ばかりが充満したここも、自分の居場所じゃない、と伸郎は思う。やっぱり長居は無用だ。

ロッカールームで制服に着替えて休憩所へ戻ると、けむりの靄がますます濃くなっていた。朝礼間近の時刻。今日乗務するほとんどの運転手が顔を揃えている。

わかばタクシーには女性ドライバーがいないから、女っけは壁に貼られたカレンダーの水着姿のモデルだけ。そのカレンダーの前に、細長い体に運転手帽ばかりが目立つ、しめじみたいな後ろ姿が立っていた。隊長さんだ。

煙幕の中を突っ切って、背中に声をかける。

「このあいだは、すいません」

隊長さんは振り返らない。

「後ろを勝手にくっついていって。驚かしてしまいましたか」

返事もない。かと言って、気分を害しているふうでもなさそうだ。指でカレンダーの日づけをなぞっている。山城の言うとおり、指が小刻みに震えていた。

「仕事を覚えたいんです。今日も後ろにつかせてもらっていいですか」

隊長さんは、食べ物を咀嚼《そしやく》するふうにもごもごと顎を動かしただけだ。その様子はとてもクルマの運転を職業にする人間とは思えない。リアウインドウにもみじマークをつけたほうがいいんじゃなかろうか。伸郎はひとりで喋り続けた。

「今日はどちらへ？　この間の病院ですか」

ようやく振り向く。首を横に振った気がしたが、指だけでなく全身が絶えず震えているから、そう見えただけかもしれない。

「今日は何日でしたっけ」

隊長さんがぽつりと呟く。最初はカレンダーガールに話しかけているのかと思った。独り言なのか、伸郎に問いかけているのかよくわからない口調だ。自分の当番日なのに、日づけを忘れてしまっているらしい。

伸郎が答えると、震える指が今日の日づけのところでぴたりと止まった。今度はその下をなぞりはじめた。しばらく目をすぼめていたが、あきらめたようにポケットから老眼鏡を取り出し、体をかがめて、ひょろ長い首をカレンダーに近づける。

「大安ですね」

カレンダーの日づけの下には、六曜《ろくよう》が添えられている。

「ええ、そのようですが」

「大安なら、いいかもしらん」

何かと思ったら、げんかつぎか。隊長さんの走りはすべて計算ずく、なんて買いかぶりだったようだ。島崎の風水と変わらない。

島崎はかつて自分で事業をしていたそうだ。風水に従ったら仕事がうまくいき出し、風水師と建築家を雇って、風水の方位に合わせて新社屋を建築したら、その費用がかさみすぎて事業が傾いたのだそうだ。それでも毎日、ラッキーカラーのゴルフシャツを着て出社してくる。

中国三千年の英知でも、人生の不思議は解き明かせない——人生が偶然でなりたっているからだ。

人がギャンブルにのめりこむのも、きっとそれが人生に似ているからだ。伸郎にはそう思える。つかのまの時間と、少々惜しいが失ってもさほど困らない金額で味わえる、成功と失敗、栄光と挫折。人生の疑似体験。大人のロールプレイングゲームだ。

営業部長が顔を出したというのに、山城はまだ予想紙を片手に熱弁をふるっている。気のいい人間ではあるが、ああなっちゃおしまいだ。あの人は人生に、馬やレーサーや枠順以外の何かを賭けたことがあるのだろうか。

そういう自分は？

伸郎の頭にぼんやり浮かんだその疑問は、営業部長の声にかき消された。

「おはようございます。えー明け番の人は、すみやかに退社してください。そうです、あなたのことですよ、山城さん」

――

LPGスタンドを先に出て、隊長さんのクルマを待った。

行き先は、このあいだの病院ではないはずだ。隊長さんが非番の日、同じ時刻にあそこへ院づけしたが、空振りだった。隊長さんの常連が現れる曜日は決まっているらしい。

ハザードランプが刻むリズムに合わせて、ハンドルを指で叩いているうち、隊長さんのクルマが現れた。ほかの運転手は、スタンドを出るやいなや、けたたましいエンジン音を立てて幹線道路へ急ぐのだが、あいかわらず教習所の練習車並みのスピードだ。

スタンド前の二車線道路を右折。やはり行き先は病院じゃない。さぁ、今日はどこへ行く

山城や他のドライバーにとっても、隊長さんの仕事ぶりは謎であるらしい。けっして派手

な営収をあげるわけじゃない。でも乗務日には、ほぼ必ずノルマを達成して帰庫する。しかも、少し前までの伸郎のように相番との交替時間ぎりぎりまで走りまわっているわけではなく、最終電車が出た後の、タクシードライバーにとって日に一度の大勝負の決着がつく、午前二時か三時頃には帰ってくる。さすがの営業部長も、隊長さんには「人間、何事もあと一歩をがんばるかどうかで、決まるのに」なんてことは言えないだろう。なにせ相手は人生そのものが、あと一歩だ。

特定の「漁場」を持っているわけでもないようだ。伸郎が無用な冒険を避けて、そこそこの客が捕まえられる、JR蒲田駅で駅づけをしている時、客待ちの列の中に何度か隊長さんのクルマを見かけたことがあったし、一度だけだが、羽田空港の乗り場で姿を見たこともあった。

山城の言う「ギャンブルで負けないタイプ」かもしれない。無理をせず、熱くならず、固い勝負をコツコツ重ねる。「あと一歩」があるかどうかも冷静に見分ける。

山城にかぎらず、こうなりたいと思う自分と、現実の自分とのギャップを、人間はいくつになってもなかなか埋められないものだ。で、つい無理をしたり、火傷《やけど》したりするのだが、八十何年間か生きている隊長さんには、自分がどれほどのものか、秤《はかり》にかけて正確に読み取ることができるのかもしれない。

まぁ、本人に聞いてみないと本当のところはわからないが。とにかく隊長さんの謎の仕事ぶりを突き止めるために、ワルツのリズムに乗って走っているようなのどかなスピードのクルマを追う。

あまり露骨なことをすると嫌がられるだろうと思って、あいだに何台かクルマを挟んで後を追っていたのがいけなかった。幹線道路に入ったとたん、隊長さんのクルマがいきなりスピードをあげた。ワルツが遁走曲《フーガ》に替わったかのようだった。後を追おうにも、前と横を一般車に挟まれていて身動きできない。

見ている間に、ひとつ先の交差点を曲がっていく。後を追って右折したが、もう木の葉マークの行灯はどこにもなかった。

尾行失敗。撒《ま》かれたのかもしれない。

まぁ、しかたない。自分の穴場は人には教えたくない。それは隊長さんだって同じだろう。

ワンメーター、ツーメーター、よくても二千円ちょっとの客を拾っているうちに午前中が終わった。それでも隊長さんのまねをして、ゆっくり「流し」たのがよかったのか、七千百六十円の営収。割増料金のない昼間の三時間ほどの仕事としてはまずまずだ。

さて、これからどうしよう。小物とはいえ、とりあえずビクの中に何匹かの魚を入れた釣り人の気分で、伸郎は考える。

午後一時前後には、ビジネス街で客が動き出す。ここからは中心街に向かったほうがいいのだが、どこへクルマを向けても、結局は偶然に身を任せるしかない。

いまどき社員に気軽にタクシーを使わせる企業は、そう多くない。東京の場合、その手の客の可能性が高いのは、テレビ局や大手広告代理店のある、汐留、お台場方面だが、タクシー運転手は当然それを知っていて、砂糖壺を前にした蟻《あり》みたいに、誰も彼もが群がろうとする。競争率を考えれば、得策とは言えない。

信号待ちのあいだに、東京のオフィス街をひとつひとつ検討する。

銀座、丸の内。老舗企業が多いが、どこも経費節減にきゅうきゅうとしていそうだ。

渋谷、青山、六本木。バブルの頃は派手な業種の羽振りのいい会社が多かったのだろうが、最近は食べ物屋ばかりが軒を並べている。

新宿。仕事にタクシーを使わせるどころか、この界隈の企業は電車賃まで細かくチェックしている気がする。

考えてみると、タクシードライバーの仕事には、銀行員が融資すべき業種や企業を審査するのと、よく似た作業が必要だ。そして、こういうことは、いくら考え、データを集めても、わからないものはわからないことを、経験的に伸郎は知っていた。バブルが弾けたとたん、成功が約束されていたはずの事業の多くが、あっという間に、文字通り泡と消えた。

じゃあ、池袋はどうだろう。

ポケットから財布を出し、差しこんである新聞の切り抜きを取り出した。「青羊社」の刊行物案内。ハッカ飴の箱をふたつ並べた程度の小さな広告だった。

行ってみるか――

池袋。タクシードライバーになってからは、客を送り届けたことはあっても、自分から足を踏み入れたことはない場所だ。

現在位置は五反田。ここからなら銀座方向へ行くのと距離的にそうは変わらない。よし、途中で客が拾えればめっけもの。伸郎はアクセルを踏みこんだ。

渋谷、新宿を迂回して、山手通りを北上する。道は空いていたが、隊長さんを見習って速度は極力抑え、黄色信号ではきちんと停車した。

新宿を越えたあたりで、右手に入る。道が混んできた。さて、どうしよう。時刻はもう午後一時になろうとしている。無理をせず新宿へ戻るか。あくまでも池袋にこだわるべきか
――

次の交差点で右折すれば新宿。左折すれば池袋だ。偶然が入りこむ余地のない選択。たかがタクシーの午後の「漁場」を決めるだけのことだが、伸郎は悩んだ。いままでの自分の人生も、こうして曲がるべき交差点をろくに考えもせず、悩むこともなく、その場しのぎで選んできたのではないか。そんな気がしたからだ。

どうする。

どうする、牧村伸郎。

これが人生の岐路だとしたら、どうする？

ウインカーに手を伸ばす。右折に動きかけた手が止まる。ウインカーを下からすくい上げた。

左折だ。あくまでも池袋。

最良の選択だと自分自身に思いこませて、自分はいつも冒険を避けてきた気がする。しかも安全だと考えて選んだ道が、じつは曲がり道やぬかるみばかりの悪路だった。

だから、左折。新しい自分に生まれ変わらねば。排気ガスが立ちこめた道で、クラクションを浴びながら左折車線にクルマをこじ入れた伸郎は、願掛けに似た決意をこめてハンドルを回す。左に曲がればきっと、道は滑走路のように空いているはずだ。

曲がったとたん、夜の滑走路の誘導灯さながらに赤いテールランプが並んでいるのが目に飛びこんできた。さっきよりひどい渋滞だった。

うむむ。やっぱり人生は難しい。冒険をしてもだめな時はだめ。穴ばかり狙っていたら、勝負には勝てないんだよ、マッキー。

新宿方面へ戻るために脇道に入った伸郎は、対向車線側の歩道に礼服姿が目立つことに気づいた。手に手に大きな紙袋。葬式じゃない。若い女たちは派手なドレスだ。人々は次の信号の先の建物から出てきているようだった。

通りすぎざま、横目を走らせる。そう大きくはないが煉瓦色の重厚な建物だ。まだ真新しい。黒い門柱に聞いたこともない会館の名前が刻まれていた。たぶんあそこで結婚式があり、披露宴が終わったばかりなのだ。

オープンしたばかりで知られた場所ではないらしい。つけているタクシーは一台もない。よし、いける。

道の先でUターンをし、建物の前にクルマを近づけると、待っていたように手があがった。客は新郎新婦の叔父、叔母といった年齢の男女四人。伸郎はクルマを降り、トランクを開けて、客たちの重そうな引き出物を運び入れる。

「どうもどうも、あいすいませんねぇ」

都会では絶滅寸前の朴訥《ぼくとつ》さで恐縮がってくれる。言葉に地方訛りがあった。チャンスの予感。いちばん年長に見える男が尋ねてきた。

「運転手さん、ジェーアールの新宿駅までは遠いのかね」

「いえ、それほどでも」ここからならツーメーターだ。

「新幹線で帰りたいんだけど、どうしたもんかね。新宿から上野は近いんかね」

まったくアキオったらねぇ。和服の女性がぶつぶつ言っているのを聞いていると、どうやら彼らをここにクルマで送ってきた彼女の息子らしき人物が、迎えに来られなくなったらしい。

「上野ですか……まぁ、遠いというほどではありませんが、荷物をお持ちだと大変かもしれませんねぇ。電車ですと、乗り継ぎの時間も入りますから、四十分、いえ、もう少しありますでしょうか」

実際には三十分ぐらいだろうが、タクシー運転手に聞くほうが悪い。

「じゃあ、四人だし、クルマで行っちゃいましょうか。荷物も入れてもらったしねぇ」

「よろしいんですか」

「ああ、頼むわ」

人生の不思議に伸郎は首を傾げる。わからないものだ。勝負をかけたらだめで、あきらめたとたん、ツキがころがってくる。

ほんとうにわからない——心の中でそうひとりごちた時、朝の隊長さんの言葉を思い出した。「今日は大安ですね」

そうか、隊長さんは、このことを言っていたんだ。今日は結婚式場が狙い目なのだ。

大きな結婚式場には、当然、タクシーが群がる。ハイヤーが呼ばれることも多い。しかし、一日に何組もさばかないだろう小規模の式場の場合、いつ出てくるかわからない客を待つ運転手はそう多くない。

では、式場のスケジュールを把握していたらどうだろう。大安という漠然とした情報だけでなく、何時頃に式が始まるのか、何時頃までに終わるのか、地元の運転手以外には存在を知られていないような式場の情報をあらかじめ手に入れておく――

やってみる価値はありそうだった。


上野に着き、客の荷物をトランクから下ろしていると、肩を叩かれた。

「羽田まで頼みたいんだが」

というわけで羽田空港まで、高速《うえ》を行き、七千四百六十円。

せっかく来たのだから、空港の客待ちの列に並ぶつもりだったのだが、そこで、はたと考えた。「港づけ」は上客が多いが、待ち時間が長いから、少々の距離だとかえってムダ骨になる。一時間半待ちで、二、三千円程度の営収では割に合わない。

空港内のハンバーガーショップで昼飯をすませてから、乗車禁止地区を出てすぐのところにあるホテルにつけた。さっそく結婚式帰りの客を狙ってみたのだ。これも図に当たった。横浜までの若い女性客三人。香水の匂いには辟易させられたが、三人とも美人。役得役得。用もなくルームミラーを覗いてしまった。

彼女たちが地方銀行の行員であることを知って、さりげなく会話に加わった。内部事情に詳しすぎることを不思議に思ったらしいひとりに問われるまま、なぎさ銀行に勤めていたことを告白したら、全員が嬌声をあげてくれた。四人で銀行の悪口に花を咲かせる。なかなかいい気分。しかも営収は七千円超え。

午後三時過ぎまでの営収は、二万五千円。この時点でノルマの半分を達成した。

思えば、池袋がふり出しだった。途中で引き返したとはいえ、池袋に向かわなければ、こうもうまくいったかどうか。

伸郎は、自分のツキの法則がだんだんわかってきた。恵美の家のある桜上水しかり、今日の青羊社のある池袋しかり。

自分のかつての夢がある場所へ行くのだ。そうすれば偶然は自分にいい出目を振ってくれる。

13

新聞の切り抜きに書かれた住所が近づいてくると、伸郎の胸は高鳴った。

池袋へ行こう。そう思い立ってから、一週間が過ぎていた。乗務日で数えると四日目。近いようで池袋は遠い。池袋をめざして走っていても、いつも途中で客を拾ってしまう。池袋方面へ向かう客を降ろしたら、その足で行ってみようと考えていたのだが、東京は狭いようで広い。そうそう都合のいい行き先の客は現れない。しかも最近の伸郎は、他の運転手たちに言わせると「夜からの本番に備える仮眠&小金稼ぎタイム」である昼間もけっこう忙しかった。

朝はチェックアウトの客を狙ってホテルの前につける。昼前は病院につけて患者を拾う。午後からは結婚式場めぐり。

銀行を辞めてからはめったに開かなくなったパソコンを使い、インターネットで都内のホテルのチェックアウト時間、結婚式場やホールのスケジュール、病院の診療時間などを調べ上げたのだ。

他のタクシーが集まってくる有名どころは避け、あまり知られていなさそうなところばかりを選び出した。

ビジネスホテルはチェックアウトタイムが早い。宿泊客もその日の仕事に合わせて早い時間に出てくる。タクシー会社はどこも似たような時間から営業を開始するから、朝一番で直行すれば、百パーセントの確率（まだ二回試しただけだが）で客が拾える。

結婚式場は毎日の宴会の終了時間がおおむね決まっている。カレンダーと見比べて、小規模のところを狙う。仏滅の日は斎場狙いに切り替える。

病院は診察開始の一時間後ぐらいからが狙い目。タクシーを利用するような年寄りは、律儀に朝早くから病院へ行き、この頃には診察を終える。退院患者はだいたい午前中の遅い時間だ。病院のまずい昼飯を食ってから退院しようという人間が少ないためだろう。

都内で行なわれるイベントやコンサートもチェックして一覧表をつくっている。会場が駅から遠い場合は、開始時間の少し前に最寄り駅につける。終了時間まぎわには会場へ行く。オペラや着物の展示会などは特に大漁が期待できる。

　この一週間、三回の乗務ともノルマを大幅に超えた。そのうち一回は営収トップ。最近、営業部長の伸郎への態度が変わってきた。

「いやぁ、いい調子ですねぇ。あなたには素質がある、私は採用した時から、そう思ってましたよ。カラオケ？　ああ、あんなものはあなた、どうでもいいですよ」

　少し前までは、ノルマを達成して帰っても、カラオケ利用客が少ないことにねちねち文句を言っていたのに、二重レンズの下から上目づかいを向けてきて、そんなことを言う。露骨な手のひら返しだ。

　わかばタクシーにノルマを達成する人間が少ないのは、不況で客が少ない現状を会社が考慮せず、昔のままの基準を据え置きにしているためでもあるが、優秀なドライバーが長居をしないことも理由のひとつだ。気のきいた人間は、仕事を覚え、業界のことがわかってくると、条件が少しましな大手に鞍替えするらしい。社長もこの間の全体朝礼でこんなことを言っていた。

「先日、私が商用で韓国に旅行しましたおり、ふと、こんな言葉が浮かびました。『縁は円では買えない。恩はウォンでは買えない』あかすりマッサージの最中でありましたので、忘れないよう口の中で復唱し続け、マッサージが終わるやいなや、手帳にしたためたしだいです」

東京都内が営業エリアであるわかばタクシーの社長が、外国に何の商用があるのかよくわからない。

「ご承知のとおり、私が韓国にまいりました目的のひとつは、タクシー事情の視察のためでありますが、彼の地のドライバーのまぁ、義理堅いこと。プサンで私が観光ガイドを頼んだドライバーは、奇遇にも十三年前、私が初めて韓国を訪れた時と同じ人物でありまして。なんと彼はそのことを覚えてくれていたのです。さらに私が感銘を受けましたのが、彼にもう三十年、同じタクシー会社で働いている、と聞かされたことであります。さすが儒教の国と、うならされました」

ようするに二種免許を取らせてやった恩を忘れて、好き勝手に辞めるなと言いたいらしい。営収のいいドライバーが辞めてしまうことは自分の責任問題になるのだろう。営業部長は薄気味悪い猫なで声で言う。

「不都合があったら言ってくださいよ。もうすぐ今度こそ本当にカーナビを導入しますからね。そうしたら、あんたには真っ先に使ってもらわないと。山城に使わせてもあれだから、なんだったら、相番を替えてもいい。あの人には損ばかりさせられてますから」

お世辞だとわかっていても、ついつい鼻の穴がふくらんでしまう。いつも隅で小さくなっていた従業員休憩所でも、最近は煙草の靄をものともせずに、真ん中に堂々と座る。そして周囲から飛んでくる称賛の声や妬《ねた》みまじりの冷やかしに鷹揚《おうよう》に応える。

「どんな人間でもゴマすりとおべんちゃらには弱い」その悲しさと愚かさを銀行に入行した早々に知った伸郎は、銀行員時代には部下のそうした態度にシニカルだったはずなのだが。「どんな人間でも」の中には、自分も含まれることを知った。

嬉しかったのだ。たとえ見えすいたおべんちゃらでも。銀行員時代の媚びへつらいは、自分自身にではなく組織内での地位に対してのものだとわかっていた。でも、いまのそれは自分ひとりの力で手に入れたものだ。

タクシードライバーの仕事は、ただの偶然の積み重ね。成績がはかばかしくなかった頃は、そう考えていたが、自分の成績が上がってくると勝手なもので、伸郎の考えは少し変わった。そう、偶然を引き寄せるには、技術と努力が必要なのだ。

青羊社の看板は、想像していたよりずっと小さかった。

新しくも古くもなく、マンションともオフィスビルともつかない平凡な建物の三階部分に、その看板はあった。羊を連れた羊飼いのマークは、遠くからでは『学校・幼稚園あり』の道路標識にしか見えない。

出版社なんだから、看板はどうでもいいということなんだろうが、対外的なイメージは大切だ。大きいとは言えない会社がよけい小さく見えてしまう。クルマを降りて看板を見上げた伸郎は、会社の方針に異を唱える熱血社員のように眉をひそめた。

俺なら看板はもう少し派手にするな。マークも少し考えたほうがいい。羊と羊飼いの絵柄は、二十年前のものと比べると、ややデフォルメをした今風のアレンジになっている。あのマークはレトロな雰囲気の昔のままがよかったのに。

玄関はオートロック式で、表示板を見ると、三階と四階を青羊社が占めている。この程度の規模の出版社にとって、それが広いのか狭いのかはよくわからなかった。

ドアの脇にある呼び出しボタンを押す。

——はい、青羊社です。

そう言ったきり、スピーカーの向こうが沈黙した。用件を話せということだろう。訪問のための口実は、ちゃんと用意してあった。

「そちらで出している本を買いに来ました。本屋さんで見当たらなかったもので」

新聞の切り抜きでは通信販売での入手をすすめていた。書店にあまり置かれていないというのは、たぶん当たっているはずだ。

——三階へどうぞ。

音もなくガラスドアが開く。二十年前、伸郎が思い描いていた青羊社の扉は、なぜか開けるたびに蝶番《ちょうつがい》がきしむ古めかしい木製のドアだった。あの頃、足繁く通っていた古本屋街にそうした構えの小さな出版社が多かったからだと思う。想像とはだいぶ違っていたが、まあ、いまどき木のドアでもないだろうから、しかたがない。

二十年前にぐるぐるはずだった会社の入り口で、学生時代の会社訪問の緊張を思い出して、大きく深呼吸をする。そして一歩、足を踏み出した。二十年前になくした探しものを見つけにいく気分で。

考えてみれば、学生時代に出版社を訪れたことは一度もない。サークル仲間の中には、マスコミごっこをしているより、本物に飛びこんでしまったほうが面白いだろうと、出版社や編集プロダクションでアルバイトを始める人間も多かったのだが。

伸郎もアルバイトをしてみようかと、考えていた時期はあった。しかし、そうなるとサークルと両立できなくなる。出版関係のアルバイトは重労働らしく、たいていの人間が始めたとたんにサークルをやめてしまうのだ。

大学三年になった時に、編集プロダクションでバイトをしている男から、会社が人手を探しているから、一緒にやらないか、と誘われたことがある。

ライター志望のその男は、サークルにいた頃、プロ並みの筆力でみんなを驚かせていた。だが、バイト先での仕事はトラフィックだった。ようするに原稿や資料や写植文字の運び屋。パソコンやメールなどもちろんなく、ファックスがようやく普及しはじめた頃で、まだ誰もが手書きで原稿を書いていた時代だ。

結局、伸郎はサークルにとどまった。学内のミニコミ誌とはいえ編集長にまでなった自分が、下働きなどしたくない。そんなことを考えて。本物より虚構を選んだのだ。いま考えれば、恵太がキャッチボールより野球ゲームに没頭するようなもの。

銀行時代の営業で、何度か出版社を訪れたことがあるから、雰囲気ぐらいは知っている。最初の支店があった品川には、出版関係の会社はそう多くなかったのだが、好んで飛び込みをしていた。だが、その後、仕事が預金集めの兵隊から融資営業に変わってからは、どこかを訪れたという記憶は残っていない。銀行にとって出版社は、あまりうま味のある融資先とは言えないからだろう。

ふいに思った。いまからでは遅いのだろうか、と。

一度、通りすぎてしまった曲がり道は、もう曲がれないのだろうか。

引き返して、曲がり直しても、同じ道は待っていてはくれないのか、と。

編集の仕事はできないが、このくらいの規模の会社には内部に経理担当者がおらず、専門家を欲しがるものだ。銀行からふるい落とされ、出向になる人間の行き先の多くが、こうした小さな企業だ。

最初は会社の中をひと目見るだけで帰るつもりだったのだが、少し欲が出てきた。ダメモトで売りこんでみようか。本を渡される時に、世間話めかした調子で、自分が昔、憧れた会社であることを話し、会話が弾んだら、さりげなく経理の仕事をどうしているのか尋ねるのだ。「ちょうどあなたみたいな人が欲しかったんだよ」社長がそう言わないともかぎらない。

そんなにうまい話があるわけない。頭ではわかっていたが、人生、何が起こるかわからないことも、最近の伸郎はよく知っていた。人影すらなかった昼間の住宅街で成田空港までの客を拾うことだってある。なにしろここは、自分にとって、幸運をもたらす磁場があるはずの場所なのだから。

とりたてて特徴のないエレベーターで三階へ上がる。狭い廊下の向こうにドアが二つ並んでいた。どちらにも表示がなかったから、とりあえず手前のドアを開ける。

ドアのすぐ先は、雑然とした仕事場だった。

机が六つ。どこにもうずたかく紙の束が積まれていて、それがパーティションがわりになっている。空いている机には、ノートパソコンが書類の山の重しとして置いてあった。絵本や児童書が得意分野といっても、別に壁がお菓子でできているわけでも、トナカイを飼っているわけでもない。

人影は二つだけ。いちばん手前のデスクにいたジーンズ姿の若い娘が振り向いた。帽子は脱いできたのだが、伸郎の運転手のものとすぐわかる制服に驚いた様子だった。

「いま下で、お話しした者なんですが」

「ああ、はいはい。えーっと」

化粧はさほど濃くないが、髪形は派手。パーマのかかった長い髪を、頭のてっぺんでパイナップルの葉っぱのように結わえている。比較的、伸郎の好み。

「カーニバルを買いに来ました」

「カーニバル？」

女が首をかしげる。広告まで出している自社の一押しの本だろうに。美人だがあまり賢くはなさそうだ。アルバイト社員だろうか。

「ええ、妖精たちの謝肉祭を」

「あ……ああ」

それまで気にならなかったが、口に出してみると恥ずかしいタイトルだ。タクシーの運転手が児童書？　女が目の隅でこっそり笑ったように伸郎には見えた。娘へのプレゼントに、というセリフをつけ足そうかどうか迷っているうちに、女が席を立つ。

「はいはい、ただいま」

片手で「ここで待っててくれ」という合図を送って寄こし、伸郎の横をすり抜けて、部屋を出ていった。そっけない態度だが、なぜか感じは悪くない。なぎさ銀行が用意しているような分厚い『接客マニュアル』などとは無縁だからだろう。

伸郎はあらためて部屋を見回した。

二列に並んだデスクの向こう側に見える、もうひとりも女性。眼鏡をかけた実務派タイプで、おそらく三十半ば。伸郎と視線が合ったとたん、一瞬で目をそらした。こちらはあまり感じがよくない。

離れたところにもうひとつ、小ぶりなデスクがあることに気づいた。他の場所に比べると比較的整頓されている。小さな金庫が置かれていたから、そこが経理用のデスクだとわかった。ただし椅子がない。思ったとおりこの会社には経理の専門家がいないようだ。しかし、残念ながら社長の姿はなかった。

他のスペースがどう使われているのかは知らないが、二十年前の社員数二、三十人から増えていることはなさそうだ。むしろ規模は小さくなっているのかもしれない。あの頑固そうな社長のことだから、そう儲かってはいないのだろう。だが、会社は規模じゃない。報酬だけじゃない。銀行員時代は、少々高い給料を貰い、他人より少しいいスーツを着て、高級車と呼べるたぐいのクルマに乗っていたが、そのかわりに値段がついていない大切なものをたくさん職場に搾取されていた。

部屋は想像より狭く、乱雑だった。ありていに言えば、汚い。だが、悪い雰囲気ではなかった。

『デスクの上は常に整理整頓』

これはなぎさ銀行のどこの支店にも掲げられているスローガン。伸郎が入行した時から使われ続けている。ようするに『つくえの上は、きちんとかたづけましょう』。小学生の「みんなのおやくそく」並みだ。

日本橋支店の支店長、徳田もこんな格言を職場に掲げていた。

『みんなで守ろう、美しい職場環境』

「デスクの整頓ができない人間は、仕事もできない」が徳田の持論で、部下の机をいちいちチェックするのが日課だった。デスクを離れる時には、机の上には一切ものを置かせない。書類ケースや電話の角度がずれているだけで文句をつけてきた。かえって仕事の邪魔だった。

確かに銀行は信用商売だから、大切な書類をパーティションがわりに山積みするわけにはいかないのだが、こっちは個室を持ち、デスクワークもないのに他の行員の二倍はありそうな机を使っている身分とは違うのだ。徳田は支店長室のレイアウトを月に一度は替えていた。もちろん部下を使って。

日本橋支店では密かにこんなスローガンが囁かれていた。「デスクの整頓ばかりしている人間は、仕事もできない」

伸郎は支店長の不興を買わないように、常にぬかりなくデスクを片づけていたが、誰にも文句を言われなければ、本当はこの会社の社員たちみたいに、机の上を散らかし放題にするタイプだった。

雑然とした社内が、伸郎にはかえって好ましく思えた。出版業界は朝がとんでもなく遅い、という昔からの噂は本当らしい。そろそろ午前十一時だが、室内には活気というより、まだ仕事はこれから、という感じの気《け》だるい空気が漂っている。左手にあるソファセットでは毛布が人がたに盛り上がっていた。徹夜仕事をした社員が寝ているらしい。かつての職場とは大違いのルーズさが新鮮だった。

ここで働く自分の姿を想像してみた。経理マンとしてではなく、二十年前に入社した辣《らつ》腕《わん》編集者の自分だ。

会議の真っ最中だ。簡易テーブルを並べただけの質素な会議室には、煙草のけむりが充満している。伸郎も煙草に火をつけて、集まった面々ひとりひとりに視線を投げかけた。

伸郎は中央に座っている。ほかの連中はテーブルに頬づえをついたり、椅子を逆向きに使って背もたれに胸を預けたり。だらしがないと言えばそれまでだが、ある者は髪をかきむしってアイデアを絞りだそうとし、ある者は自分の意見を通そうと挑戦的に目を輝かせている。あらかじめ根回しが終わっていて、キーマンのお決まりのひと言を待つだけの空虚な会議とは大違いだ。

みんなは伸郎の言葉を待っているようだ。伸郎はしばらく宙を見つめてから、静かに、だが確信をこめて、こう言う。

「売れるか売れないか？　そんなこと関係ないだろう。いま俺たちが考えるべきなのは、いい本か悪い本か、なんじゃないのか」

意見をくつがえされたらしい実務派女が片ほほをふくらませた。パイナップル娘が伸郎に熱い視線を送ってくる。尊敬のまなざし、いや、それ以上のものすら感じさせるまなざしだ。

「わかりました、社長」

社長？

そうか、俺は青羊社の社長になっているのか。小さいとはいえ、一国一城のあるじ。デスクを整理整頓しろだの、行内運動会には必ず出ろだの、小学生並みの説教を食らうことは、金輪際《こんりんざい》ないのだ。

ということは、妻は社長夫人。さっそく報告しなくちゃ。伸郎はさらなる夢想の中で、妻に声をかける。

「俺、社長になったよ。お前は社長夫人だ」

一瞬、頭の中に「やめてよ、柄《がら》じゃないもの」と片手を振って、ムルアカさんのお面で顔を隠してしまう律子の姿が浮かんだ。「でも、よかったね、なりたかったんでしょ」

違う違う。脳裏に浮かんだその映像をけんめいに打ち消した。違うよ、お前じゃない。社長夫人にふさわしいのは――

恵美の顔を思い浮かべたが、恵美は伸郎の言葉にそっぽを向いたままで、まっすぐ目を見つめ返してはくれない。そうだった。俺はいまの恵美を横顔でしか知らないんだっけ。

「もしもし」

いつのまにか女が戻ってきていた。呆けた顔をしていたらしい伸郎に首をかしげている。

伸郎はすみやかに夢想から帰還した。

「はい、これですね。四千二百円になります」

ずいぶん高い。そう言えば、広告に記されていた値段なんか見ちゃあいなかった。青羊社の名前と住所にばかり気を取られていて、本のことはタイトル以外、まるで気にしていなかったのだ。

勝手に外国の挿絵画家が描いた表紙を想像していたのだが、その本の表紙は写真だった。『Ｃａｒｎｉｖａｌ』という英文字に『妖精たちの謝肉祭』という一行が、新しいとは言いがたいセンスでレイアウトされ、その下では、長い髪をうさぎのように耳の上で結んだ日本人の少女が微笑んでいる。

最初のページをめくってみた。文字はほとんど入っていない。挿絵もなかった。全面がスクール水着姿の少女の写真だった。年齢は小学三、四年生といったところ。

三ページ目で、少女がいきなり水着を脱ぎはじめた。

へ？

「四千二百円になりま～す」

五ページ目。こんどはランドセルを背負ったワンピース姿の別の少女の写真。やはり年齢は十歳前後だ。

七ページ目、その少女も服を脱ぎはじめた。

八ページ目では、二人の少女がベッドで抱き合っている。二人とも全裸だ。

二十年前、青羊社の社長はこう言っていた。『子どもの本をつくるのは、いちばん本を必要としているのが、子どもだから』

確かに「子どもの本」だった。ただし「大人が必要とする子どもの本」。いま思えば広告には著者名がなかった気がする。思わせぶりに内容が記されていなかった理由もわかった。

この本の古めかしいセンスは一時代前のものに見えた。世間の批判や規制が甘く、まだ書店でおおっぴらに売ることができた時代につくったのだろう。広告を打てば、この手のマニアから少なくない反響があるに違いない。

「もしもし、四千二百円で〜す」

女の声に我に返って、あわてて本を閉じる。

突き返そうかと思った。「こんな本だとは思わなかった」そう言って。しかし、いまさら返すと言っても、写真の女の子が気に入らなかったからだ、と思われるのが落ちだ。ホテトル嬢のチェンジみたいなもの。

「どう、他のも」

いきなり左手から声をかけられた。いつの間にかソファの上の毛布から顔が飛び出していた。

「よかったら、『カーニバルII』もあるよ」

どこかで見覚えがある顔だと思ったら、青羊社の社長だった。昔の写真と変わらない長髪と髭面だったから、すぐにわかった。だが、髪にも髭にもだいぶ白いものが混じっている。彼の若い頃には、自由や反権力の象徴だったのだろうが、錆びた針金を植えこんだようないまのそれは、ただ不潔なだけだった。二十年前に比べると、体重はずいぶん増えたようだ。頬の肉がたるんで、睾丸みたいに垂れ下がっている。

「どう？」

社長がむくりと起き上がって、いまにもウインクをしそうな顔を向けてくる。たまらずに伸郎は言った。

「違うんだ。僕は昔から、ここの本が好きで、児童書だとばかり思って……」

非難する調子で言ったつもりだったのだが、我ながら言いわけにしか聞こえなかった。いいんだよ、わかっているんだから、社長はそんな表情で薄く笑っただけだ。

「そろそろ在庫切れだからね。いま買っとくと、ネットオークションでも高い値がつくんじゃないかな」

もう何も聞きたくなかった。何も見たくない。一刻も早くここを立ち去るために、伸郎は財布を取り出した。

女に五千円札を渡す。顔をまともに見ることができなかった。実務派女が冷ややかな視線を投げかけてくるのがわかった。「お前みたいな変態がいるから私は不本意な本をつくらなくちゃいけないんだ」目は合わせられなかったが、たぶんそんな表情をしているのだろう。ジーンズの女は経理用のデスクに行き、金庫を開け、嫌がらせのようにゆっくりとつり銭を数えている。

「ちょっと待ってて、他のも見せるよ。『いたずら小悪魔シリーズ』はどう?」

社長が立ち上がって近づいてくる。つりを受け取った伸郎は本を抱えて逃げるようにドアの外へ出た。

青羊社の社長が追いかけてくるように思えて、エレベーターを使わずに階段を駆け降りる。

伸郎は、逃げた。もしかしたら、存在していたかもしれない、もうひとつの現実から。

どんな事情があるにせよ、子どもの裸の写真集をつくって商売するなんて、俺にはできない。そんな仕事、人には言えない。

「お、伸郎、久しぶり。銀行を辞めて、青羊社に入ったんだって?」

「ああ、本をつくるのが夢だったからな」

「いいねぇ、夢のある仕事か。で、どんな本、つくってるの」

「うん、ロリコン写真集さ」

俺には言えない。絶対に、言えない。それだったらタクシーの運転手をやっている、と言ったほうがずっとましだ。

写真集は公園のゴミ箱に捨てた。

池袋から一目散にホームグラウンドの大田区へ逃げ帰りながら、伸郎はフロントガラスにため息を吐き出し続けた。

青羊社へ続く道に曲がっていたら、いまの自分がどうなっていたかを考えてみた。父親の仕事を朋美が知ったら、たぶん一生口をきいてくれないだろう。恵太は大きくなってそれを知った時、グレるかもしれない。そもそもアブノーマルなセックスはいっさい受けつけない律子が「そんな仕事、やめろ」と言うに決まっている。どっちにしろ伸郎は、失業しているわけだ。

職業に貴賤はない——確かにそうだ。どんな仕事にだって、それなりのプロフェッショナル意識やプライドがあるだろう。でも、俺は家族に話せない仕事はしたくない。

道の先で、こちらに手をあげている人影が見えたが、いまは仕事をする気分じゃなかった。気づかなかったふりをして、素通りする。機械的に運転を続けながら、伸郎は想念の世界に深く沈んでいった。

人生は難しい。百パーセントうまくいくことはありえないらしい。

もうひとつあったはずの人生の設計が、少々狂ってしまった。頭の中で勝手にこしらえているだけだから、狂ったからといって別にどうなるものでもないのだが。伸郎は恵太のロールプレイングゲームみたいに、自分のバーチャル人生のステージを前に戻す。

入行二年目。辞表を叩きつけるべきかどうか、恵美と相談するシーンからだ。

終電間際、残業がようやく終わって帰ろうとした伸郎は、松野に呼び止められ、やつの行きつけの店へ連れて行かれた。松野は、伸郎にではなく、ひそかに色目を使っている店の女の子に聞かせるための説教をぐだぐだと垂れ、つくり話に決まっている仕事上の武勇伝を延々と喋り続ける。

伸郎は睡眠不足のうえに、すきっ腹だ。「今日は家で夕飯を食う」恵美にそう言ってしまったから、残業中の出前は断っている。松野が肴をケチるものだから、テーブルの上に並んでいるのは、お通しと乾きものだけ。わずかな酒だけで頭は朦朧としている。義理で相槌《あいづち》を打ち続けている首が船を漕ぎはじめてしまうのを、けんめいに堪《こら》えていた。

「だから俺は言ってやったんだよ、副支店長に」やつが自慢げにふくらませた鼻の穴に、ピスタチオを詰めこんでやりたかった。

空腹でなかったら、睡眠不足とアルコールが結託した恐るべき睡魔に負けて、帰宅途中の路上で寝てしまったかもしれない。ようやく二人で住む家にたどりつくと、恵美はまだ起きていた。

本人は寝ていたと言い張るのだが、嘘だとすぐわかった。なにしろ恵美はパジャマではなく、かたちのいいヒップラインを強調するような白いジーンズを穿いているのだ。小さなダイニングテーブルには、伸郎の好物である、目玉焼きを載せたハンバーグが載っている。

「ねぇ、俺、銀行、辞めてもいいかな」

伸郎は、柔らかすぎず固すぎない、完璧な焼き加減の目玉焼きに感動しつつ、半開きの目で恵美に訴える。

「ノブロウの好きにしなよ」

たぶん、恵美はそう言ってくれるはずだ。心の裡《うち》が読みづらいミステリアスな娘《こ》、サークル仲間はそう評していたが、恵美が案外にホットな性格であることを伸郎だけは知っている。

「じゃあ……」

辞表を書くよ。そう言いかけた伸郎の唇に、恵美がそっとひとさし指を押し当ててきた。

「だけど、中途半端に放り出すのは、ノブロウらしくないな」

恵美は横顔だけを見せて微笑む。

「がんばるだけがんばって、それでもだめならね」

恵美が伸郎の頬にくっついたご飯つぶをつまむ。それを口の中に入れてくれたことに感激して、伸郎は喉を詰まらせて答えてしまう。

「そうか、じゃあ、そうするよ」

恵美は片手を振って応える。その手には耳掻き。伸郎は何もかもがどうでもよくなって、柔らかな太ももに身を委ねる。

仕事の選択には失敗したが、妻の選択は成功。贅沢を言ったらきりがない。人生、一勝一敗。そのくらいがほどほどの幸せってやつかもしれない。恵美とだったら、銀行員人生も、そんなに悪いものじゃなかったかもしれない。そう、タクシードライバーであったとしても。

現実に辞表を書いた、あの日の朝、母親から電話があったことなど、もちろん伸郎の新しいバーチャル・ストーリーの筋書きには入っていない。

14

ペンを手にしたまま、何度も唸った。

ダイニングテーブルの上には、一枚のハガキ。大学の同期会の案内状だ。往復ハガキの『出席』『欠席』の欄と『二月末までに出欠の返答をお願いします』という一文に何度も視線を往復させる。

二月は嫌がらせのように短い月だ。月末というものが存在しない。どうしたらいいのか考えているうちに、約束の期限が迫ってきてしまった。

『出席』の上の宙に丸を描いてみる。今回、恵美は東京にいるのだから、出席する可能性は大いにある。二十年の歳月が経っているとはいうものの、今風に言えば「元彼」だ。伸郎のただの夢想ではなく、むこうだって伸郎に会いたい、少しはそう思ってくれている気がした。

だが、恵美が会いたがっているとしたら、それは都市銀行マンの伸郎であって、タクシードライバーの伸郎ではないはずだ。伸郎だって恵美に会わせたいのは、第一線でバリバリと働く自分の姿であって、いまのさえない仮の姿ではない。

二月の営収は社内で五位、この二週間だけで言えばトップ、などと言っても別に誉めてはくれないだろう。この男を選ばなくてよかった。恵美にそう思われるのは、会えないことより、つらい。

『欠席』の真上で円を描いてみた。

しかし、そうすると、もう恵美には会えない。いつまでも桜上水でストーキングをしているわけにもいかない。本当に二度と会えなくなる気がする。

それでいいのか。自分に問いかけてみる。

かつて恋人同士で、別々の人生を歩んだ二人。再会はくすぐったいだろう。でも、いったん言葉を交わしてしまえば、二人の会話は、集まった他の人間と語るものとは違う、親密で、秘密めいたものになるはずだ。もしかしたら、これをきっかけに二人はまた——

ふ。伸郎はひとり苦笑する。「やけぼっくい」ってやつだな。どんな漢字を使うのかは知らないが。

起きたばかりだから、パジャマ姿だった。ぼりぼりとキンタマを掻いているうちに、勃起してしまった。久しぶりの屹立。タクシーの仕事を始めてからは、律子とはセックスレスが続いている。なにせ、いままでもごくたまさかだったそっちに当てていた時間には、目を吊り上げて深夜のロング客を狙っているのだ。立つのはむかっ腹だけ。

さて、どうしたものか。

宙で○を書き、×を書き、キンタマを掻く。

「なにしてるの」

「うおう」

律子が背後に立っていた。気がつけば、いつしか窓の外は暗くなっている。いつ帰ってきたんだ。猫みたいなやつ。足の裏に肉球がついているんじゃあるまいか。

手もとを覗きこんできたから、両手でガードする。もちろん無駄な抵抗だ。

「あれ？　ハガキ、捨てたんじゃなかったっけ」

「いや、欠席でも出さなきゃまずいって後から気づいてさ。幹事が塚本なんだよ。覚えてるだろ、公務員やってるやつ。あいつは融通がきかないから」

律子の顔がまともに見られない。そのくせ必要以上に饒舌になってしまう。

「燃えるゴミの袋を漁ってさ。さんざん探したよ。まぁ、面倒だけど、しかたない」

必要以上の饒舌が言い訳であることは見え見えのはずだが、律子は何も言わない。そういう女なのだ。こうして無言のプレッシャーをかけようとするのだ。まだ何も書かれていないハガキを眺めて、魚の匂いを嗅ぐ猫みたいに目を細めた。

「銀行を辞めたから行きづらいんでしょ」

なんてストレートなやつ。人情の機微というものを持ち合わせていないのか。

「違うよ」

こっちの言葉など聞いちゃいない。どう答えようが同じセリフを口にするつもりだったようだ。

「男って、ほんとにつまんないことを気にするんだから。こういう時こそ、お友だちに会うべきじゃない。元気づけられるだろうし、もしかしたら、いいお仕事の話だって――」

昔の仲間に就職の世話などされてたまるもんか。伸郎が放り出したペンを律子が手にとる。何をするのかと思って見ていたら、勝手に出席に丸をつけようとしていた。あわててハガキをすくい取る。

「そんな単純なもんじゃないんだよ」男のプライドってやつは。

声を尖らすと、向こうも硬い声を返してきた。

「じゃあ、好きにすれば」

こうだよ。この女はいつもこう。内容はともかく久しぶりの夫婦の会話は、またしても気まずく終わりそうだった。他に言い方があるだろう、と言うのも面倒で黙りこむと、自分が優勢と見て、たたみかけてくる。

「だって、私が何を言ったって聞いてくれないんだもん、他に言いようがないでしょ」

まるで伸郎の心を読んだようにそう言い、腕組みをして鼻から息を吐き出した。

「たかが同窓会でしょう。ちっちゃなことを、難しく考える必要ないと思うけど。ハゲが大きくなるよ」

こいつは全然わかってない。人生のなんたるかを。ここで○をするか×にするかで、自分の夫が他の女のもとへ走ることになるかもしれない、重要な局面だというのに。

「最近、あなた、ちょっと考えすぎよ」

捨てゼリフを残して、律子が二階へ上がっていく。色気も何もあったもんじゃないだぼだぼのカーゴパンツに着替えるためだろう。

よし、じゃあ、つけてやる。つけてやるとも。〇だ。出席だ。あとでどうなっても知らないぞ。

伸郎は『出席』に大きく丸をつけた。


「生えてきましたね」

後頭部にかがみこんだ医者が言う。

「のようですね」

答える伸郎の声は、けっして弾んではいない。合わせ鏡で確認したかぎりでは、楽観は許されなかった。まだほんの産毛《うぶげ》。しかも――

「ねえ、先生、白髪しか生えてこないんですが」

刷毛《はけ》ではいたように前髪にひと筋入るロマンスグレーなら、かえっておしゃれかもしれないが、後頭部の一カ所だけ白髪なんて、ブチ犬みたいで、なんだか嫌だった。

「だいじょうぶですよ。円形脱毛が治癒する時って、最初はみんなこうなんです。白い産毛。

心配しなくても、そのうちに黒く太くなってきますから」

「それならいいんですけど……」

毛髪に関して言えば伸郎は、四十三歳の現在に至るまで、悩んだことは一度もなかった。父親が死ぬまでふさふさの髪を守り通していたから、遺伝的には問題はない。学生時代の友人や銀行の同期の中には、そろそろ危険領域に入ったやつや、とっくに領域を超えたやつも少なからずいて、伸郎は常にそれをからかう側だった。

申しわけなかった、と思う。髪の毛を失う恐怖を知ったいまは、「お前、きてるぞ。これはカッパ形だな」なんて軽々しく口にはできない。

ここ数カ月は、腫れ物に触るように髪をいたわってきた。

髪を洗う時には、けっして爪を立てず、手のひらでソフトに撫でさする。シャンプーはメンソール系のものから、お肌に優しい植物性に替えた。医者に言われるままに、刺激物も口にしなかった。キムチや明太子を遠ざけ、蕎麦や焼き鳥にかける七味唐辛子の量にも気を配った。牧村家では伸郎以外はみんな辛いものがだめだから、律子はここぞとばかりにカレー・ルーを甘口に替えた。パイナップル入り野菜カレーという恐ろしい料理が牧村家の定番メニューになりつつある。

「夜型の生活は、改善されましたか?」

「いえ、それはあまり……」改善しようがない。

「じゃあ、ストレスがなくなったのかな」

「どうでしょう」それも変わらない気がするのだが。

「体は正直ですから。精神的、肉体的に厳しい状況が続くと、気づいてくれって信号を送って寄こすんです。それが胃や腸といった内臓系に出る場合もあるし、自律神経に出る場合もある。牧村さんの場合は、自律神経系。その不調が髪の毛に出たんですよ」

胃腸の調子はいい。一日一回は仮眠をとるようにしているし、ほぼ毎回ノルマを達成して、始発電車で帰れるようになったためか、朝から大盛り飯を二杯食う。これだけ飯を食えば、酒を飲まなくてもすぐに眠れる。

「また新しいのが、どこかにできたりしませんかねぇ」

医者が伸郎の髪をかき分けて調べはじめた。円形脱毛になってからは、あまり短く切らないようにしていたから、銀行員時代に比べて、ずいぶん髪が長くなった。

「いまのところ、兆候はないですね。顔色もいいようだし、いまの生活を続けていかれれば、だいじょうぶですよ」

いまの生活を続ける？　とんでもない。

タクシードライバーには土曜も日曜もない。休日は延々と繰り返される五日に一度のサイクルで回ってくるから、曜日は選べないのだ。巡り合わせによって、たまたま休日になることもあるが、当然、日曜が乗務日か乗務明けである確率のほうが高い。

今日は日曜の乗務日だ。いつも朝一《あさいち》で客待ちをするビジネスホテルにも、十時頃からが狙い目の病院にも、客は期待できない。

15

さて、どこへ行こう。久しぶりに桜上水に足を向けてみるか。

最近、恵美の家を訪れることが少なくなった。最後に出かけたのは、確か五日前。客を求めてあてもなく彷徨《さまよ》っていた頃に比べると、昼間は昼間で、行くべき場所がふえたからだ。

いや、待てよ。まだ朝の八時半だ。ロマンチックな時間帯とは言えない。もし会えるのなら、いくら恵美でも起き抜けのゴミ出しの姿は避けたかった。

じゃあ、どうする。どこかでサボるか。正直に言えば、今日は気分が乗らなかった。

日曜が乗務日になったタクシードライバーは、伸郎にかぎらず、たいていが不機嫌だ。理由は二つある。

ひとつは現実的な理由。営収が落ちるのだ。伸郎の四カ月間の経験で言えば、二、三割減といったところ。わかばタクシーの運転手たちは、日曜が乗務日になると、休日とは違う意味で、今日は「やすみ」だなどと言う。

東京のタクシーの場合、利用者のメインはサラリーマンだから、日曜は夜の繁華街にも、最終電車後の一発勝負にも期待できない。レジャーや買い物に出かけるためにタクシーを利用する人間をぽつぽつ拾うしかないのだ。

もうひとつの理由は、他の人間が休日で浮かれている時に仕事をしなくちゃならないこと。子持ちの運転手は「ガキが遊びに行きたいって言うのを振り切って仕事に出るのはつらいよ」とこぼす。

銀行時代も休日出勤や接待ゴルフは多かったが、休日に休めないことと、休日が休みでないことは、ずいぶん違う。

まぁ、サービス業に従事する人間の宿命ではあるのだが、タクシードライバーの場合、朝はこれから遊びに行こうという連中のためにハンドルをまわし、夜は夜で行楽帰りの人間たちを送り届ける。今日の予定を話し合う華やいだ声や、思い出を反芻《はんすう》する会話や、子どもの笑い声やら、遊び疲れた寝息やらを、間近で聞かなくてはならないのだから、その疎外感はレジャー施設の従業員より強いかもしれない。

車内に持ちこまれたディズニーランドの風船で運転の邪魔をされ、子どもが土足でシートにあがるのを注意もせず、さんざん騒がせ放題にした末に、全員で寝息を立てはじめるような家族連れを乗せたりした時には、急ブレーキを踏んで叩き起こしてやろうか、と思ってしまう。

そんなわけで、伸郎は道に出たものの、ハンドルにもたれて、あくびばかりしていた。

こういう時は、羽田だな。空港なら休日は人出が多いし、新聞でも読みながらのんびり客待ちをすればいい。

朝、駅でスポーツ新聞を買ってきていた。山城にどうしてもと勧められて、午後三時過ぎに出走する重賞レースの馬券だけ買うことにしたのだ。出馬表の読み方はまだよくわからないのだが、いちおう予想をしなくては。向こうはどうせまた穴狙いだろう。山城に銀行マンの読みの鋭さを見せつけてやるつもりだった。

環八に出て、羽田方向にクルマを走らせた。

蒲田駅を越えたあたりから道は混み、信号待ちが多くなった。歩行者信号が点滅したとたんに苛立ったエンジン音を立てはじめた、隣のスノーボードラック付きRVのことなど気にもかけずに、伸郎はのんびり目の前の信号にだけ注意を向けていた。信号が青になってから、クラッチを踏み、アクセルペダルに足をかける。

と、歩道から人が飛び出してきた。両手を広げて伸郎のクルマの前に立ちはだかる。

アクセルをブレーキに踏み替える。タイヤが悲鳴をあげた。

「おいっ。危ないぞ」

こわもて運転手を気取って脅すつもりはなかったのだが、飛び出してきた若い男は、窓から突き出した伸郎の顔に身をすくませる。俺、怖い？　ヘアスタイルをオールバックに変えたせいだろうか。円形脱毛が治りはじめたから、病院を出た後に久々に散髪をしたのだ。

若い男が震え声で言った。

「乗せてください」

なんだ、客か。ドアを開けるやいなや、中へ飛びこんできて、性急な調子で行き先を告げた。

「東京駅までお願いします」

休日出勤か。大きなボストンバッグを膝に抱えている。地味なダークスーツ姿だが、あまり似合っていない。挙動に落ち着きがなかった。目が泳いでいる。タクシー強盗を働くタイプとも思えないが、念のために声をかけてみた。

「日曜なのに、お仕事ですか」

返事がない。伸郎の言葉が耳に入っていない様子だった。典型的なサラリーマンの格好をしているのに、サラリーマンには見えなかった。ぴんと来た。

「学生さん？」

「はい」

伸郎の質問にうわの空で答え、腕時計を眺め、フロントガラスの向こうに目を凝らし、何十秒も経っていないだろうに、また時計に視線を落とす。何かに遅刻しそうなのだ。

「何時までに着けばいいんです？」

読心術を使われたとでも思ったのか、伸郎の言葉に驚いた顔をする。

「九時。東京駅に九時です」

あと二十五分しかない。

「あの……どのくらいかかります」

たぶん間に合わない、そう言いかけたが、色を失った唇をしきりに舐めている気弱そうな顔を見ると、気の毒で口に出せなかった。

「ぎりぎりですね」

背後から安堵なのか失望なのか、どちらともつかないため息が聞こえた。運転シートに学生が貧乏ゆすりをする震動が伝わってくる。

「会社訪問ですか」

「いえ……研修で……」

おそらく東京へ出てきたばかり。ここから東京駅までの遠さがよくわかっていないに違いない。

「研修？　どこの？」

学生が口にしたのは、大手都市銀行の名前だった。なぎさ銀行以上のメガバンク。入行前研修か。銀行は入行式の前から査定を始める。遅刻はこの学生の銀行マン人生に大きな影響を及ぼすだろう。つまり、スタート時点で脱落。

なんだか自分が天の上から人間の運命のサイコロを振る、人ならざる者になった気がした。いま俺はこの若者の人生を握っている。俺の一存でこいつの一生が変わってしまうかもしれないのだ。ふっふっふ。わざとゆっくり行っちゃおうかな。

第一京浜の手前で踏み切りにつかまった。耳ざわりな音を立てて降りてくる遮断機が、自分に落とされるギロチンだとでもいうように学生が首を縮めた。

ここから東京駅へは、踏み切りの先を左折し、第一京浜道路に出て北上するのが通常のルートだ。高速道路を使うとしたら、左折後、三キロほど先にある鈴ヶ森インターから入る。だが、踏み切りの向こうに見える第一京浜は渋滞していた。

無理だな、どう考えても。まぁ、しようがないか。こいつが遅刻しようがしまいが、俺には別に関係ない。俺の人生にはなーんの影響もない。

電車がようやく目の前を通りすぎたが、踏み切りの警報音は鳴り続けた。表示板に新しい矢印が灯った。もう一本、来るのだ。

背後の貧乏ゆすりがますます激しくなった。シートを伝わってくる悲痛な動揺は、伸郎の中古の背骨までせつなく震わせた。伸郎は有無を言わせぬ調子で、後部シートに声をかける。

「お客さん、高速使いますよ」

「は、はい」そんなものがあったのか、という口ぶりだ。

いちかばちか羽田のインターへ行ってみることにした。第一京浜には入らずこのままますぐ進む。鈴ヶ森より三つ後方のインターチェンジだから、後戻りするかたちになるが、ここからの距離は少しだけ近い。直進した先が混んでいなければの話だが。

踏み切りを越えてまっすぐ進む。

こちらも行けば行くほど渋滞がひどくなった。無理か。やっぱり会社は、カラオケなんぞより、カーナビの搭載を急ぐべきなのだ。三秒間ほど迷ってから、伸郎は決断した。ウインカーを出して、脇道に入る。さらに遠まわりになってしまうが、これしかなかった。

この四カ月で覚えた道を、頭の中のカーナビゲーションで検索した。いったん南に進み、それから東へ進路を取る。一カ月前、なぎさ銀行の「ふあぎなか野郎」を乗せた時に、迷った道だ。いまはもう迷うことはない。

脇道は空いていた。しかも伸郎の決断を祝福するように、青信号ばかりが迎えてくれる。ほどなく産業道路に突き当たる。ここだ。この先に見える高速道路の高架下に沿って走ればいい。羽田インターに入る抜け道だ。

あと十八分。高速さえ空いていれば、なんとかなるかもしれない。

「お客さん、間に合うかもしれませんよ」

「……ど、どうも」

張り合いのないやつだ。完全に縮み上がっている。こんな性格じゃ、どっちにしろ銀行の厳しい競争には勝ち残れないだろう。

「カラオケでも歌いなさいよ」

「……いや、そんな、とんでもない」

「じたばたしたってしょうがないじゃない。たとえ遅刻したって、たかが銀行の研修でしょう」

ルームミラーの向こうの、青ざめて震えていた顔が気色《けしき》ばんだ。まだ入行式前なのに、早くも、エリート意識がぺったりと張りついた顔だった。そうそう、銀行員はそうこなくちゃ。

「リップスライムなんかどう？」

朋美の好きなグループの名だ。聞いても朋美は教えてくれないから、カーラジオを聴いて覚えた。

「遅刻しようがしまいが、たいしたことじゃないよ。小学生じゃないんだから。ひとりで電車に乗れる大人なんだから。ちっちゃなことを、難しく考える必要ないよ。あんたね、これから先には、まだまだいろんなことがいっぱいあるんだよ」

学生が、お前みたいなタクシー運転手に何がわかるという顔をしている。俺にはわかるのさ。通りすぎてきた道だから。

羽田インターから高速一号羽田線に入った。日曜にだって、少しはいいことがある。都内の高速道路が空《す》くのだ。前方はがら空《あ》きだった。

よし、飛ばそう。

羽田インターを進んだ先には、オービスが目を光らせているのだが、日曜の不機嫌なタクシードライバーには、知ったことじゃない。

伸郎は思い切りアクセルを踏みこんだ。


「おっ、珍しいね」

「あさひ屋」と大きく書かれたガラス戸を開けると、カウンターに並んだ顔がいっせいに振り向いた。環状七号線《カンナナ》通り沿いにある定食屋。わかばタクシーの運転手たちの溜まり場になっている店だ。

「どうも」

珍しいも何も、入ったのは初めてだ。思ったよりも小さな店だったが、狭い壁いっぱいに貼られた品書きの数に驚かされる。和洋中たいていのものは揃っていた。

「ここ、来なよ」

伸郎を手招きして、自分の隣の席を指さしたのは、島崎だ。「五人乗り車両が四人乗りになってしまう」とからかわれるほど、よく肥満した男だから隣の席は窮屈そうだったが、礼を言って、その狭い空間に体を差し入れた。

「もしかして、ここは初めてかい。だったら、ハヤシライスにしなよ、うまいから」

「じゃあ、それを」

愛想がいいとは言えない、おばちゃん店員に注文し、大盛りができるかどうか尋ねたら、当たり前のことを聞くな、という顔をされてしまった。

「大盛りかぁ、やっぱり若い人は元気だねぇ」

五十代半ばぐらいの島崎から見れば、伸郎は「若い人」らしい。しかし、そう言う島崎の前に置かれているのは、靴底並みのサイズのトンカツだ。

なにしろ腹が減っていた。日曜だというのに、はからずも朝からずいぶん仕事をしてしまった。研修に遅刻しそうな学生を集合場所だという八重洲口へきっかり一分前に送り届け、そのまま東京駅で客待ちをしたら、ロングの客を引き当てた。はるばる埼玉まで遠征して帰ってきたばかりだった。

島崎のひとつ先から別の顔がのぞく。片手に持った親子丼をバーカウンターでグラスを掲げるように差し上げて、伸郎に挨拶を寄こしてくる。

「最近、凄いじゃない。だいぶ慣れたかい？」

「おかげさまで、なんとか」

この男も島崎と同年輩。上の人間が少ない銀行では四十代になると、とたんにベテランだが、平均年齢の高いわかばタクシーではまだまだ若造扱いだ。

「どっかいい釣り場、見つけたの？」

「いゃあ、まぁ、ぼちぼち」それは企業秘密です。

「どう、飲む？」島崎がビール缶らしきものを振る。「ノン・アルコールだからだいじょうぶだよ」正確に言えば、低アルコール飲料の缶だ。

「いや、結構です」

「聞いた？　山ちゃんの話」

「ああ、今日の重賞のことですか？　山城さんは9から流した三連単しか買わないみたいですけど、僕は初心者だから、枠と馬連でやろうかな、と——」

東京駅での短い客待ちの間に、いちおうの予想は立ててある。買う馬券は競馬場にいる山城へ連絡することになっていた。

「いや、違う。山ちゃんが辞めるって話」

「……それは……知りませんでした」

島崎のふたつ先、焼き魚定食を食い終えた男が爪楊枝を噛んだ。

「寂しくなるな、山ちゃんがいなくなると。洗車も頼めなくなっちまうし」

どうせしばらく顔を合わせることになるのなら、少しは仲良くしておこうと思って、競馬につきあう気になったのに。それはないだろう。第一、辞めてどうするつもりだ。クルマの維持費すらなくなっているんじゃないのか。まったく、計画性のないやつ。思わず声を荒らげてしまった。

「辞めてどうするつもりなんでしょう」

「競輪に戻るって」

競輪？　ギャンブルで食うってことか。

「だいじょうぶなのかなぁ」たいして心配しているふうもなく焼き魚定食が呟く。

「だいじょうぶもなにも……だめでしょうに」

自分でも不思議なほど憤《いきどお》っていた。伸郎のしかめ面に、トンカツをほおばった島崎が太い首をかしげる。飯つぶを飛ばして言った。

「ああ、そうか、牧村さんは知らないんだ」

制服の袖についた飯つぶを払いながら今度は伸郎が首をかしげた。

「知らない？　何をです？」

「山ちゃん、自分の口からは絶対に言わないからね。俺たちがほんのちょっとその話に触れただけで、逃げちまうし」

「その話って？」

答えたのは親子丼だ。

「山ちゃん、競輪選手だったのよ」

……知らなかった。

島崎が半ば呆れ、半ば面白がる口調で話を続ける。

「いや、だったじゃなくて、いまでも競輪選手なのよ。俺たちも知らなかったんだけど、選手登録がまだ残ってるんだそうだ。怪我の悪化を理由に休業扱いにしてもらってたんだって」

「でも、ブランク二年だろ。きついよなぁ。年も年だし」

焼き魚定食の言葉に親子丼が答える。

「平気だよ、競輪選手は息が長いから。四十一なら、もっと年上の選手がいくらでもいるからね。怪我さえ治ってれば、まだまだいけるよ」

競輪好きらしい親子丼が宙を見上げて言葉を続ける。

「山城って、俺、覚えてるもの。S級一班だよ。GⅠで優勝するほどじゃなかったけど、現役ん時は、賞金をだいぶ稼いでたはずだよ。ありゃあ、賞金を他のギャンブルにみんな落っことしちまったんだな」

親子丼が教えてくれた。S級一班というのは、五つのクラスに分かれ、四千人はいるという競輪選手の中のトップクラスの選手たちのことだそうだ。

「噂じゃ怪我さえなけりゃ、トップの中のトップにだって行けたって言うじゃないか。やり残したものがあるってことなのかねぇ」

島崎が愉快そうに笑い、丸い顔を向けてくる。

「いいねぇ、若い人は。夢があって」

伸郎には、その目が、ここにはいない山城と伸郎を比べているように思えた。

焼き魚定食が、爪楊枝を振って言った。

「島さんだって、まだまだでしょ。もう一回、勝負したらどうなの」

「いやいや、もういいよ。会社はこりごり。大きくなればなるほど、面倒がふえる」

島崎が風水で潰したという会社は、妻が専務で、子どもや親類が従業員、よくあるその程度の個人経営だと思っていた。だが、考えてみれば、風水師と建築家を呼び寄せて、一年半を費やして建てる社屋なんて、そんじょそこらのレベルの建物じゃない。

ぱっとしない制服姿にもかかわらず、恰幅のいい島崎が、焼き魚定食の言葉に鷹揚に片手を振って答える姿は、わかばタクシーの社長よりよほど貫禄がある。わかばタクシーなどよりずっと大きな会社の経営者だったのかもしれない。

伸郎のハヤシライスが来た。

「うまいよぉ、ここのは。なんせ親父さんは、帝国ホテルでフランス料理をこしらえてた人だから」

他人の人生を甘く見てはだめだ。四十三にして、遅ればせながら伸郎は、それを知った。

夢も向上心もない？　人生に何かを賭けたことがない？

手にしたスプーンに、凸型に歪《ゆが》んだ自分の間抜け面《づら》が映っていた。

それはお前のことじゃないのか？

また来てしまった。桜上水のいつもの空き地にクルマを停めたのは、夕方近くだ。そろそろ夜の稼ぎ時に向けてスタンバイすべき時刻だったが、渋谷駅までの客を降ろしたあと、次の漁場を決めかねて道を徘徊しているうちに、なんだかここしか行き場がないような気がして、クルマを向けてしまったのだ。

もう三十分近くこうしている。いましがた空き地の真向かいの三階建てから出てきた男がサイドウインドウをノックしてきたが、休憩中だと言い張って断ってしまった。長距離客だったかもしれないのに。

なぜここに来ると、誰かからのプレゼントのように客が現れるのか。伸郎は人の運の不思議に畏怖の念すら抱きかけていたのだが、伸郎のクルマに悪態をついて坂道を降りていく男が抱えた荷物を見たとたんに、これまでの幸運の理由を悟った。男が両手で抱えていたのは、電車では運びづらいだろう建築物の立体模型だった。

使途不明だった空き地の向かいの三階建ては、設計事務所なのだ。いま考えれば、前回乗せた客も、その前の客も、大荷物を抱えていた。銀行時代の得意先のひとつだった同様の事務所でも、社員たちはいつも建築素材のサンプルを詰めた重そうなファイルやら、設計図面を入れた筒型ケースやらを両手いっぱいに抱えて出かけていた。経営者は「うちみたいな小さなとこじゃ、全員分の営業車なんて揃えられないからね」とこぼしていたっけ。

幸運の磁場の種明かし。わかってしまうと、ちょっと拍子抜けだ。

恵美の姿は結局、子どもたちとともに現れ、横顔を見せたあの日以来、見かけていなかった。実家に戻っているとはいえ二人の子持ちなのだから、平日は働きに出ているのかもしれない。やっぱり帰ろう、と思うそばから、あと十分、もう五分だけ、と伸郎は朝の寝床でぐずぐずするように、恵美の家と時計を交互に眺め続けている。大きいとは言えない子どもがいるのだから、仕事は早い時間に終わるパートタイムではなかろうか、などと考えて。

恵美はどんな仕事をしているのだろう。正直、パートタイマーである彼女は想像しづらかった。彼女ならプロのライターになれただろうし、イラストレーターとしてだって、そこそこやれたはずだ。

伸郎のバーチャル人生〔修正版〕では、伸郎はなぎさ銀行員のまま。ただし徳田の圧政に負けずに日本橋支店を勤めあげ、いまでは本部の次長だ。それでも五十歳定年と揶揄される銀行人事の過酷なふるいにかけられた後も、生き残れるかどうかは微妙な情勢だが、もうひとりの伸郎はすでに行内での自分のポジションには興味を失っている。

恵美はライター兼イラストレーター。自宅を仕事場にして小さな依頼を引き受けているだけだが、そのおかげで蓄えはじゅうぶんにある。

五十になったら、恵美や子どもたちと第二の人生をスタートしてもいい。夢想の中で伸郎はそう考えている。

恵美に思い切り仕事をしてもらって、自分は家事を担当し、しばらくおろそかにしていた残りの子育てをする。駅から遠いかわりに広い庭のある家で、息子とキャッチボールをしたり、娘と遊園地へ行ったり。ヒップホップ系のライブに出かけてもいい。そして新しい仕事を見つける。例えば――

例えば、なんだろう。

公認会計士か。いや、会計士試験の参考書はここしばらく開いた覚えがなく、タクシー用業務資料のプリントの重しがわりになっている。それほど魅力のある職業とは思えなくなっているのだ。

銀行員だから向いているはずだ。そう考えて、自分を縛りつけてはいないか？　他人の金を勘定するのはもう飽きた。島崎たちベテランドライバーから「若い人」と呼ばれている年齢なのだ。まだまだ先はある。その気にさえなれば、何にでもなれる気がしていた。

例えば――

店を開く。どこかでしばらく修業して、料理屋でもやるか。料理は嫌いじゃない。最近はめったに包丁を握らないが、白藤荘にいた頃は、乏しい仕送り代の中から遊ぶ金を捻出するために自炊をしていた。得意料理は、玉子チャーハン、ネギチャーハン、コンビーフチャーハン、魚肉ソーセージチャーハン……

心の中で首を横に振った。無理だ。「料理屋でも」なんてセリフを、あさひ屋の親爺さんに聞かれたら、鉄おたまで頭をはたかれるだろう。あさひ屋の親爺さんだって、二十数年ホテルで修業して、満を持して独立したそうだが、洋食一本では店が立ち行かずに、いまではラーメンや焼き魚定食もメニューに加えている。

会社経営。これも難しい。島崎は従業員二百人を超える建設会社の社長だったそうだ。それでも仕事は大手ゼネコンの下請けや孫請け。仕事を貰うための接待ばっかり繰り返していたおかげで倒産した後も酒が手放せなくなって肝臓を壊し、二日にいっぺんアルコールを抜くことができるいまの職業を選んだのだと本人は言う。言い訳じゃないの、というのが周囲の評判だが。青羊社の社長だって、好きでロリコン写真集の在庫で小商いをしているわけではないだろう。きっとあの男も必死なのだ。会社を潰さないために。

競輪選手。もちろん無理。四十一歳（二つも年下だったとは！）の山城が復帰してもおかしくないのは、下位クラスのA級には五十代の選手もいるほど選手生命が長いからなのだが、その年齢まで生き残れるのは、何十年ものトレーニングの貯金があるからだそうだ。

できることを、やるしかないか。

とりあえず、タクシードライバーでもやって次を考えるか。なんとか家族が食えるぐらいを稼ぐ自信はいまならある。十年間勤め上げれば、お気楽な個人タクシーを始めることだって――

待てよ。

ちょっと待て。これじゃあ、いまと同じじゃないか。

そもそも、俺の夢想には、根本的に無理がある。夜に見る本当の夢のように非現実的だ。五十過ぎて息子とキャッチボール？　息子はいくつになっている？　恵太だとしたら高校生だ。キャッチボールをしてやるじゃなくて、してもらうことになるだろう。

娘と遊園地？　それが朋美なら、もう成人式だ。自分のお気に入りのバンドのライブに父親と出かける二十歳の娘が、世の中のどこにいる？

なんだか頭がこんがらがってきた。もう妙なことを考えるのはやめよう。

それからハッカ飴二個分、恵美が現れるのを待った。傾いた陽が、恵美の家の壁を、紫とオレンジがまじった不思議な色合いに染めはじめている。今日も会えずじまいになりそうだった。伸郎は心の底でそのことを安堵している自分に気づいていた。

三つ目のハッカ飴を放りこみながら、こいつが終わるまでだ、と決めた。そうしたら、戻ろう。酔客を捕まえて、放り出す仕事に。冷えた飯と二本の発泡酒と家族の寝息が待つ家へ。傷つき、すり切れることばかりの現実に。

最後のハッカ飴が舌の上で消えかけた時だった。

庭に人影が現れた。

肩にわずかにかかる黒髪が、夕日に淡く輝いている。春めいたピンク色のカーディガンにダークブルーのワンピース。

　恵美だ。

　このあいだと同様、芝が張られた庭を歩き、敷地の隅の花壇へ足を向ける。ジーンズもいいが、恵美はスカートも似合う。学生時代からそうだった。

　じょうろを手にした恵美は、今日も背中しか見せてくれなかった。家の裏手にあたる坂の上からではどうしてもそうなってしまう。

　前々回の再現フィルムのように、塀に吊るしたハンギングバスケットへ順番に水をやっている。早く気づいていればよかった。夕方に庭へ出るのが日課らしい。このままではまた、舞台の袖へ引っこむように、後ろ姿だけ見せながら目の前から消えてしまいそうだ。

　顔が見たかった。横顔だけでなく、真正面から。それはとりもなおさず視線を交わし合うことを意味するのだが。

　恵美は俺に気づくだろうか。

　同窓会や冠婚葬祭の場ならともかく、思いがけない場所で昔なじみの人間に会うと、案外に相手が誰なのかわからないものだ。たまに会っている人間ならお互いの老けぐあいを確かめ合っているから問題はないのだが、十年ぶり、二十年ぶりとなると名のられないと気づかないことが多く、相手の変貌ぶりに驚かされることになる。

　夕日に染まった庭にもうひとつ、小さな人影が現れた。男の子だ。母親の後を追って出てきたのだろう。大人用のぶかぶかのサンダルを履いて芝生の上を歩いている。両手には玩具のマシンガンを抱えていた。

よし、これで振り向くぞ。一センチでも恵美に近づこうと、シートから身を乗りだした。運転手帽のつばがフロントガラスにつっかえ、伸郎の夢想に霞んだ頭は、間抜けな音とともに撥ね返された。

じょうろを置いてしゃがみこんだ。せっせと右手が動いている。剪定鋏《せんていばさみ》で花の手入れをしているようだ。その背中が後ろを気にかけるように動きを止めた。が、なかなか振り向こうとしない。

男の子がいたずらをはじめた。マシンガンは水鉄砲だ。花壇の花に水を噴きかけたり、ガーデンチェアを水びたしにしたり。伸郎は帽子を後ろ前にかぶって様子を見守った。

ほらほら、坊や、ママに叱られるぞ。もう少しだ。がんばれ。

そのうちに恵美が小さなじょうろでていねいに水を与えたばかりのハンギングバスケットにどばどばと水を注ぎはじめる。よしよし、いいぞ。

しかし、恵美は振り向かない。子どもに甘いらしい。伸郎は思った。父親がいなくなった彼には、きちんと叱ってやる厳しい男親が必要かもしれないと。例えば俺のような。

頭上のどこかから、誰かの笑い声が聞こえた気がした。

おそらくまだ花のない桜の枝にとまった鳥の声だろうが、なぜかそれは、律子の声に似ていた。

馬鹿みたいだな、俺。ふいに思う。いつまでもこんなことをしていたって、俺の人生は何も変わらない。

だが、そう考える頭のもう一隅で思う。そう、変わるためには、恵美との再会を果たさねば、と。

もういい加減にしようぜ。心の中で理性派の伸郎がしかめ面で首を横に振り、サイドブレーキに伸ばしかけた手を押しとどめる。だが、心の中のもうひとり、激情型の伸郎が強引に体を乗っ取って、叫びはじめた。行け行け、ゴーゴー。

理性では激情を止められない。行け行け、ゴーゴー。伸郎は表示板を回送にし、空き地でクルマを切り返す。

道を迂回して、坂の下から恵美に近づくつもりだった。恵美の家の前まで来たら徐行する。場合によっては停車する必要があるかもしれない。向こうに気づかれる恐れは、劣情に似た激情の渦の中に消えた。どうか、家の中に戻ってしまいませんように。俺が行くまで待っていてくれよ、恵美。

裏手の道から表通りに迂回するまでは、時間にしてほんの一、二分だが、焦る伸郎は、角を曲がるたびにタイヤに甲高い悲鳴をあげさせた。ひと目、恵美の姿を見ることができたら、もうここへは来ないつもりだった。同期会の返信を出席にしたのは、恵美ともう一度会ってみたい一心からだ。ここで会えるのなら、出席する理由はなかった。

妙な邪心があるわけじゃない。あったかもしれない自分の違う人生を再確認したいだけだ。それだけで満足なのだ。いまさら恵美と再会して、よりを戻そうなどというつもりは毛の先ほどもない——

また鳥の声が聞こえた。

いや、正直に言えば、脱毛部分に生えてきた細い白髪の先ほどの期待があることは否定できぬやもしれぬ。

徐行運転で少しずつ近づきながら、伸郎は恵美を見つめ続けるのだ。

エンジン音に気づいた恵美と、目と目が合うだろう。

まばたき一回分。あるいはもっと短い時間。だが、それだけで満足だった。

もう二度と会うことはない。伸郎はハンドルを握りながら、片手で小さく手を振る。万感の思いをこめて。

走り過ぎようとする瞬間、恵美が首をかしげ、それから息をのむ姿が目の隅に映る。だが、伸郎はアクセルを踏みこむ。すべてを振り払うように。

背後から声が飛んでくるかもしれない。

「伸郎！」

二十年ぶりに聞く恵美の声は悲痛な叫びだ。アクセルを踏む足が宙に浮きかけるが、妻帯者の理性がそれを押しとどめる。

「あばよ、恵美」伸郎は小さく呟く。さすがに口に出すのはあんまりだから、心の中でこう言い添える。「さらば、青春」

目の前に飛び出してきたママチャリが伸郎の夢想を断ち切った。ふだんは控えめにしているクラクションを大音量で鳴らしてしまった。

坂道へ進入するために表通りを左折しようとしたとたん、またもや伸郎の心に迷いが生じた。夢は夢として取っておいたほうがよくはないのか。青羊社での苦い経験が頭をよぎったのだ。

もし二十年ぶりの恵美が、とんでもない変貌を遂げていたらどうする。横顔だけではわからない。入学式や入社式、昔の得意先だったテレホンショッピングの会社のオペレーションルーム。横顔だけの美人に何度騙されたことか。

別に外見に惚れたわけじゃない。学生時代、仲間たちから恵美の容姿についての羨望と称賛の声を聞くたびに、伸郎はそう答えたものだが、はっきり言って嘘だった。伸郎は恵美の容姿が好きだった。

女は内面なのよ、とよく言う。確かにそうだ。だが、女とつき合う時の最終目標がひとつしかない二十そこそこの若者に、そんなことを言ったって無理だ。なにしろ内面は撫でたり揉んだり吸ったりできない。四十を過ぎて、女の内面というものが少しはわかってくると、今度はこう思う。内面は見ないほうがいいのかもしれない、と。

とにかくその時の伸郎は、昔のイメージどおりの恵美がそこにいることを熱望していた。坂の下からゆっくりと近づくにつれて、鼓動がエンジン音より高まる。胸は学生時代のように弾み、四十三歳のためらいに揺れた。

徐行しながら、ウインドウを下げる。隣家を通り過ぎたが、恵美の姿はまだ見えない。斜め下からだとガレージが視界を邪魔するのだ。坂を昇るにつれて視界が少しずつ開けていく。生け垣が見えてきた。まっすぐ前を向きながら、視神経が攣《つ》りそうなほど黒目を右に寄せる。カーディガンの淡いピンク色が見えた。続いてセミロングの髪。ほんの一、二分のあいだに、夕日がつくる黄金色の輪郭は消えていた。

伸郎は心の中だけで呼びかけた。

恵美！

ガレージを越えた。生け垣の高さはサイドウインドウの下辺あたり。しゃがみこみ、顔をうつむかせている恵美のサンダルのベルトの花柄までわかる。伸郎は息をのんだ。が、結っていない髪が落ちかかっていて、顔ははっきりとわからない。

ブレーキを踏んだ。これ以上進んでしまうと、また横顔しか見えなくなってしまうからだ。帽子を目深にかぶり直す。運転日報を挟みこんだボードで顔を隠し、ペンを取るふりをして、恵美を眺め続けた。

男の子もまだ庭にいた。ここからだと子ども特有のよく通る声まで聞こえる。男の子が先にこちらを向く。愛くるしい顔立ちの少年だった。

切れ長の目もきゃしゃな顎も恵美に似ている。父親似なのか、顔の両側に飛び出した大きな耳だけが、恵美の小づくりな耳とは違っていた。

もし恵美と結婚していたら、自分の子どもは、あんな顔立ちだったのだろうか。男の子の両耳を頭の中で消去しながら、己の遺伝子の悪しき影響なども棚上げにして、伸郎は考えた。タヌキ顔の律子の血が色濃い、子ダヌキみたいな恵太とつい比べてしまう。

男の子はマシンガンの水鉄砲を手に庭を駆けまわり、伸郎には意味不明の叫びをあげている。

「合体！　ビートルレンジャーッ」

大真面目な顔で変身ポーズをとると、小さな肩をせいいっぱいいからせて、誰もいない宙に向かって声を張り上げた。

「出たな、デビルヘラクレスッ」

空想と現実の区別がついていないのだ。

端《はた》で見ていると笑ってしまうが、本人は真剣なんだろう。

本当は何もない虚空の、幻想の相手に向かって叫び続けている。

「お前の思いどおりになんかならないぞ」

自分のことを言われた気がして、ブレーキペダルを踏みつけ続けている足が痙攣《けいれん》した。男の子がこっちを見ている。伸郎のクルマに気づいたのだ。大きな目をすいっと細めたかと思うと、いきなり叫び声をあげて駆け寄ってきた。

「ビートルフラッシャー!」

生け垣のすき間から水鉄砲を放ってくる。顔立ちは愛くるしくても、行儀のいい子ではないようだ。子どもの遊びだなんて笑っていられない、最近の玩具は恐ろしく高性能だ。激しい水流がフロントガラスに飛んできた。どこで注入したのか、泥水だった。

こら、やめろ。タクシーはぴかぴかボディが命なんだ。おい、恵美、いったいどういう躾《しつ》けをしているんだ。

次の瞬間だった。恵美が顔をあげた。

初めて、正面から恵美を見た。

二十年の歳月は、確実に人の容貌を変える。人はそれを、風格が出てきただの、色香が増しただの、履歴書がどうしたの、と誉め言葉にしたがるが、生物学的にストレートに言えば、肌や髪は艶を失い、脂肪がつき、皺が多くなるだけだ。

だが、歳月が奪うよりも多くの恩恵を与え、磨かれる場合があることも否定できない。いま目の前にいる恵美が、まさにそうだった。

昔よりわずかに頰がまろやかになっていた。それがかつては少々険があった面立ちを柔らかく見せている。

濃いというほどではないが、きちんと化粧をしていた。そのセンスが背伸びをしていた二十代の頃より格段によくなっている。

胸が甘く痺《しび》れた。昔より美しい、と仲郎は思った。再び心の中で叫んだ。恵美！

恵美の唇が動いた。子どもをたしなめているのだろうが、何と言ったのかまではわからなかった。視線がこちらに向けられたから、あわてて目をそらす。もう行ったほうがいい、そう思いながらも、ひたすら運転日報を書きこむふりを続けた。

男の子のよく通る声だけが耳に飛びこむ。

「なぁに、おばちゃん」

宙にへのへのもへじを書いていた手が止まった。再び顔をあげた時には、恵美はこちらに背中を向けてしまっていた。

そうか、この子は恵美の子どもではないのだ。どうりでタチの悪いガキだと思った。ということは、恵美は親とだけでなく、兄夫婦とも同居しているわけだ。男の子がどことなく似ているのは甥《おい》っ子だからか。そう言えば、この間の少女も耳が大きかった。あれは姪《めい》だ。

恵美には子どもがいなかったのだ。子宝に恵まれなかったのか、生まないという選択をしたのか、どんな事情かは知らないが、もし恵美と結婚していたら、仲郎は子どものいない人生を歩んでいた可能性もあるらしい。

ふむ。それはそれで楽しいだろう。夫婦二人きりで外食したり、旅行へ行ったり。金は全部自分たちのためだけに使え、夜は気がねなく夫婦生活ができる。

高くもない鼻をつんつんさせて伸郎から顔をそらす朋美の横顔と、ゲーム機にかぶりついてこちらを振り向かない恵太の背中が脳裏に浮かんだ。

ピュンピュンピュンピュンピュンピュン。恵太は身じろぎもしない。動かしているのは指ばかり。何が不満なのか頰をふくらませていることだけが、背を向けていてもわかる。

ウォウォウォウォ、ホッホッホゥー。朋美は背中にまわした両手でけたたましい音楽を鳴らすラジカセを持ち、片足でステップを踏んでいる。

と、いきなり恵太がこちらを向いて、いつもの言いわけをした。「あ、いまやめるとこ」ふくらませた頰をしぼませ、それから、ぽつりと呟いた。「ここにいること、やめるよ」

騒々しい音楽が、ぷつりとやむ。ラジカセから悲しげなバラードが流れてくる。朋美の唇を笑ったかたちにしたままの横顔から、ひと筋の涙がこぼれ出す。

伸郎はかぶりを振った。頭の中ではなく現実の中で振ったから、運転手帽のつばが左右に揺れた。

だめだ。子どものいる人生を知ってしまうと、子どものいない人生は考えられない。あんな子ダヌキどもでも。

男の子は恵美の言葉など聞いちゃいない。伸郎のクルマに続いて、塀越しに隣家のクルマに放水していた。目の前にある自分の家の外国車には手を出さないところが小面憎い。恵美が男の子に首を振り向けた。相変わらずこちらには肩先で揺れる黒髪しか見えない。何か言われる前に、という魂胆か、男の子が先に口を開く。

「ねぇ、おばちゃん、いつまでウチにいるの？」

なんてガキだ。よくよく見ると愛らしいというより、小生意気な顔をしている。恵美はどんな表情で聞いているのだろう。

彼女に深く同情した。かわいそうに。ここはもともと恵美の家なのに。そう言えば、恵美が手入れをしているのは、この間からプランターやハンギングバスケットの中の花ばかり。庭木や花壇の中には手をつけていなかった。きっと触れさせてもらえないのだ。意地が悪いに違いない兄嫁に。

恵美が何か答えている。耳を澄ましたが、細い声はとぎれとぎれで、はっきり聞こえない。男の子の癇にさわる声だけが届いた。

「だって、ママがそう言ってた」

男の子から顔をそむけた拍子に恵美の顔が見えた。引きつった微笑みを浮かべている。無理して笑っている姿は痛々しかった。

笑顔が下手。恵美は昔からそうだった。伸郎や他の誰かの軽口に、笑っていいのかどうか、いつも迷っているふうに見えた。可笑《おか》しいことや嬉しいことがあったら、大口を開けて笑えばいいのに。律子みたいに——

律子？

なんでここで律子が出てくる。

妻に浮気の現場へ踏みこまれた気分だった。

どこかでまた姿の見えない鳥の声。

伸郎はふいに我に返る。初めてきた場所のように周囲を見まわした。

何をやってるんだろう、俺。秘め事を他人に見つかり、笑われているような気恥ずかしさに身を縮めた。

もう帰ろう。ここは自分のいるべき場所じゃない。

いまの恵美には彼女を支える誰かの存在が必要かもしれない。だが、その役目を担えるのは残念ながら自分じゃない。いまの伸郎には子ダヌキとその親ダヌキがいるからだ。

恵美は同窓会には来ない気がした。伸郎と同じく、今の自分を人に語りたくないように思えた。

今日でお別れだ、恵美。いろいろ大変そうだけど、がんばれ。

さよなら。

心の中だけで声をかけて、伸郎はパワーウインドウのスイッチに手を伸ばした。

悪ガキはわがもの顔で蹂躪《じゅうりん》を続けている。ハンギングバスケットに続いて、恵美が念入りに手入れをしていたパンジーのプランターにも放水を開始した。

恵美が背後から男の子に近寄る。さすがにたまりかねたらしい。そうだ、恵美、がんばれ。二十年前にも言おうと思っていたことだけど、君はもっと感情を表に出したほうがいい。人の子だからって、居候《いそうろう》だからって、遠慮するな。ちゃんと叱ってやれ。

いったん上げたウインドウをまた戻した。恵美がスカートからほっそりした足を伸ばして、男の子のぶかぶかのサンダルの踵《かかと》を踏みつけているのが見えたからだ。

それに気づいていない子どもが駆けだそうとして転び、地面に頭を打ちつけた。

一瞬の間ののち、すさまじい泣き声が始まった。

恵美の声が初めて耳に届いた。狼狽《ろうばい》した様子だった。

「タダシ君、だいじょうぶ⁉」

あくまでも狼狽した様子を見せただけだ。恵美は冷静だった。男の子に声をかけながら、周囲を窺っている。

伸郎と目が合った。心臓が跳ね上がった。

視線をそらそうとしたが、できなかった。自分であることを気づかれる不安におののきつつ、伸郎は恵美を見つめ返した。ほんとうの最後のつもりで。

おののく必要はどこにもなかった。彼女の目は伸郎に向けられていたが、その瞳は伸郎を見てはいなかった。タクシーの運転手など、クルマの付属品としか思っていない目つきだった。気にしているのは、家の中と隣近所だけのようだ。

周囲に誰の視線もない――どう思われようとかまわない、見知らぬタクシー運転手以外には――とわかると、今度は恵美の手が動いた。

「怪我はない？」

兄嫁似らしい男の子の大きな耳を引っぱった。泣き声がさらに高くなる。

またしても横顔しか見えなかったが、恵美が鼻の根もとに小さなしわをつくって笑っていることははっきりとわかった。

見てはいけないものを見てしまった気がして、伸郎はあわててアクセルを踏みこんだ。

16

律子がぷくりと頰をふくらませる。黙って見ていると、反対側がぽこり。

またやってる。お茶でうがい。横目で見ていた伸郎はたまりかねて言った。

「おい、やめろよ」

「あ、わかっちゃった？」

「そりゃ、わかるよ」

「気づかれないようにやってたんだけど」

いくら十五年間いっしょの夫の前とはいえ、少しは羞じらいがあってもいいんじゃないだろうか。律子の場合、友人たちからの美貌を羨む声は控えめだったが、もちろん出会った頃の伸郎は、どこかしらをチャーミングだと思っていたはずだ。でも、それがどこだったかすっかり忘れてしまった。

最近は、毎朝顔を合わせている。このところの伸郎が始発電車で帰り、六時前に家へ戻る生活を続けているからだ。朋美と恵太が起きだすのはもう少し先。だから、どうしても二人だけになる。

いつもは伸郎が発泡酒を飲みながら一人で食事をすませ、律子は子どもたちと一緒に朝食をとるのだが、今日は二人分を食卓に出し、自分の飯もいそいそと茶碗によそった。「パートを始めてから、やたらとお腹がすくのよ。やっぱり労働は大切ね」と当てつけがましいセリフを口にしながら。何か話があるのだろうか。

牧村家の食卓は、伸郎の向かいに恵太が、律子の向かいに朋美が座るのが定位置だから、二人は横に並んで座っている。なんだか妙な具合だった。

メニューは毎朝のように登場する目玉焼き。伸郎にはビールの肴になる皿がもう一品。今朝はアジの開きだ。

お茶を飲み終わった律子が、ふうと息をついて、立ち上がった。伸郎もこっそり息を吐く。仕事が忙しくてすれ違いばかりだったとはいえ、結婚以来、数え切れないほど夫婦で食卓をともにしてきたはずだが、今日はいつになく気まずかった。座っていても尻が落ち着かない。伸郎はまだ飯をよそわず、小さな干物をつつきながら、ちびちびと発泡酒をすすってい る。すっかり味に慣れたはずの発泡酒を少しもうまく感じなかった。アジの身をほぐすのも、理科の時間に解剖実験をしている気分だ。

食器を流しに運ぼうとしていた律子が足を止める。

「やっぱり、おかわりしようかな」

二杯目をよそって、また伸郎の隣に戻ってきた。もうおかずはないのに。今日の律子はどうもおかしい。

ついつい横目で表情を窺う。目が合うと、視線の意味を探ってしまう。律子の茶色に染めた髪に、ちらほら白髪が混じっていることに初めて気づいた。

恵美の黒髪が頭にちらつく。律子から顔をそむけて、首を縮めた。肉体的には何らやましいところはない。プラトニックといっても一方的。こういうのも浮気と呼ぶのだろうか。

銀行員時代、出張や接待の流れで風俗の店へ行き、肉体関係という意味での浮気は何度かしたことがある。だが、本来的な意味での浮気をした経験は、伸郎には一度もなかった。

愛人とうまくいかず、結局、妻のもとに戻った男というのは、こういう気分なんだろうか。違うか。よくわからない。

黒髪に続いて、恵美の顔が頭に浮かんだ。子どもの耳を引っぱっている時の、唇の端だけを吊り上げた顔だ。かつて伸郎に見せていた何百回もの微笑みが、すべて吹き飛んでしまう、壮絶な笑顔だった。

もちろん、その人の一端を垣間見ただけで、全人格を評価してしまうのは正しいこととは言えない。

恵美はよほど腹に据えかねていたのだ。兄嫁に苛《いじ》められ続けていたのだ。見かけは無邪気が子ども服を着ているようだが、あの男の子はどうしようもないガキなのだ。彼女のためにあれこれ弁護を試みてみる。

だが、だめだ。一度でもあの顔を見てしまうと。ほんの一瞬の、ある一断面にせよ、その人間の本性が見えてしまうことはある。

一年半つきあったというのに、自分が恵美の何を知っていたのかと改めて考えると、不安になる。きっと学生時代の伸郎は、恵美の顔や服や服の中身ばかり見ていたのだ。悩みを聞いたり、夢を語り合ったりしたことだってあったはずだが、それらを恵美の外面の付属品扱いしていたのだと思う。

伸郎は、恵美と結婚した場合のバーチャル人生を根本から考え直してみた。

銀行を辞めて、出版社に再就職したいと伸郎は告白する。もちろん青羊社とは違う出版社だ。

「すまない。金銭的には苦労をかけると思うけど。俺の夢なんだ」

「ノブロウの好きにすれば」恵美は顔色ひとつ変えずに即答してくれる。

「ありがとう。よし、じゃあ乾杯だ」

伸郎は快活に言葉を返し、質素な部屋の小さな冷蔵庫に向かって歩き出す。申しわけないが、大型冷蔵庫はしばらくお預けだ。再就職の話を切り出したのは、今度のボーナスで家電製品を買い換えよう、恵美がそう持ちかけてきた時だった。

歩き出したが、途中で足が動かなくなった。

危うく転倒して小型冷蔵庫に頭をぶつけるところだった。足もとを見ると、伸郎のスリッパのかかとが踏みつけられていた。

振り向くと、唇の端だけ吊り上げて恵美が笑っていた。

だめだ。恐ろしくて、転職なんかできない。

というわけで、バーチャル人生の中の伸郎も、十九年間銀行にとどまることになるのだが、結局、リストラ同然の出向を命じられ、公認会計士をめざして自宅浪人を始めることになる。

「ごめんな、家のことは俺がやるから」

イラストレーターの仕事を辞めて、フラワーデザイナーの勉強をしたい。恵美がそう口にした矢先のことだ。

「ううん、いいんだよ」恵美は嫌な顔ひとつしない。

夜中に伸郎は、何かの気配で目を覚ます。寝室がぼんやりと明るい。フラワーデザインの本を読んでいた恵美の枕もとにスタンドが灯っているためだが、隣の布団で寝ているはずの恵美の姿はない。

寝ぼけ眼《まなこ》を細めると、ちょうど視線の先にある姿見に、恵美の姿が映っていた。枕もとに正座して伸郎の寝顔を窺っている。

そのうちに耳を引っぱられた。そうか、耳掻きをしてくれるのか。新婚の頃みたいに。寝たふりをして恵美を驚かしてやろうと考えて薄目だけ開けていると——

突然、耳に激痛が走った。耳たぶがちぎれそうだった。起きていたことが知れるとさらに良からぬことが起こりそうな気がして、伸郎は喉を締めあげて悲鳴をこらえた。

姿見に映る恵美の顔は笑っていた。唇の端だけめくりあげるように吊り上げて。

ひゃあ。

「どうしたの、急に顔をしかめたりして」

現実世界の律子に首をかしげられてしまった。

テレビでは、外国で起きた飛行機事故を伝えている。日本人の乗客がいない場合、常に冷淡に片づけられるニュースだが、今回は日本人の犠牲者が何人も出ていて、トップニュース扱いだ。

画面が天気予報に切り替わったのを潮に、伸郎は立ち上がった。

「寝てくるわ」

「ねぇ、もう少ししたら子どもたちが起きてくるよ。たまには声をかけてあげて」

「……あ、じゃあ」

早く帰れるようになってからは、子どもたちが起きだす前に床に就くことにしている。朝っぱらから酒を飲んでいる父親の姿を見せたくないからだ。もちろん労働の後の誰に文句を言われる筋合いのない一杯なのだから、堂々としていればいいのだろうが、父親がごく普通のサラリーマンで、自分も同じ道をたどってきた伸郎には気がひけた。教育上、よろしくないと思ってしまうのだ。

毎朝七時に布団に入り、午後二時に目を覚ます。最近はその日課も定着した。遅めの昼食を摂り、皮膚科の医者の勧めに従って、軽く運動をする。慢性化している背中と腰の痛みも和らぐかと思ってジョギングを始めてみたのだが、四日で挫折し、腹筋と腕立て伏せに変更した。

夕食後は公認会計士試験の勉強。来年の試験は受けるつもりなのだが、受験参考書は格好の睡眠薬だ。いつも早々に切り上げて寝てしまう。

乗務日の朝は午前六時前に起床。七時には家を出る。たった三駅の距離だ。自転車で通おうかと伸郎は考えている。いままでは近所の手前を考えて電車通勤にこだわっていたのだが、遅まきながら気づいた。自分が気にしているほど、世間は自分を気にしちゃあいないってことに。隣家の年配の奥さんは、昼過ぎにジョギングに出かける伸郎を見ても意外そうな顔ひとつせず、いままでどおり紋切り型の挨拶を寄こしてくる。節約した電車賃で、発泡酒をビールに戻してもらうつもりだ。

昼夜逆転しているとはいえ規則正しい生活と言えなくはなかった。円形脱毛が治ったのも、自律神経がこの不規則な規則正しさに順応したせいだろう。人間、何事も慣れだ。いいことなのかどうかはともかく。

椅子に座り直したものの、何を話していいかわからない。唯一のおかずの漬物をぽりぽり齧《かじ》っている律子に、ぼんやりと視線を向けながら、伸郎は思った。

律子は毎日、何を考えて暮らしているのだろうか。一年半つきあった恵美のことを知らなかったように、十六年間つきあった律子のことも、どこまでわかっているのか、正直に言って自信がなかった。

自分には違う人生があったかもしれない。

伸郎がそう考えるように、律子にだって同じことを思う時があるはずだ。

自分にはこの男と暮らす人生とは、違う道があったかもしれないと。当然、後悔する場面もたくさんあったはずだ。

お互いさまか。そう考えると、律子が伸郎にとってそうであるように、伸郎は律子の人生に現れた、偶然なのだ。良い偶然なのか、悪しき偶然なのか。ひどく後悔させている偶然でなければいいのだが。

「これ、やるよ」アジの開きの皿を律子のほうへ滑らせる。「好きだろ、干物。いくら俺の好物だからって、毎日目玉焼きにしなくたっていいのに」

「どうしたの、今日はなんか変だよ」

「そっちこそ」

いいよ、と口では言いながら、嬉しそうに箸を差し出してくる。なんでアジの開きひとつでこんなに嬉しそうにするんだ。少しは自分を愛してくれているのだろうか。昔の女をストーキングしていたなんて知らずに。いや、伸郎というよりいまの生活を愛しているのかもしれない。まぁ、それはそれでしかたない。運命的な出会いをしたわけでもない、たまたま偶然の夫である伸郎には、文句を言える筋合いではなかった。

「どう、仕事？」

「チェッカーはシビアねぇ」

チェッカーというのは、スーパーのレジ係のことだ。

「お客さんはよく知ってるの。この人のところに並べば早いとか、あの人はもたつくから並ぶのやめようとか。最初の頃は、私のところのほうが列が短いのに、お客さんはベテランさんのほうに行ってたの。けっこう傷つくのよね」

「いろいろ、悪いね」

「何が？」

「いや、いろいろ」

「やっぱり、変だな。何か悪いことしてこなかった？」

律子が横目を向けてくる。

「……なにを」

「あなた、何か隠し事をしている時って、ちらちら私の顔を見るのよね。で、ご機嫌取りみたいなことを言うの。恵太よりわかりやすい。昔、出張から帰ってきた時とか」

ひゃあ。鈍感に見えて、律子は妙な時に鋭いのだ。何か言葉を返そうと思ったけれど、発泡酒にむせてしまった。

伸郎の動揺を気にするふうもなく、律子が話を戻した。

「でもね、夕方、アルバイトの若い女の子がチェッカーに入る時は、もっとシビア」

「なんで？」

「夕方からふえる男のお客さんがね」

「ん？」

「両方空いてると、若くて美人のコのほうに行くのよね。私よりもっとレジが下手なのに」

悪いけど、笑ってしまった。笑ってから、自分の妻が軽んじられたことに腹を立てた。

「だけど、ベテランさんと並んでたら、そういう人が来るのはたいてい私のほうね。若い子と並んでても、わざわざ私のところに来る人もいるし」

「偶然だろ」

「毎日よ」

ちょっと誇らしげに律子が言う。

「人妻はつらいわぁ」

自分だけじゃない。律子だって、その男との可能性について想像をふくらませているかもしれない。これもお互いさま。そう言えば、律子は勤めに出てからずいぶんと身ぎれいになった。

「それで、お前は……」

「それで？」

律子が顔をそらした。もしや、向こうこそやましいところがある？　伸郎が顔を捉えようとして首をねじると、ますます顔をそむける。まさか、話はそのこと？

律子がぽつりと言う。

「だいぶ生えてきたね」伸郎の円形脱毛を覗いていただけだった。「毎日、薬をつけてた甲斐があったな」

恥部を見られる気分だった。羞じらって身をよじる。

「それは俺のセリフだろう」

妻にだって恥部はまじまじ見られたくない。伸郎は合わせ鏡をして、自分で薬をつけていたのだ。

「だって、あなた、見てるとうまく薬をつけられてないみたいだったし」

な、なんで知っている。医者から渡された薬は軟膏ではなく、目薬のように患部に垂らす液状タイプだった。なかなか難しいのだ。思わず自分の後頭部を押さえてしまった。

「あなたは隠してるつもりだろうけど、ほら、いつもうつぶせで寝るでしょ。まる見えになってるんだもの。なんだかいたたまれなくて、ときどき、ハゲ止めくんをポタポタと」

「お前、勝手に――」薬にまで名前をつけて。しかもなんというネーミング。「あれは一日に二回って決まってるんだぞ」

「だいじょうぶよ。細かいこと気にしなくても。ちゃんと生えてきたんだから」

「時々だろうな」

「ええ……あ、でも、恵太も面白がってやってたから」

使いすぎで逆効果になったりしないのだろうか。伸郎はひげのようにチクチクしはじめた患部をなぜてみる。

律子が干物から、小指の先ほどの身をつまんでかりかりと齧る。焼き魚の焦げた部分が好きなのだ。伸郎も皿に箸を伸ばした。

律子のチャームポイントをひとつ思い出した。歯だ。

大粒で、きれいに揃っていて、いかにも丈夫そうなのだ。なにしろ一日三回、三分ずつ磨いている。白さだって、薬品でブリーチをしていた昔の恵美に負けないぐらいだ。

結婚という曲がり角において、伸郎が歩き出した道は、きっとごく平凡な田舎道だ。目を引く風景もないし、小ぎれいに舗装されているわけでもないかわりに、険しい坂道も行く手を阻む断崖絶壁もなく、インディ・ジョーンズの冒険ルートのように巨大な岩が転がり落ちてくるわけでもない。いまのところはだけれど。

律子は自分で自分のスリッパを踏みつけて、転倒することはあっても、人のことを転ばそうとしたりはしない。

耳掻きをしてくれないかわりに、こっそり耳を引っぱることもない。怒った時には、真正面から伸郎の腹にパンチを打ちこんでくる。

「なぁ、何か話があるんなら、聞くぞ」

伸郎は言ってみた。律子は犬が風の匂いを嗅ぐような顔をしてから、首を振った。

「もういいや」

「……なにさ、もうって、そのもうは何？」

「忘れちゃった」

いくらちびちびつまんでも、小さなアジの開きの身は、二人には少なすぎた。

「俺、いいや。あと食べろよ」

「いいよ、食べなよ」

「いいってば」

「じゃあ、こっちから、こっちだけもらう。そっち食べて」

「そっちって、骨しか残ってないぞ」

「ふふ、カルシウムたっぷりよ」

ちょっと妙なやつだが、これが自分の選んだ道。

「ごちそうさま」

食べおわった律子が、また頬をふくらませた。

「おい」

「あ、つい」

でもなぁ。

でででででで。

階段を駆け降りる足音がする。恵太だ。顔を見なくてもわかる。けたたましい音は同じでも、最近の朋美の場合は、とととととと、だ。本人は気づいていないだろうが、足音がふっくらしてきた。

「おはよう」

伸郎が声をかけると、寝ぼけまなこをしばたたかせた。ドラキュラのくせに、朝日を浴びてだいじょうぶなのか、という顔だ。二本目の発泡酒は我慢しようかとも思ったが、結局、もう一本開けることにした。

俺は仕事をして帰ってきたのだ。二十四時間の過酷な勤務。この先はわからないが、少なくともいまはこれが俺の仕事だ。声に出して言える職業。恥じるところは何ひとつない。

伸郎に似て寝ぐせがひどい恵太は、爆風を食らったように髪を逆立てている。ほわほわと髪をゆらしながら、あくびのついでみたいな挨拶を返してきた。

「おあよう」

「ありがとうな」

「なに？」

「頭の薬、つけてくれてたんだって？」

「ああ、うん、ときどき間違えて、違うとこにつけちゃったけど」

「……どこだ」

「頭のてっぺんのとこ」

つむじが消えていないかどうか、指で探っていると、

とととととと。朋美も降りてきた。父親の顔を見たとたん、つんと鼻をそらせる。

「おはよう」

伸郎の声から逃げるように洗面所へ行ってしまった。伸郎は律子にしかめ面を向ける。

「なんであいつは、いつもああなんだ」

「照れてるだけよ」

いいや、そういう問題じゃない。

「私とだってあんまり話さないもの。難しい年頃なのよ」

「何が不満なんだ。学校でうまく行ってないとか？　私立に行かせられなかったから？」

「ううん、全然。公立にしてよかったかもしれない。あの子も言ってる。小学校の頃からの友だちとも毎日遊べるし、公立で正解だったかも、って」

そういう話は、もっと早く聞かせてくれ。

「じゃあ、なぜなんだ。携帯はあきらめろって言ったからか」

「携帯はもういいらしいよ。かわりにCDウォークマンが欲しいんだって」

洗面所から、いきなり音楽が流れてきた。

ウォウウォウオウ〜、ウォウウォウオウ〜。

「なんであそこから音がするんだ」

「この頃、洗面所にラジカセを置いてるのよ。お風呂に入りながら聴いてるみたい」

朋美は毎日一時間は風呂に入るのだ。

「ラジカセに、ウォークマンにって、なんでそんな贅沢ばっかり――」

「贅沢っていうか、あなたのためじゃないの？」

「へ」

「いつも、あなたがうるさいって言うから、朋美も気を使ってるみたいよ。部屋で聴くより、お風呂場のほうが、二階には響かないでしょ。ウォークマンなら、外に音が漏れないからって」

「そうか……」

「みんな、なんだかんだ言って心配なのよ、あなたのことが。朋美も恵太も」

私も、と言うかわりに、律子がくるりと目玉を動かした。

「最近、疲れてるみたいだし。なんか思いつめているみたいだったから」

思いつめていたというより、あれこれ妄想していただけなのだが。「すまん」律子に言った。心の中だけで。そう言われれば、洗面所から聞こえてくる音も、心なしか以前よりボリュームが小さい気がする。

戻ってきた朋美は、どこをどうしたのか、恵太と同じく伸郎に似て、毎朝爆発している髪が、さらさらになっていた。

「おはよう」

伸郎が何度も声をかけると、根負けしたように、小さな声で返事をした。にんまり笑って言ってやった。

「いまのリップスライムだろ」

間違えないで言えたことが誇らしかった。いつも朋美が聴いているヒップホップ系のグループの名だ。空車の時、暇にまかせてラジオを聴いているうちに覚えたのだ。だが、朋美には、またもやそっぽを向かれてしまった。

「馬っ鹿じゃないの」

「え」

「あれは、サンボマスターだよ」

「サン……ボ……」

少々、前言撤回。子どものいない人生は寂しかったかもしれない。しかし、いたらいたで、面倒なことばかりだ。

律子が肩をすくめている。「知ったかぶりは、かえって嫌われるよ」という表情だ。

恵太がテーブルにソースをこぼし、朋美が服にソースが跳ねたと叫び声をあげた。文句を言うついでにテレビのリモコンを取り上げ、弟の見ていたチャンネルを勝手に変える。今度は恵太が叫び声をあげた。牧村家の一日が騒々しく始まった。

まぁ、いいか。これはこれで悪くない。

律子がお茶を飲み、また頰をぷくりとふくらませる。

何だか誰かにうまく丸めこまれている気もするけれど。

17

ぼんやり聞いていたカーラジオが、昨日の飛行機墜落事故の続報を伝えている。ニュースはさっきからこの事故のことばかり。墜落したのはロシアの国内線なのだが、テロとの関連性が噂されることと、なにより少なくない数の日本人乗客の死亡が確認されたためだ。

――この事故で亡くなった日本人乗客のお名前は次のとおりです――

アナウンサーが東証株価を伝えるような声で、ひとりひとりの名前を呼び、簡単なコメントをつけくわえている。

そう言えば、昔、銀行の同僚が海外出張した時、その男が乗っていた便が墜落して、大騒ぎになったことがある。

事故直後、その男からの電話を受けた人間は、幽霊かと思ったそうだ。渋滞に遭ってフライト時間に間に合わなかったために、命拾いをしたのだ。

乗るはずだったのはその日の最終便だった。その男が助かったということは、キャンセル待ちをしていた誰かが、自分の幸運に酔いしれて、数時間後に墜落することになる飛行機に乗りこんだわけだ。人生は本当にわからない。

――カヤジマシンイチロウさん。四十三歳。

聞き流していたアナウンサーの声が、耳のとば口にひっかかった。カヤジマシンイチロウ？　聞いたことのある名前だ。年齢も伸郎と一緒。

――カヤジマさんは千葉県銚子市在住。水産研究所職員で、海外視察中に事故に巻き込まれました。

萱島。関東では珍しい苗字。銚子に住み、水産研究所勤務。間違いない。萱島信一郎だ。

かつて二年生まで在籍していた中学のクラスメート。同じ野球部員だった。

ポジションはサードで、長打力は伸郎以上だった。守備に難があって、二年の時にはレギュラーになれなかったが、来年は伸郎と二人で三遊間を守り、どちらかが四番を打つ。二人がいれば県大会優勝だって夢じゃない。誰もがそう言っていた。伸郎が転校してしまって、それは果たせなかったが。

あだ名は「博士」。理科の成績だけやけによかったからだ。父親は漁師だったが、自分は跡を継がず、魚の研究をしたいと言っていた。

そうか、萱島は少年時代の夢のとおりの職業に就いたわけだ。

萱島の顔を思い出そうとした。浮かんでくるのは、練習中に落ちないようにとベルトをつけた銀縁眼鏡と、えらの張った四角い顔の輪郭ばかりだ。細部はピンボケ写真のようにぼやけている。律子は、小学校時代の友だちの顔だって思い出せると言うが、転校が多かった伸郎は、誰もの顔もピンボケだった。

自分の思いどおりの職業に就いたのに、その仕事のために命を落とすなんて。いったい人生ってやつは、誰がどうやって動かしているのだろう。伸郎は思わず道の向こうに広がる空を見上げてしまった。

東京の空はいつものように青と灰色をまぜた色合いで、フロントガラスに薄く自分の影が映っているだけだった。

六本木で客を降ろした後、天現寺橋にクルマを向けた。

白藤ハイツへ行くつもりだった。ポケットの中には礼金一カ月分と家賃一カ月分、計四万円。

今月の伸郎の財布には若干の余裕があった。律子には必要経費だと説明して、月々の洗車代は小遣いとは別口でもらっているから、その一万二千円がまるまる浮いた。先月の途中から山城には洗車代を払っておらず、そのぶんと合わせて、プラス二万円少々。そして最近は、ちょっとした副収入もある。

客からのチップだ。チップと言っても、たいていは客がつり銭を面倒くさがった場合のわずかな差額のことだが、院づけの年寄りや退院患者の乗り降りを手伝うと、ワンメーター分ぐらいを渡してくれることもあるし、羽振りのいい長距離客と会話がはずめば、チップが札になることもある。

以前は客からチップをもらっても、ノルマに近づけるために、あるいは足切りを逃れるために、そのぶんを走ったことにして営収に加算していた。

その必要がなくなったいまは、全額ポケットに入れている。案外これが馬鹿にならない。いままでにためたチップを加えると、浮いた金はトータルで二万七千六百円。一万円ちょっとの持ち出しはあるが、まぁ、なんとかなるだろう。先週の日曜、山城から必ず来ると言われた馬券は見事にはずれたが、次を当てればいい。山城の逆を買えば来そうな気がする。

馬券をはずすと山城はこう言う。「こういうのって運だからしかたない。あきらめるしかないよ」たまさか当たった時にはセリフが変わる。「やっぱり読みがずばりだ。運に頼ってたら、勝負には勝てないんだよ、マッキー」

いい加減なもんだ。でも、ひとつの真理。

今週で会社を辞める山城とは、もう一度「お別れ馬券」を買う約束になっている。

幹線道路を左折し、古びた商店が並ぶ通りに入った。脇道にそれ、洋食屋の前でクルマを停める。不動産屋へ寄る前に、ここで昼飯を食おう。朝からそう決めていた。

二十年ぶりに入った洋食屋の内装は古びてはいたが、伸郎の記憶の中のものとは違っていた。黒と金を基調にしたインテリアは、バブルの頃に改装したものだろう。学生時代は月に一度の贅沢だったポークソテー定食をオーダーする。

昔の自分がいとおしくなる味だった。これが贅沢だったなんて。伸郎にグルメ趣味はないが、二十年の間にいろいろなものを食いすぎたのかもしれない。あれほど懐かしかったポテトサラダも、あらためて食うと、なんの変哲もない味だ。若い頃は好ましかった油っぽさが、四十過ぎの胃には少々こたえる。

店を出た伸郎は、ゆっくりぶらつきながら白藤ハイツまで歩くことにした。

和菓子屋に寄って、みたらし団子を一本だけ買った。値段は記憶の倍になっていた。味は昔と変わらない――と思う。忘れてしまった。何しろ二十年前だ。

スーパー銭湯に変わってしまった「越後湯」は昼間から営業しているようだった。不動産屋の帰りにひと風呂浴びて行こうか。今日はまだノルマ超えのメドが立っていなかったが、焦りはない。どうすればうまくいくか、いまの仕事を把握しているからだ。

運に頼らず、読みをずばりと当てる。だめな時は運だと思ってあきらめればいい。いつ取り壊すかわからない。不動産屋の言葉を思い出した、伸郎の足は少しずつ早くなっていく。

足早に歩きながら考えた。このところずっと考えていることだ。

もう一度人生をやり直すことができるとしたら、どこからだろう。

大学三年、就職を決めるところから？

おそらくなぎさ銀行の連中もわかばタクシーの面々もいない人生になるだろう。うむむ。悪くない。

初めて東京に出てきた十八の春から？

恵美もいない。大学のサークル仲間もいない。そのかわり、別の出会いがあっただろう。伸郎にはあらゆる可能性がある。たくさんの曲がり角が待ち受けている。手にはまだ何も握っていないが、それなりの努力をし、出会いに恵まれれば、どんなものをもつかむことができる。別に社会的、金銭的に成功しなくたっていい。

かつての伸郎は、口では否定しながら周囲に羨まれることが人生の成功だと考えていた。でも四十三年間生きてきて、ようやく気づいた。そんなもの、なぎさ銀行のスローガンやわかばタクシーの社長訓話同様、なんの価値もない。

もっと大切なものをつかむのだ。そうすれば、贅沢はさせられないかもしれないが、家族にだって何かを与えることができる。律子は反対はしないだろう。朋美や恵太だってわかってくれるはずだ。

待てよ。

伸郎が十八歳からやり直したら、律子も朋美も恵太もいないのだ。なぎさ銀行の支店で外回りをしていたから、律子に出会い、朋美と恵太が生まれたのだ。

ということは――

頭が混乱した。人生は一本道じゃない。単なる曲がり角ばかりの道でもない。もっと複雑怪奇だ。タクシードライバー泣かせの世田谷の裏道以上に。

やっぱりジョギングを再開するべきだろうか。運転シートに座ってばかりだから、早足をしただけで息が切れた。久しぶりに動いた体に驚いて、慢性化している背中の痛みも始まった。

白藤ハイツは、まだ建っていた。一カ月前と同様、いや二十年前とほぼ同じ姿で。息を整え、腰をさすり、二十年前とは違う自分の体をなだめすかしながら伸郎は考えた。

もう一度人生をやり直せたら――

甘美な言葉だが、きっと夢想するだけだからいいのだ。本当にそんなことが現実になってしまったら、たまったもんじゃない。どんな中味の積み荷だろうと、一度積み上げた荷物をもう一度、最初から積めと言われるのと同じだ。

古びたボロアパートを眺めながら、伸郎は首をかしげた。月々二万円を払って、自分は何を買おうとしていたのだろうかと。

クルマに戻り、かつて暮らした街を隊長さんの速度で走った。後ろからクラクションを鳴らされたが、オールバックにした頭を突き出して振り向いたら、女を乗せた2《ツー》シーターは、伸郎のクルマを迂回するように遠慮がちに追い越しをかけていった。

静かに眺めさせろよ、感傷にひたっているんだから。懐かしい街が窓の外を時速三十キロで流れていく。

不動産屋の手前で客が手をあげている。伸郎は忠実な番犬みたいに路肩へすり寄り、ロングであることを願って後部座席に声をかけた。

「どちらまで行きましょう」

自動ドアの閉まる音が、古いアルバムを閉じる音に聞こえた。

スポーツ用品売り場は、スーパーマーケットの二階の隅にあった。

路上でたまたま見かけて入った、東京の道のどこを走っても看板が目につくスーパー。野球用具が置かれていたのは、隅っこの売り場のさらにいちばん奥だ。金属バットは段ボール箱へ無造作に差し入れられていて、グローブは棚の上に乱雑に積まれている。昔のスポーツ用品売り場では、グローブやバットが主役で、中央のいちばんいいところへ誇らしげに置かれていたものだが。

グローブは案外に高い。安いものでも八千円台。いま手にしているものなど、少年用だというのに、二万円以上する。どうせなら高いものを買ってやりたいが。うむむ。品定めは二の次で値札を眺めていると、エプロンをつけた店員が近づいてきた。

「グラブですか」

「ええ、息子に」いい父親の顔をして、ちょっと胸をそらせた。「小学三年生なんだけど、どれがいいのか」

「硬球用ですか」

「は？」

店員は伸郎が手にとったグローブに視線を落としている。

「そちらは硬球用ですが。少年野球をされているお子さん向けでして」

ああ、なるほど。だから高いんだ。元野球部員とはいえ、最近の用具のことはまるで不案内だ。

「軟式のほうで」

「外野手用、それとも内野手用ですか」

どっちがいいだろう。どっちでもいいのだが。とりあえず伸郎と同じ、内野で行くことにする。機敏なのは指先だけの恵太が、自分の果たせなかった夢を受け継いでくれる可能性はかなり低そうだが、人生は何が起こるかわからない。

内野用のグローブは三種類。伸郎にはどれも同じに見えた。店員は熱心にひとつひとつを説明してくる。野球が好きらしい。年齢は伸郎と変わらないだろう。野球がスポーツの王様だった頃に少年時代を過ごしたクチだ。

「どれがいいんですか。最近のは、よくわからなくて」

「お子さんは何年ぐらい野球をやられてます？　それにもよりますが」

「グローブを使うのは、ほぼ初めてなんで、初心者用というのがあれば、それを……」

伸郎自身も、いい父親の初心者だ。

「初めて」

いままで何をやってたんだお前は、と言われた気がした。子どもとキャッチボールぐらいしてやるのは、父親の務めだろう、と。

「初心者の方ですと——そうですねぇ」

タクシー乗務員の制服をちらりと眺めて、いちばん安いグローブを差し出してくる。

「そっちでいいです」

軟式でいちばん高い一万二千円のほうを指さして言った。モノで釣って子どもとコミュニケーションをはかる。ダメな親の常道だが、とりあえずそこからだ。

包装を待っている間、流れてくる店内のＢＧＭに耳を澄ませていた伸郎は、店員に声をかけた。

「これって、サンボマスターの〝青春狂騒曲〟ですよね」

伸郎と同年輩の店員が首をひねる。「さぁ」

ふっふっふ。

「あ、軟式のボールも二つ。それと、ＭＤウォークマンはどこで売ってるんでしょう」

18

午後二時。いつもの時間に目を覚まし、コーヒーを淹れて飲む。さて、今日はどうしよう。最近の伸郎のいちばんお気に入りの時間だ。家に帰ってすぐ寝るのも仕事のうちだから、一般のサラリーマンで言えば、これからがアフターファイブ。

昨日買ったスポーツ新聞の競馬欄を読みながら、玉ねぎのみじん切りと缶入りホールトマトでのんびりとソースをつくり、ツナ缶を開けてそこにぶちこみ、ひとり分のパスタを茹でる。

飯を食い終えてもまだ三時。まず、日課の腹筋と腕立て伏せ。二十回を三セットずつというノルマを二セットにはしょって終えてから、本日の予定を思案する。本屋に行って会計士試験の新しい参考書でも探すか。ビデオ屋にでも行くか。それともスーパーマーケットに買い物に行って、律子を冷やかしてこようか。律子の追っかけだという男の顔が拝めるかもしれない。

夕刊はまだかとポストを覗きにいく。さすがに気が早すぎたが、かわりに封筒が一枚。伸郎宛てだった。

最近、伸郎宛ての手紙がめっきり少なくなった。今年の年賀状は銀行員時代の半分以下だ。

送り名は連名。懐かしい名前だった。

西村　了

中島　千尋

二人の結婚披露宴の案内状だ。

挨拶が遅い。お前らのおかげで、俺はえらい迷惑をこうむったんだぞ。でも、よかったな。

返信ハガキの送り先は西村の住所だ。日本橋支店時代と同じ行員寮だからすぐにわかる。

銀行員の結婚式は、自分たちだけのものじゃない。上司の誰を呼び、誰を呼ばないか、そのことでずいぶん頭を痛める。伸郎と律子の時もそうだった。最近の若手行員はドライになってきて、職場の人間はいっさい呼ばなかったり、地味婚でいくからと、同僚と直属上司だけを招待したりすることも多いのだが、事はそう簡単には運ばない。ドライじゃない上の人間には、そのことを根に持つやつがいるのだ。

自分たちが引き金になって徳田とトラブルを起こした伸郎を呼ぶのは、それなりの覚悟の上のことだろう。

同期会の返信ハガキのように迷ったりはしなかった。ありがとう。西村、中島。気持ちだけもらっておくよ。自分が守った——伸郎自身はそう思っている二人の結婚を見届けたい気もしたが、西村の将来を考えて、欠席することにした。

決心の変わらないうちに、ハガキを出しに行こうとしたら、恵太が学校から帰ってきた。

ランドセルを放り出すやいなやゲーム機を取り出しはじめた背中に声をかける。

「なぁ、恵太。遊ぼうか」

恵太が警戒する目つきになった。

「なんで」

「なんでって、たまにはいいだろう」

いまさらキャッチボールをしようなんて、気恥ずかしくて切り出せない。伸郎のグローブはもうなくなっているが、物置をひっかき回したら、昔、恵太に買ってやった子供用のグローブが出てきた。伸郎がそっちを使うつもりだった。

「だって、何するのさ」

恵太が迷っているふうに伸郎の顔と片手のゲーム機を見比べる。

「そうだな、例えば、野球でも……」

言いかけて気づいた。しまった。グローブとボールはタクシーのトランクの中に入れたままだった。

「野球ゲーム？」恵太が目を輝かせてＤＶＤをセットする。

「お、おお」

なにせ、いい父親、初心者。いままでがいままでだ。そう簡単にはうまくいかない。

19

月7勤の乗務員は契約社員だから、全体朝礼には参加しなくていいのだが、隊長さんは勤務日でもないのに顔を出すことがしばしばある。今日もそうだった。

煙にかすんだ従業員休憩所の中で、ひときわ目立つ帽子姿を見つけた伸郎は、ひょろりとした背中に声をかけた。

「おはようございます」

隊長さんは今日も壁のカレンダーを眺めている。伸郎を振り返ると、無言で頷いた。

「いつもすいません」

最近、街でよく隊長さんと出会う。大安の日の結婚式場。仏滅の日の斎場。名もないイベント会場。あまり知られていない新設の病院。もちろん伸郎が隊長さんのやり方を真似しているからだ。驚いたことにふだんは利用者の少ないコンサートホールで、インディーズの人気バンドのライブが行なわれた時にも、隊長さんは現れた。いったいどこで情報を得ているのだろう。それはいまだに謎だ。

隊長さんより先に現場で待ち、客をかっさらってしまったこともある。だから「すいません」だ。だが、伸郎が自分と同じやり方をしていることに気づいているはずの隊長さんには、そのことに腹を立てている様子はなかった。

「今日は勤務日じゃないですよね。まさか朝礼のためだけに？」

隊長さんが帽子を振って頷く。

「たまには若い人の意見も聞きませんとね」

最初は意味がわからなかった。しばらく考えて、ようやく気づいた。わかばタクシーの社長は、隊長さんにとっては「若い人」なのだ。

このあいだのようにカレンダーを震える指でなぞっている隊長さんに、気をきかせて言った。

「今日は先負です。こういう日は迷いますよね」

だが、隊長さんが知りたかったのは、今日の六曜ではないようだった。

「前から気になっとったんです。この娘、名前はなんと言いますかね」

読もうとしていたのは、隅に小さく入っている、カレンダーガールの名前らしい。伸郎が読み上げると、大きく頷いて腕組みをする。そして等身大の写真を見上げた。

「ふむむ」

「それが何か？」

かすかに唇をゆるめただけとはいえ、隊長さんが笑うのを初めて見た。

「なかなかええ乳しとる」

廊下の向こうに山城の姿が見えた。大あくびをしている。今日も仮眠室で寝ていたのだろう。まっすぐ休憩室には入ってこようとはせず、廊下の先に向かっていく。

山城の乗務はあと一回。明日の朝、クルマを引き渡したら、五カ月間の相番《コンビ》は解消だ。部屋を出て、後を追った。

トイレに消えた山城に続いて中に入る。朝顔の前に立って腰をもぞもぞさせている山城に並んだ。

「お、マッキー。連れションだね」

別に小便をしにきたわけじゃないが、いちおうチャックを開けた。

「がんばってくださいね」

「お、おおう」そう言ってから、にんまり笑った。「あれ、マッキーもやるでしょ。今週の大井。一緒にやるって言ったじゃない。電話するよ」

そう言ってトイレにまで持ちこんでいる小脇の競馬新聞を片手で振った。

「いや、競馬じゃなくて、競輪のこと」

「言ったでしょ。俺、競輪はやらないんだってば」

「聞きましたよ、競輪選手だったたって話。また競輪の世界に戻るって」

いろいろ聞いた。山城が他人の洗車を受け請い、ローレルを売ったのは、再起のためのトレーニング期間中の生活費にあてるためだった。ただしその資金がなかなかたまらなかったのは、穴狙いのギャンブルとカラオケ・パブ通いのせい。

山城は三年前まで現役の競輪選手。遅咲きでS級一班に昇りつめたのは三十歳近く。しばらく下のクラスのS級二班との間を行ったり来たりしていたが、三十半ばで絶好調のシーズンがやってきた。

賞金ランキングも上位につけ、トップ中のトップだけが争う年末の競輪グランプリへの出場も夢ではなくなろうとした矢先、あるレースで転倒に巻き込まれた。その時の怪我がもとで、以後は徐々にランクを下げていった——

山城も俺と同類。伸郎はそう思ったものだ。たった一度の、不可抗力といえるトラブルで人生が変わってしまった。ただし失ったものは、山城のほうがずっと多そうだ。

いつも山城の悪口ばかり言っているから、にわかには信じられなかったが、山城の窮状を人づてに聞いて、会社に誘ったのは営業部長だったそうだ。

島崎から聞いた話では、営業部長は、生命保険会社の部長職にあったのだが、競輪好きが高じて借金をつくり、取り立て屋が職場に出入りするようになったのが原因で、会社をクビになったらしい。

営業部長がいつか口にした「あの人には損ばかりさせられている」というセリフは、山城がわかばタクシーに入る前からのことを言っていたのかもしれない。何を聞いても本人は伸郎に、ウサギがひきつけを起こしたような薄気味の悪い愛想笑いしか寄こさないから、さだかではないのだけれど。

山城が悪事を見つかったように首を縮める。

「アレ、マッキーにもバレちったの？」

「うん」

山城がチャックを引き上げて、洗面台に向かう。伸郎も後に続いた。改めて見ると、山城の両腿は制服のズボンがはちきれそうなほど太い。

「だいじょうぶなの？」山城のしようとしていることは、おそらくこの間の大穴狙い並みの大勝負だ。「うまくいきそう？」

「ま、ぼちぼち」

「昔の怪我っていうのは？」

「あ、それはもう平気。たぶん。あとは脚が言うことを聞いてくれればね。酒の飲み過ぎかな、ローラーやってもすぐ息切れしちゃうんだけど。ま、勘はおいおい戻ると思うよ。俺にとっちゃ慣れた仕事だから」

こともなげに言うが、そうは思えなかった。やはり住む世界が違う。山城は夢のないコツコツ勝負を捨てて、大穴狙いでかつての人生を取り戻そうとしている。二者択一で安全な道ばかり選んできた伸郎とは大違いだ。自分はいつも何を怖がっていたのだろう。世間？　両親？　組織の中の順列？　他人より少ない収入？　失敗した自分のみじめな姿？

「レース、見に行くから。山ちゃんの馬券……じゃないや、車券って言うんだっけ。買うから」

山ちゃんという言葉に、山城は眉を一瞬、ハの字にしたが、すぐにまっすぐ張り直す。

「あんがと。でも車単では買わないでね。一着はまだ無理だから。三連複にしとけば、なんとか三着までに入るよ。運がよけりゃあだけど」

「幸運を祈ります」

握手をするために手を差し出した。山城は伸郎の右手に首をかしげてから、ハンカチを貸してくれた。

「運にばかり頼ってたら、勝てないんだよ、マッキー」

自分で言ってたくせに。相変わらずだ。人の話だけじゃなくて自分の話も聞いてない。

「じゃあ、がんばって。山城さん」

「うん、がんばるよ。マッキーもね」

山城はいつものように小学生みたいな返事をして、ふにゃりと笑った。

「ええ、もちろん」

そう答えたのだが、実はよくわからなかった。自分が何をがんばればいいのかが。

ビールケースの上で、社長が喋りはじめた。

「日に日に春めいてまいりましたが、朝晩はまだ冷えこみます。ドライバーのみなさんも、こういう時期にはじゅうぶん気をつけてください。仮眠は暖かい昼間のうちにとりましょう。いくら寒いからと言って、エアコンをつけっぱなしで仮眠をとりますと、経費のムダになりますし、バッテリーも上がってしまいます。さて、今日は、拙著『我がタクシー人生――金はあの道の先にころがっている』の第三章『ころんでも、小銭を掴んで立ち上がれ』から、ごくごく手短に、まずこんな言葉をみなさんに贈りたいと思います。おのぼりさんには、東京案内ついでに遠まわり――」

今日も長くなりそうだった。半白のパンチパーマやアイパーの下の肩がいっせいに落ちた。

20

ＪＲ蒲田駅前のロータリーに、誘蛾灯《ゆうがとう》のように屋根を光らせてタクシーが並んでいる。最終電車の時刻は過ぎているから、客待ちの列はピーク時より短くなっていた。

伸郎は自由が丘まで客を送ってきたばかりだった。ここまでの営収は四万四千円。あともうひと息なのだが、ノルマには届いていない。だから、再チャレンジのためにここへ戻ってきた。

すぐには列につかず、ロータリーの向こう側、タクシー乗り場とは対角にあたる場所で、いったんクルマを停めた。運転日報をかたちだけ取りだして、タクシーの列を窺う。

まず、行灯を数える。このままいくと自分の順番は六番目。

次に、並んでいる客の列に目を凝らす。平日だからほとんどが一人客。三番目と四番目の客は、体を磁石みたいにくっつけあったカップル。これからどこへ行くか知らないが、タクシーへは一緒に乗りこむだろう。

となると自分の客は、七人目に並んだ学生風の若い女だ。その後ろ、八人目の客は、酔って体を左右に揺らしている中年サラリーマン。

ふむ。

駅前通りからロータリーに進入する手前の信号は赤だ。その向こうには、列に加わろうとする新たなタクシーが数台。どのクルマのヘッドライトも誰も渡らない横断歩道で足止めを食っていることに苛立って、充血しているように見えた。

信号が青になる直前、歩行者用信号が点滅しはじめたのを見はからって、伸郎はクルマを発進させた。

ロータリーを四分の一周すると、ちょうど信号が青になった。目の色を変えたタクシーが乗り場に押し寄せる。

内側の車線から一台が強引に突っこんできた。伸郎のほうが心持ち先行しているのだが、勢いに押されたふりをして、スピードを緩める。恩きせがましく相手に先に行けと合図をして、その後ろにつけた。

ロングの可能性が高い中年男の客を選ぶためだ。

もちろんいくらこうして緻密な計算をしても誤算はある。一人客だと思っていたのが、複数の客だったり、二人づれという読みはあたっても行き先は別々だったり。首尾よく狙いどおりの客を引き当てても、長距離だという保証があるわけでもない。

しかし、こうして客を選ぶようになってから、確率はずいぶんよくなった。仕事を覚え立ての頃のように、不運を毒づくことはない。タクシー運転手の仕事は、小さい可能性の積み重ね。狙い球を絞ってこつこつ進塁打を打ち、時にバントもからめていけば、すべての球をホームランにしようとやみくもにバットを振るより、確実に得点できる。

伸郎が順番を譲ったタクシーは、若い女性客が乗りこんできたとたん、荒々しくドアを閉め、不機嫌そうなエンジン音を立てて急発進していった。この時間帯の女性客は、たいていが夜道を歩いて帰るのが不安な近距離客だ。

さて、後は狙い球が、どこまで飛んでくれるかだ。乗りこんできた男は、地味だが値の張りそうなスーツを着ている。期待はできそうだった。

「どちらまで行きましょうか」

「あさし」

遠目で見ているより酔っていた。ろれつが回っていない。

「すいません、もう一度、お願いします」

ここは慎重に尋ねないと。伸郎には目黒と目白を間違えて、客を激怒させた苦い経験がある。

「あさひだよ」

旭？ 川崎市の旭か？ 蒲田からは多摩川を越えてすぐの場所だ。思っていたほどの距離じゃなかった。内野安打程度。

いや、待てよ、横浜には旭区もある。鶴見区朝日町も。

「お客さん、どこの『あさひ』ですか？ 横浜の旭区じゃないですよね」

「んが」

返事なのか、いびきなのかわからない声が返ってきた。ルームミラーで客を窺う。おいおい、頼むよ。寝ないでくれ。

その顔を見て驚いた。

もう一度、後部シートに声をかける。

「ひと文字のほうの旭でいいんですね」

「んあ」

肥満した五十がらみの男だ。だぶだぶの顎に首をうずめて、目を閉じている。つるの太い眼鏡がだんごっ鼻からずり落ちそうになっていた。

なんという偶然。

乗ってきた客は、徳田だった。日本橋支店長の徳田。銀行員の例にもれない無個性な容貌だが、この男の顔だけは、忘れようったって、忘れられない。

よくよく考えてみれば、こいつがこの蒲田駅近辺でクルマを拾っても、少しもおかしくはなかった。神奈川県とはいえ、徳田の住まいは伸郎の住む大田区の川向こう。いつか伸郎を無理やりゴルフコンペに同行させたのも、伸郎の住まいが自宅に近く、クルマで迎えに来させるのに都合がよかったからだ。

そういえば徳田は蒲田近辺にいくつか行きつけの店を持っていたっけ。接待ではなくプライベートで使う、外国人ホステスのいる店。

そうか、別に偶然じゃない。こいつに会うのは必然だったのだ。

「お客さん、旭で間違いありませんね」

「んんんぅ」

徳田がうるさそうに答えて、腕を組む。伸郎は最後の確認をした。小さな声で。

「千葉の旭ですね」

「んが」

今度の声は返事ではなくいびきのようだった。

よし、じゃあ行こう。国道に出た伸郎は、いちばん近い高速の入り口をめざした。行き先は千葉県旭市。すぐそばにある銚子は、伸郎が中学時代を過ごした町だ。

羽田インターから高速に入る。交通規制が敷かれていたため、深夜にもかかわらず、首都高湾岸線から東関東自動車道へ入るまでは、少々手間取った。右手に見えてきたシンデレラ城を眺めながら、朋美とみんなをいつディズニーランドに誘おうか、と伸郎は考えた。祝日が公休日になるはずの、さ来週か。

メーターはとんでもないことになっている。もちろん高速料金は別。まぁ、俺には関係ない。徳田が払う金だから。

東関東自動車道は、まるで伸郎を歓迎するレッドカーペットだった。この時間に千葉方面へ行くクルマは大型トラックぐらいのもので、タクシーなど伸郎のクルマ以外には見あたらない。徳田を起こさないように小声で鼻唄を歌った。〝イッツ・ア・スモール・ワールド〟だ。

成田のひとつ先のインターチェンジで高速を下りた時には、午前三時を過ぎていた。

東京より明かりの少ない暗鬱とした街路を抜けて、東総道路に入る。ここからしばらくは、窓の外に田畑か山林ばかりが続く寂しい道だ。

銚子で暮らしたのは、小学五年生から中学二年生までの四年間。父親の仕事の都合で転校を繰り返していた伸郎にしては、長く住んだ町のひとつだ。魚の匂いと特産品の醬油の匂いに満ちた町。でも、思い出は大漁の港の出荷ケース並みに詰まっている。

伸郎はここで、生まれて初めて恋をした。残念ながら片思いで終わったが、別の女の子から、生涯初のラブレターをもらった。グループでだったが、デートも経験した。場所は灯台。二年からレギュラーだった野球部では、三年生にはいびられたが、試合になれば誰にも文句を言わせなかった。通算打率は五割を超えていたはずだ。

野球ばかりやっていたのに、成績は悪くなかった。作文コンクールで金賞を取った時には、プロ野球選手ではなく、文筆の道に進んでもいいかもしれないと考えた。

いい時代だった。自分は何者にもなれる、本当にそう思えた時代。

道の両側には、山林の影法師が続いている。その先には黒いシルエットだけになった丘陵がうずくまっていた。対向車はない。後続も見えない。伸郎のクルマのヘッドライトだけが闇を切り裂いていく。灯のないトンネルのような夜道が、別の世界への入り口に思えた。

背後からのいきなりのがなり声に郷愁を吹き飛ばされた。

「いまぁ船出が〜近づくぅぅこの時にぃぃ〜」

寝ているとばかり思っていた徳田が、GPSカラオケのマイクを握って、アカペラで歌ってた。支店長とカラオケに行く時には耳栓を持参のこと、と陰口を叩かれていた殺人的な音痴は相変わらずだ。伸郎は耳栓をするかわりにカラオケ機の電源を切る。

「わたしにはぁ～あいするぅ～　あら？」

「お客さん、ご機嫌ですね」

何食わぬ顔で、徳田に声をかけた。

「ご機嫌じゃないよ」

寝起きの徳田のロレツはさっきよりひどいことになっている。「ごきれんりゃないろ」と聞こえた。

「おい、まだ着かないのか」

「ええ」

徳田はしゃっくりをしながら、いっこうに音の出ないマイクを人間の道具を訝るサルみたいな顔で覗きこんでいる。何度かマイクを叩いてから、放り捨てていた。窓の外の風景には、まるで気づいていないようだった。

昔から酒にだらしない男だ。最初はからみ上戸。酒席でさんざん人に嫌みを言ったかと思うと、突然居眠りを始める。そろそろお開きにしようかという頃になって目を覚まし、わけのわからないことを口走りはじめる。あるいは歌い出す。始末に負えない時には、寝いったすきに、みんなでタクシーに押しこんだものだ。

「お仕事は何をされてるんで？」

「銀行マン」

「キッコーマン？」

いきなり怒り出した。泥酔していてもプライドだけは麻痺していないらしい。

「銀行だ。都銀だよ。なぎさだ、なぎさ。なぎさ銀行だ」

徳田は誰もいない宙に向かって威張っていた。伸郎の耳には「なぎさ銀行」が「なにさま銀行」に聞こえる。

「日本橋支店の支店長だぞ」

だから何だっていうんだ。こっちは毎日のように社長や会長や専務や常務や支社長を乗せているんだ。蒲田の町工場群で客を拾えば、半分は社長だ。お笑い芸人もヤクザもニューハーフも乗せたことがある。

「大変なんでしょうねぇ」

「たいへんだよ……おい、もう着くんだろ」

徳田が窓の外に目を向けた。気づかれたかと思ったが、驚く様子はない。酔いに濁った目には、林立する木々が川崎の工業地帯の煙突に見えているのだろう。

「旭ですよね。もうすぐですよ」まもなく東総道路を抜ける。そこから南へしばらく走れば、旭市。国道を東へ進めば銚子だ。

「おやぁ、競馬場がないぞ。イトーヨーカドーもない」

徳田がまた歌い出した。「なんにもない、なんにもない〜」

「ねぇ、お客さん」

首回し体操みたいにぐらぐら揺れている頭に問いかける。

「なぎさ銀行の日本橋支店って言えば、牧村っていう人間を覚えてませんか？」

ルームミラーを睨み続けて、表情が変わるのを待った。

「は？」

アルコールで弛緩した間抜け面のままだ。目がまた閉じようとしている。伸郎は少し声を大きくした。

「牧村ですよ」

「まひむら？……俺の支店は大きいんだ。いちいち名前なんか覚えてないよ」

腹が立った。覚えていないはずはない。酔って頭が濁っているからだ。もっとちゃんと考えてみろよ。

「そんなことないでしょ。なぎさ銀行の支店長ほどのお方が」

おだてにすぐ乗る性格は、酔っていても変わらない。子どものように口を尖らせ、下唇を指でつまみながらクルマの天井を見上げはじめた。

「まき……まき……おお、牧村かぁ。いたなぁ。辞めちまったけど。なんで、そんなこと聞く？　知り合いか？」

「ええ、まあ」

ことさら低い声で答えた。

「辞めたっていうより、あなたが辞めさせたんじゃありませんか」

「牧村を？　俺が？　なんでそんなこと？」

頭がアルコール漬けの徳田は、タクシー運転手が本来口にするはずのない言葉を放っていることを訝しもうともしない。

「あの時の言葉を覚えてますか？」

「んあ？」

「牧村の言葉ですよ」

すべてはあのひと言からだった。伸郎の口からこぼれ出たその言葉に徳田は激怒し、翌日から伸郎とは目を合わせず、挨拶も無視し、仕事を干した。そして徳田のさしがねであるに決まっている出向の命令――

辞表を提出したのは自分だが、こいつに辞めさせられたも同然だった。

「あの時の言葉？」

「ええ」

やる気はあるのかお前。銀行マンのプライドってもんがないのか。俺たちゃ、なぎさ銀行マンだぞ。やる気のないやつに、ここにいる資格はない。消えろ。×××でもやってろ。仕事より大切な用事？　そんなもの捨てちまえ。みんなそうしてきたんだ。銀行マンは仕事、仕事、仕事。会社、会社、会社だよ。ほかのものはいらねぇ、捨てちまえ。徳田が西村をさんざんなじった後、な、そうだよな、牧村、と伸郎を無理やり頷かせようとした、あの時だ。

「こう言ったんですよ、私は」

私、というところで語気を強めた。徳田が息をのんだように伸郎には思えた。

「そこにいったいあなたの何があるんです」

徳田が短くしゃっくりをした。度の強い眼鏡が小さく見せている目をしばたたかせる。驚いて声も出ないに違いない。そう思っていたら、またもや、
なんにもない、なんにもない～　音程のはずれた声で歌いはじめた。

「俺に何があるんだろう。何もないなぁ。支店長なんて、なぁんにも仕事ないもん。本部に首根っこ押さえられてるからさぁ」

ぼやいたかと思えば、唐突に怒り出す。

「なんで俺が、据え置きなんだよ。もう日本橋は三年だぞ。次は執行役員だろうが」

どうやらこの春の人事に不満があるようだ。今夜はやけ酒だろうか。やけくそ気味にわめいた後には、愚痴が始まった。

「な～んにもないよ、俺。家に居場所ないし。だいたい女房が俺を馬鹿にするから、息子も舐めた口をきくんだ。ちゃんと働いてる俺に文句ばっかり言って、なんで息子にゃ言わない

んだ。もう二十六だぞ。ぶらぶらしてないで、働けっちゅうんだよ。俺に殴りかかろうなんて、百年早いよ」

息子というのは、徳田のコネで広告代理店に入ったという長男のことだろう。会社を辞めてしまったらしい。

徳田は徳田で人生の迷路に迷いこんでいるらしい。なんだ、こいつも結局、俺と一緒か。銀行でそこそこの道を歩んでも、行き着く先は似たようなもの。体中にふくらんでいた怒りと恨みつらみが、縁日の翌日の風船のようにしゅるしゅると萎《しぼ》んでいった。

「辞めちゃおうかなぁ、銀行。つまらんわ。俺、社長の器だものなぁ。経営コンサルタントの会社かなんか、つくってなぁ」

おい、こら。勝手に人の道に入ってくるな。後をついてくるな。怒りの残り火を懸命に焚きつけて伸郎は言った。

「私の顔、覚えてませんか?」

運転手帽を脱ぎ、道がしばらく直線なのをいいことに、ハンドルを握ったまま、後部座席を振り向いた。

「あ?」

「覚えてるはずだ」

まだわからんか。室内灯をつけようとしたとたん、徳田が不吉な空えずきをした。

「うおおっぷ」

クルマを停め、外へ出て、あわてて後部ドアを開ける。

「おいっ、吐くなら、外で吐け」

間に合いそうもない。徳田が脱ぎ捨てたコートを顔の下にあてがった。おぞましい噴出音がし、すさまじい臭気が車内を満たす。最悪だ。料金に車内清掃代金を加算してやろう。

ゲロまみれのコートを捨ててしまおうかと思ったが、清掃代の証拠の品としてトランクにぶちこんで置くことにした。

懐中電灯で車内を点検する。徳田の足を蹴り飛ばして、競馬予想紙で床を掃除する。臭気を追い出すために窓を全開にすると、徳田が大きなくしゃみをした。謝るでもなく、悠然と後部シートに座り続けている。酔ってまで不遜なやつだ。伸郎は懐中電灯を顎の下にあてがって照らした顔を、恨めしや〜と心の中で呟きながら、徳田に近づけてやった。

「覚えているだろ、俺の顔」

「んあ?」

ずり落ちていた眼鏡をかけ直したとたん、徳田の目が丸くなった。

「おおぅ、牧村、迷ったか」

だぶついた顎の贅肉をふるわせて両手をすり合わせる。

「す、すまん、成仏してくれ」

融資は何人かに首を吊らせて一人前がこの男の持論だったから、酔って現実と幻が混濁した頭の中で、伸郎が前途をはかなんで自殺したというストーリーができあがっているのかもしれない。馬鹿たれ。たかが銀行を辞めたぐらいで誰が死ぬものか。

許してくれ。かんべんして……許して……徳田の声はしだいに細く小さくなっていく。

「許すわけないだろ」

「南無阿弥陀仏」

「さぁて、どこまでドライブしようか」

運転席に戻った伸郎は凄味を利かせるために歯のすき間から声を出した。返事がない。声も出せないほど怯えているのだろう。

「お客さん、地獄へ行こう」

伸郎は、せいいっぱい恐ろしげな形相をつくって振り向く。

徳田は寝ていた。

国道に入ると、ちらほらと灯が見えるようになった。二十四時間営業のファミリーレストランやコンビニエンス・ストアが道の常夜灯になっているのだ。

銚子に入る手前で右手に折れる。徳田を指定どおり旭で降ろすことにした。ただし、川崎の住宅街ではなく、九十九里浜の海岸だ。

開け放った窓から潮の香りが流れこんできた。海水浴場の出入り口から砂浜にクルマを乗り入れて、後部座席に声をかける。

「お客さん、着きましたよ。旭です」

返事がないのは承知の上だった。徳田は念仏を唱えたポーズのまま、眼鏡を小鼻にずり落としたまぬけ面でいびきをかいている。後部ドアを開けて、眠りこけている徳田の体を手荒く揺すった。起きない。渾身のひじ打ちで頭を小突くと、ようやく声をあげた。

「おぁ。なんだこの音は？　雨か？」

夜の海岸では潮騒が低く唸っていた。空より暗い海の手前で、波頭だけがほのかに白い。

「だいじょうぶ、雨じゃない。星が出てる」

空いっぱいの星だ。

東京からほんの数十キロ走っただけで、星の数が十倍に増えた。

こういう所で暮らすという選択肢もありだな、と伸郎は思う。人生の岐路だの、運がいいだの、悪いだの、生きてることのすべてが、ちっぽけな、どうでもいいことに思えてくる夜空だ。

雨、雨、降れ、降れ、もぉと降れぇ、わたしのいい人つれてこい〜　調子はずれの歌を歌うばかりで、動こうとしない徳田を後部シートから引きずり降ろす。肥満体だし、酔って正体をなくしているから、すこぶる重い。むりやり両手を持って引っ張る。徳田の頭がドアに当たって、小気味のいい音を立てた。

夜明け前の海風が体を刺す。三月になったとはいえ、夜はまだ寒い。週末の同期会にはびしっとスーツで決めて行こうと思っていたのだが、ろくなコートがないから、やっぱりカジュアルにしようか。久々に革ジャンを着てみよう。五年前のジーパンがまだ穿けるといいのだけれど。

「ただいま。遅くなって、ごめんなさい」

徳田が海の家に向かって深々と頭を下げている。こんなやつでも家族がいるのだと思うと、一瞬、躊躇したが、そのまま砂浜に放り出した。凍死したっておかしくないほどの寒さだが、別にかまやしない。「川崎市の旭」とちゃんと言わないこいつが悪いのだ。

だが、結局、思い直して、ゲロに汚れたコートを徳田の体にかぶせた。情けをかけたわけじゃない。ほんとうに死んでしまって、律子や子どもたちが犯罪者の身内になっても困る。

海岸に徳田を捨ててから、再び東へ向かう。飯岡町を越えると、その先は銚子。伸郎が通っていた中学校は、道が市内に入ってすぐのところにあった。

転校して以来、一度も訪れたことはない。自分でクルマを運転して通るのは初めてだったが、単純な田舎道だ。迷いようはなかった。

しかし、辿り着いた伸郎は、自分が迷ったのではないかと思ってしまった。めざす場所には確かにいまも学校が残っていたが、ずいぶん様変わりしていた。当時の校舎は木造の二階建てだった。それが鉄筋の三階建てになっている。記憶の中の校庭も、もっとずっと広かった気がする。

敷地は金網フェンスで囲まれている。防砂林が塀のかわりだった昔と違って、簡単には中に入れてくれないようだ。校庭に面したフェンスを一往復してようやく、金網の下端が数十センチだけ鉄柵から剝離している場所を見つけた。

かつての伸郎がそうだったように、遅刻しそうな生徒が、規則どおりの正門からでなく、校庭を横切って教室に突っ走るのは、いまも変わらないようだ。金網をめくると、ちょうど人ひとりぶんの体が通り抜けられるすき間ができた。何人もの生徒の手によって押し広げられたものらしい。

クルマのトランクからグローブとボールを取り出し、それを放り入れてから、抜け穴をくぐる。ひとりぶんとはいえ中学生用だから、当時より三割増しになっているだろう腹周りを通過させるのは、際どい作業だった。

制服から砂の多い土埃を払い落とし、侵入路の製作者たちに敬意を表して、金網を元のとおり遠目には剝離がわからないように修復しておく。

バックネットがあったはずの場所には、大きな体育館が建っていた。三十年前は木造の講堂が体育館がわりで、バレーコートもバスケットコートも屋外にあったのだ。

野球部は存在しているようだったが、たぶん校庭のど真ん中にラインを引き、ゴールポストを据えたサッカー部のほうが人気があるのだろう。かつては校庭のランドマークだったバックネットの姿はどこにもなく、ダイヤモンドを示す白線は隅に追いやられていて、ホームベースの位置の向こうには、組み立て式の簡易ネットが置かれているだけだった。
二塁ベースと三塁ベースの間。自分のポジションだった場所に立ってみる。ここで練習する野球部員は大変だろう。三塁ベースの間近に体育用具室が迫り、外野にはサッカーのタッチラインが横たわっている。
昔のバックネットが健在なら、誰よりも早く来た朝練の時のように、一人で壁当てキャッチボールをするつもりだったのだが。しかたない。空を相手にキャッチボールをすることにした。ボールをまだ暗い空に投げ上げて、捕球し、新しいグローブの感触を確かめる。何度もそれを繰り返した。
一回、二回、三回、
放り投げるたびに、空が白み、星が消えていく。
十回、十二回、十三回、
何かを探しに、ここへ来たはずなのだが、何が見つかるわけでもなかった。二十回ほど繰り返してから、グラウンドに体を横たえてみた。真夏の、捕球ミス一回につき、十球が追加される地獄のノックがようやく終わり、その場にへたりこんだ時のように。叫び声をあげたいほど、爽快な瞬間だった。

背中を押し返してくるような硬い土が懐かしい。匂いも。

目を閉じてみた。

目を開けると、そこが中二の真夏のグラウンドだったら、と考えてみた。

野球をやめる前の十四歳の夏から人生をやり直したら、どうなっていただろう、と思った。

あの頃に戻りたいか、と自分に問いかけてみた。

答えがわかって、目を開けた時には、東京の十倍の星は、三割ほど減っていた。夜明けの冷気が土から這い昇り、中古の背骨を震わせはじめる。

さぁ、もう帰ろう。

遠回りをして、かつてバックネットがあった体育館の脇を歩いていた時だ。まだ硬い新品のグローブからボールが零れ落ちた。小石にイレギュラーバウンドして、体育館の裏手にころがっていく。ボールを追いかけて足を踏み入れたそこは、案外に広い空間だった。片側には、さまざまな競技用のネットが積み上げられている。奥の薄闇に白くぼんやりした影が見えた。

あった。伸郎はそこに走り寄る。

バックネットだ。

正確に言えば、かつてバックネットだったものの残骸。上部の金網は消え失せていて、土台のコンクリートだけが残っている。それも一部分だけ。正面の左端と一塁側の側壁が開いた本のかたちで立っていた。伸郎の目には何かのモニュメントに見えた。

ふいに遠い記憶が甦った。そこにあるはずのものに関する記憶だ。

まだ薄い朝の光を頼りに、ひび割れ、埃にまみれたバックネットの残骸に目を凝らす。

やっぱり。伸郎は思った。

やっぱり人生は偶然でなりたっている。

コンクリートには無数の文字が刻まれていた。釘や金属片を使って歴代の野球部員たちが刻みこんだ落書きの数々だ。

偶然残っていたバックネットの残骸は、伸郎たち、あの当時の二年生がみんなで落書きした場所だった。

自分のものはすぐに見つかった。

『めざせ　プロ　伸』

伸郎の悪筆は三十年前からのようだ。彫刻刀を使っててていねいに彫ったはずなのだが、まるでミミズのダンスだ。

『ミユキ　LOVE』

『レギュラーいただき』

『打倒　五中』

落書きをひとつひとつ眺めているうちに、チームメートの顔と名前をひとりずつ思い出した。萱島も何か書いていただろうか。

かすれた文字の中に、こんなものがあった。名前は読めなかったが、たぶんこれだ。

『四番はオレのもの』

やっぱりやつは四番を狙っていたのか。伸郎はグローブを左手にはめ直し、新品特有のむせ返るような革の匂いを嗅いだ。

「よし、キャッチボールだ」

今日は萱島とだな。声に出してそう言ってみた。どっちがチームのナンバーワンか決着をつけなくちゃ。

「いくぞ、萱島」

伸郎はほんの一部だけになってしまったバックネットに声をかけた。

ぼんやりとした輪郭だけだった萱島の顔が、はっきりと浮かんできた。そうそう、やつの目はどんぐりみたいにまんまるくて、鼻はソケットみたいに上を向いていた。そして分厚い唇を「たらこ」とからかわれていたんだ。

バックネットの前で、たらこ唇を引き結んでグラブを構えている萱島へ、思い切りボールを投げこむ。遊撃手はフットワーク、そして肩だ。あの頃の伸郎は、バッティングだけでなく、一塁へ送球する肩でもみんなを圧倒したものだ。

ボールは狙い通り、わずかに傾斜したコンクリートの上部に当たった。こうすればフライで返ってくるのだ。

ストライク送球。体は三十年前のことを忘れてはいなかった。

二球目はわずかにコントロールが乱れ、ボールは高いバウンドのゴロになった。ドンマイ。体育館の裏手のでこぼこの地面で、イレギュラー気味に弾むボールを、伸郎はなんなく処理する。まだまだいけるぞ、俺。やっぱりいいな、野球は。この楽しさを恵太にもちゃんと教えてやらないと。

しかし、やはりブランクは長すぎた。三球目はバックネットを大きくそれ、その先の植え込みの向こうに転々ところがってしまった。

ウォーミングアップをしないで、いきなり投げたのが悪かった。肩に鈍痛が走る。それと同時に職業病と化しつつある背骨の痛みも。

痛っっ。プロ野球選手なんて、やっぱり無理だっただろう。

海の向こうで太陽が昇りはじめた。波頭が無数の光の点となって輝いている。

美しい光景の中に汚物がひとつ。海岸では徳田が打ち上げられたトドの死体みたいに丸まって寝ていた。

伸郎は格好のサンドバッグに見えた尻を蹴り飛ばす。

「ほら、帰るぞ」

徳田が、いびきとも悲鳴ともつかない声をあげて飛び起きた。眼鏡を手さぐりし、砂から掘り出してのろのろとだんごっ鼻にかけ、伸郎を見上げてくる。

「ここはどこ？」

「ここはどこ、じゃないだろう。旭だよ。千葉の。あんたがここで降ろせっていうから、はるばる東京から来たんでしょうが」

「千葉？」

ようやく背後の海に気づいたようだ。砂まみれの眼鏡の中の小さな目玉をふくらませた。

「俺がここへ？」

「そう、たいへんだったんだよ、酔って暴れて、ゲロ吐いて。よっぽど警察に通報しようかと思った。でも、職場に知れたら、あんたもいろいろ困るんだろうなって思い直してね。銀行の支店長だってわめいていたから。なぎさ銀行だったよね」

徳田は昨夜のことをまるで覚えていないようだ。吐瀉物が張りついたネクタイをぼんやり眺め、いきなり自分を叩き起こしてきたタクシー運転手に首をかしげている。

「料金は五万二千六百二十円になります。片道で。高速代と車内清掃代は別で」

「そんな無茶な……」

伸郎の顔にすがるようなまなざしを向けてきた徳田が、絶句した。

「お、お前、まさか、牧村か？　なぎさ銀行の牧村？」

「誰だよ、それ。そんなやつ知らないよ。俺はわかばタクシーの牧村だ」

「ご親戚の方？」

「ほら、立て。金が払えないなら、せめて面倒かけるな」

もう一度、徳田の尻を蹴ると、犬みたいな悲鳴を上げて、のろのろと立ち上がった。

事情がのみこめていないらしい徳田を後部シートに押しこんで、伸郎はクルマを発進させた。

戻り道は、来た道とは別のルートを選んだ。朝の首都高は混む。アクアラインを使って川崎から戻るほうがいくらか早いはずだ。急がねば。なにしろ今日は山城の最後の乗務日。会社で待っている相棒の山城に、八時までにクルマを引き渡さねばならない。

徳田は髪形をオールバックに変えた伸郎を、本人なのか別人なのか、まだはかりかねているようだった。運転者証にフルネームが記されているのに、下の名前を覚えていないからだ。腹立たしいが、上司という人種の記憶力はその程度のものらしい。自分の職場での存在感も。どうせ伸郎の一世一代の諫言《かんげん》も覚えていないのだろう。

運賃は払えるだけ払えと言ったら、おとなしくなった。強面《こわもて》に出るとからきし意気地のない男だ。昔からそうだった。危ない筋の客とトラブルになった時、相手が応接室で支店長を出せとわめいていると知ったとたん、こいつは裏口から逃げ出したんだっけ。

携帯をどこかでなくしたから、貸して欲しい。女房に電話をしないととんでもないことになる、とか細い声で訴えてきたが、無視した。そういえば、眠りこけていた徳田のかたわらに、小さな鉄くずが落ちていた気がする。しつこく騒々しい音を立てていたから、遠投の練習がわりに海へ放り投げた。

「ねぇ、牧村くん」

「くん？」

「あ、いや、運転手さん。あそこの公衆電話で停めてもらえませんかね」

「どこ？」

「あそこ……いや、いま通り過ぎた道端にあった……」

「もう遅いよ」

「戻ってもらえませんか」

「いやだ。こっちには帰るところがあるんだ。後戻りなんかしてられるか」

「そこをなんとか……外泊したことが知れると……私、ちょっと……」

うるさいやつだ。支店時代にこれほどの恐妻家だと知っていれば、効果的な嫌がらせのひとつもしかけてやれたのに。

「金、いくらもってるんだっけ？」

低い声で唸ってみせたら、とたんに静かになった。

夜道を走っている時には気づかなかったが、房総にはもう春が訪れていた。

木立ちが淡い緑の衣をまとっている。川の水がその緑を映している。田んぼではれんげが紫色の点描画を描いていた。街路と民家の庭先にはとりどりの花。あちらこちらで目に映る白と紅色のコントラストは、梅の花だろう。そのすべてが朝の光に輝いていた。

道はしばらくの間まっすぐ。物足りなさを感じてしまうほどの一本道だ。

その先に何があるかわからない。だから道は面白いのかもしれない。

自分の通ってきた道は、結局間違っていなかった、などという気はさらさらない。間違ってばかりだった。

曲がるべき道を、何度も曲がりそこねた。脇道に迷ったし、遠回りもした。

でも、どっちにしたって、通りすぎた道に、もう一度戻るのは、ちっとも楽しいことじゃない。

道が丘陵地帯に入った。右カーブ、左カーブ、右折、左折。そのたびに新しい風景が広がる。

もう陽は高く昇っている。陽射しがなだらかな稜線を光の色の輪郭に包み、木の葉ひとつひとつをきらきらと輝かせている。サンバイザーを下ろしたいほどの眩しさだったが、伸郎は眼前の光景に目を凝らし続けた。

次の角を曲がったら、何があるだろう。

さぁ、右へ大きなカーブ。

道の先は、見渡すかぎりの黄金色。
菜の花畑だ。

解説

吉田《よしだ》 伸子《のぶこ》
（書評家）

「暗いと不平を言うよりも、すすんであかりをつけましょう」

もう四十年以上前のことだ。早朝のテレビ番組で聞いたこの言葉を、今でも忘れずに覚えているのは何故なのか。

この稿を書くに当り、ネットで調べてみたところ、この言葉は、「宗教法人カトリック善き牧者の会によるカトリック系布教番組」である「心のともしび」という番組で、冒頭の言葉が運動スローガンとして掲げられていたという（以上、Wikipediaより、抜粋）。

幼かった私の心の、どこにこの言葉が響いたのか、今では定かではないし、きっとその時は、何度か繰り返しテレビで見ているうちに、標語のように覚えてしまっただけなのだと思うのだが、この言葉、実は年をとればとるほど、身に沁みて来ている。

暗い、というのが単に部屋の暗さを指すものであるならば話は簡単で、あかりのスイッチを入れればいいだけのこと、である。けれど、大人になってくると、そんな分かりやすい物理的な暗さだけが暗さではないこと、暗さにも様々なグラデーションがあること、が少しずつ分かってくる。そして、そんな厄介な暗さのほうが物理的な暗さよりも、世の中にははるかに多い、ということも。

自分の気持が落ち込んで暗くなることだって、ある。自分を取り囲む状況が八方塞がりで暗くなってしまうことだって、ある。自分にとって大事な相手が暗くなっていることだって、あるだろう。自分の気持なら、まだどうにか打つ手は残っているかもしれないけれど、状況や相手だったりした場合、いくら「すすんであかりをつけたい」と思ったとしても、そのあかりがどこにあるのかさえ、分からなかったりする。

そんな時、ついつい「あの時○○だったら」「あそこで××していれば」と思ってしまうことはないだろうか。人生に「たられば」はない、と分かっていても、そう思わずにはいられない、そんな状況は誰にだってあるはずだ。本書の主人公、牧村伸郎は、まさにそんな状況の只中に、いる。

一年半前まではエリート銀行員だった牧村は、かねてからソリの合わなかった上司と、部下の早退を巡るやりとりで、不用意なひと言を口にしたことが原因で、退職を余儀なくされる。退職した当初は、すぐに次の就職先が見つかると思っていたし、事実、以前の得意先から、経理や営業として、といくつも声をかけられはしたのだが、「仕事の質や収入を落としたくなかった」のと、元エリート銀行員だった、という意地とプライドが邪魔をして、全て断っていた。銀行を辞めたのはキャリア・アップのためだ、と前向きに考え、外資系銀行や生命保険会社の幹部社員募集の面接を受け続けるも、ことごとく惨敗。もう会社勤めはこりごりだと、公認会計士の資格を取って独立を目指すも、試験はあっさり一次落ち。そんな時、牧村の目に留まったのが、朝刊の求人案内のチラシにあった、『タクシードライバー募集』の文字だった。

最初は「当座の生活費稼ぎ」ぐらいの気持で、隔日勤務のタクシードライバーなら「本来の自分がすべき仕事」を探したり、「公認会計士試験のための勉強」にあてる時間がとれる、と思っていた牧村だったが、いざタクシードライバーとして働いてみると、その思惑は大外れ。「確かに五日のうち働くのは二日だけ」ではあったが、その二日は「ほぼ二十四時間勤務」で、帰宅後、日中は死んだように眠るだけの、昼夜逆転生活。しかも、「月収四十五万円可」の謳い文句には嘘はなかったものの、小さく書かれた「可」のほうに比重があったことを思い知らされる日々。課せられたノルマの半分以下しかこなせず、帰車後に営業部長から「これじゃあ、レンタカーだわな。ガソリン代でぱぁだよ」と嫌みを言われる始末。

そんな状況で、牧村はいつも〝あのひと言〟を悔いている。心ならずも、とまでは言うつもりはないにしろ、それまでは、どんな理不尽なことにも我慢に我慢を重ねてやり過ごしてきたのに、何故、あの時に限って、言ってはいけないひと言を口にしてしまったのか。「一度だけのミス、上司へのただ一回の不服従」で、閉ざされてしまったエリート銀行員としての人生。牧村はだから、妄想に逃避する。例えば、身なりのりゅうとした年配客を拾い損ねた時。牧村の妄想の中で、その客は牧村に言うのだ。「そうだったのか、君はなぎさ銀行にいたのか。ただ者ではないとは思ったが。うちの会社で働いてみないか」と。そう、牧村にとって、タクシードライバーである自分は、あくまでも〝仮の姿〟なのだ。何故なら自分は元エリート銀行員だったからで、〝ただ者ではない〟からだ。現実の自分を受け入れられずに、いつもいつも妄想に逃げているのだ。

ある日、牧村はかつて自分が学生時代に住んでいた町まで、客を乗せることになる。四畳半、風呂なしのアパート。予備校と大学に通った五年間と、銀行員になって最初の三カ月目まで、牧村はそのアパートで暮らしていたのだ。街並みは様変わりしていたものの、かつて暮らしたアパートはそのまま残っていた。そのアパートを見て、牧村は強く思う。もう一度、人生をやり直すことができたら、と。その後、しばらくして、再度そのアパートに立ちより、不動産屋を訪ねた牧村は、そのアパートが近々取り壊される予定であること、ひと月前の告知で立ち退いてもらえるなら、家賃は二万円でいいことを知る。不動産屋から部屋の鍵を貸してもらい、二十年ぶりにかつて暮らした部屋に足を踏み入れた牧村は、以前にも増して強く思う。もし、人生をやり直せるなら、どこからだろうか、と。そして、部屋を出た後で、学生時代につき合っていて、ささいなことで別れてしまった元恋人の実家を訪ねてみる決心をする。元恋人が、離婚して実家に身を寄せていること、を牧村は小耳に挟んでいたのだ。

物語は、その後、元恋人、恵美の桜上水にある実家を見に行った牧村が、そこから帰る途中に小田原までの長距離の客を拾い、久々に営業ノルマを達成するあたりから、さらにテンポ良く転がり始める。再度恵美の実家に行き、恵美らしい女性の後ろ姿を見かけた帰り、今度は成田までの長距離客を乗せた牧村は、彼女こそが自分の女神だったのでは、と妄想する。恵美と共に歩んでいたはずの人生は素晴らしいものであり、翻って見る現実の自分の人生が、ますます〝失敗〟だったように映ってくる……。

ここからの展開、は実際に本書を読まれたい。ますます暴走する牧村の妄想。それと平行して、牧村の地道な努力によって、着実に上がっていくタクシードライバーとしての営業成績。人生の曲がり道は、もう一度選び直せるのか……。

本書は一見、「中年男の人生リセット願望小説」のように思えるが、実は「中年男の青い鳥小説」である。果たせなかった夢、選ばなかった人生、それらを全てひっくるめた「今」こそが、かけがえのないものであること。「今」を嘆くのは構わないけれど、でも、そこから目を背けては何も変わらないこと。表面的な勝ち負け、例えば社会的な地位だとか、収入だとか、は人生そのものの勝ち負けではない、ということ。そして、大事なことは「今」なのだ、ということ。そのことを、説教臭く語るのではなく、一級のエンターテインメントとして読み手に伝えているのが本書なのだ。そこが、本書の魅力であり、荻原さんという作家の魅力である。

それは、牧村の妄想が、どこか根っこの部分で詰めが甘いこと（いくらなんでも、さすがにそれはないだろ、と突っ込みたくなるような都合良すぎの妄想なのだ）や、タクシー会社の社長の描写（「できんは、金ならず。できぬは、絹ならず」で始まる朝礼での訓示やら、その社長が自費出版した『我がタクシー人生――金はあの道の先にころがっている』という自伝のタイトルやら）を読めば分かる　他にも、牧村の銀行員時代の上司や、銀行という職場の描写もそうだし、牧村のタクシーに乗ってくる様々な乗客の描写もそうだ。個人的には、物語の前半に出てくる女性の乗客――訳ありっぽい男性と別れた後で、乗車するなり泣いていたのだが、車に搭載されたカラオケを見つけると、『越冬つばめ』『天城越え』を続けて熱唱し、挙げ句の果てに牧村にデュエットを強要したばかりか、男声パートにボイストレーナーのごとく冷静に注文をつけて来た――の描写がツボで、思わず声を出して笑ってしまったほど。こういう、〝物語を読ませる勘所〟がたっぷりとちりばめられているのが、荻原さんの作品の特徴だ。

「もう一度人生をやり直すことができたら」と妄想に耽る牧村の姿は、暗い、暗いと現状に不平を言っているようなものだ。けれど、荻原さんはその牧村を否定することはしない。否定せずに、そっとあかりのある方向へと押し出す。ゆっくりと、優しく。

そう、あかりはきっとある。今は見えないかもしれないけれど、きっとある。見つけにくいところかもしれないけれど、きっとある。そしてそのあかりは、選ばなかったもう一つの人生にあるのではなく。今の、この現実の人生のなかにあるのだ。だから、大丈夫。

本書は、人生の路半ば、うろうろと迷子になっているような大人たちへ、荻原さんが伸ばした手、なのである。

二〇〇五年十月　光文社刊

光文社文庫

あの日《ひ》にドライブ

著者　荻《おぎ》原《わら》　浩《ひろし》

2009年4月20日　初版1刷発行
2012年6月25日　11刷発行

発行者　駒井　稔
印刷　慶昌堂印刷
製本　ナショナル製本

発行所　株式会社　光文社
〒112-8011　東京都文京区音羽1-16-6
電話　(03)5395-8149　編集部
8113　書籍販売部
8125　業務部

落丁本・乱丁本は業務部にご連絡くだされば、お取替えいたします。
ISBN978-4-334-74582-0　Printed in Japan

組版　慶昌堂印刷

お願い　光文社文庫をお読みになって、いかがでございましたか。「読後の感想」を編集部あてに、ぜひお送りください。

このほか光文社文庫では、どんな本をお読みになりましたか。これから、どういう本をご希望ですか。どの本も、誤植がないようつとめていますが、もしお気づきの点がございましたら、お教えください。ご職業、ご年齢などもお書きそえいただければ幸いです。当社の規定により本来の目的以外に使用せず、大切に扱わせていただきます。

光文社文庫編集部

光文社文庫　好評既刊

オイディプス症候群（上・下）　笠井　潔
名犬フーバーの事件簿　笠原　靖
名犬フーバーの新幹線、危機一髪！　笠原　靖
名犬フーバーと女刑事 山猫　笠原　靖
名犬フーバーと美らの拳　笠原　靖
名犬フーバーの災難　笠原　靖
名犬フーバー 歪んだ銃口　笠原　靖
名犬フーバー 刑事のプライド　笠原　靖
ゴエモンが行く！　笠原　靖　笠原美尾写真
奥入瀬渓谷殺人情景　風見修三
京都嵐山 桜紋様の殺人　柏木圭一郎
京都「龍馬逍遥」憂愁の殺人　柏木圭一郎
京都近江 江姫恋慕の殺意　柏木圭一郎
未来のおもいで　梶尾真治
サラマンダー殲滅（上・下）　梶尾真治
時の〝風〟に吹かれて　梶尾真治
悲しき人形つかい　梶尾真治

アイスマン。ゆれる　梶尾真治
プラットホームに吠える　霞　流一
マジカル・ドロップス　風野　潮
匂い立つ美味　勝見洋一
匂い立つ美味 もうひとつ　勝見洋一
犯行　勝目　梓
ボディーガード午前四時　勝目　梓
女神たちの森　勝目　梓
イヴたちの神話　勝目　梓
平壌で朝食を。　勝谷誠彦
おさがしの本は　門井慶喜
ヨコハマB-side　加藤実秋
黒豹撃戦　門田泰明
黒豹狙撃　門田泰明
黒豹叛撃　門田泰明
吼える銀狼　門田泰明
黒豹ゴリラ　門田泰明

開高 健

ルポルタージュ選集

日本人の遊び場

ずばり東京

過去と未来の国々 ～中国と東欧～

声の狩人

サイゴンの十字架

〈食〉の名著

最後の晩餐

新しい天体

エッセイ選集

白いページ

眼《まなこ》ある花々／開口一番

ああ。二十五年

水上 勉 ミステリーセレクション

虚名の鎖　眼

薔薇海溝　死火山系

光文社文庫

310

松本清張短編全集 全11巻

「清張文学」の精髄がここにある!

01 西郷札
西郷札　くるま宿　或る「小倉日記」伝　火の記憶
啾々吟　戦国権謀　白梅の香　情死傍観

02 青のある断層
青のある断層　赤いくじ　権妻　梟示抄　酒井の刃傷
面貌　山師　特技

03 張込み
張込み　腹中の敵　菊枕　断碑　石の骨　父系の指
五十四万石の嘘　佐渡流人行

04 殺意
殺意　白い闇　蓆　箱根心中　疵　通訳　柳生一族　笛壺

05 声
声　顔　恋情　栄落不測　尊厳　陰謀将軍

06 青春の彷徨
喪失　市長死す　青春の彷徨　弱味　ひとりの武将
捜査圏外の条件　地方紙を買う女　廃物　運慶

07 鬼畜
なぜ「星図」が開いていたか　反射　破談変異　点
甲府在番　怖妻の棺　鬼畜

08 遠くからの声
遠くからの声　カルネアデスの舟板　左の腕　いびき
一年半待て　写楽　秀頼走路　恐喝者

09 誤差
装飾評伝　氷雨　誤差　紙の牙　発作
真贋の森　千利休

10 空白の意匠
空白の意匠　潜在光景　剝製　駅路　厭戦
支払い過ぎた縁談　愛と空白の共謀　老春

11 共犯者
共犯者　部分　小さな旅館　鴉　万葉翡翠　偶数
距離の女囚　典雅な姉弟

光文社文庫